KB251566

Binder

바인더

바인더 3

이새인 판타지 장편 소설

초판 1쇄 찍은 날 § 2002년 9월 5일
초판 1쇄 펴낸 날 § 2002년 9월 15일

지은이 § 이새인
펴낸이 § 서경석

편집장 § 문혜영
편집책임 § 권민정
편집 § 장상수 · 박영주 · 김희정 · 이종민
마케팅 § 정필 · 강양원 · 김규진 · 안진원

펴낸곳 § 도서출판 청어람
등록번호 § 제1081-1-89호
등록일자 § 1999. 5. 31
어람번호 § 제1-0284호

주소 § 경기도 부천시 원미구 심곡1동 350-1 남성B/D 3F (우) 420-011
전화 § 032-656-4452 팩스 § 032-656-4453
http://www.chungeoram.com
E-mail § eoram99@chollian.net

ⓒ 이새인, 2002

값 7,500원

ISBN 89-5505-449-1 (SET)
ISBN 89-5505-452-1 04810

※ 파본은 본사나 구입하신 서점에서 교환하여 드립니다.
※ 저자와 협의하여 인지를 붙이지 않습니다.

이새인 장편 소설

Binder
바인더

3 ──슈──

도서출판
청어람

목 차 ③ 슈슈

제7화

싸일러프라스 나무와 장미

나 이제 그대를 기다리며 나무 아래에 잠들어 있네.

그대는 내 가슴을 찢어놓은 살육자.

그 뿌리가 나를 먹어치우기 전에

경건한 그대의 검으로 제발 나를 사라지게 해줘요,

나의 사랑이여.

싸일러프라스 나무와 장미[1]

"뭐, 이 정도면 나쁘진 않군."

자기의 온몸 구석구석을 살핀 후 게일은 고개를 끄덕였다. 새로 갖게 된 상록의 육체가 그럭저럭 흡족한 모양이다.

제이디에게 썩은 육신을 치유받고 도복까지 새로 갈아입은 그는 훤칠하고 말쑥한 청년이었다. 그리고 180㎝에 이르는 신장이라든지 근육으로 다져진 팔다리, 손바닥에 박힌 굳은살은 예전의 자기 몸과도 어느 정도 비슷했다. 언제 튕겨 나갈지 모르는 이안의 몸보다는 활동하기도 훨씬 수월할 것이었다.

"마음에 드신다니 다행이군요."

제이디의 말에 게일의 양 눈썹이 꿈틀거렸다. 그는 눈을 치켜뜨며 소리쳤다.

"제길! 누가 마음에 든다고 했어? 네 녀석은 육체를 그대로 쓰는데 왜 난 이딴 녀석들의 몸뚱이를 빌려야만 하는 거냐고!"

활화산처럼 내뿜는 분노의 불길에 제이디는 그저 슬그머니 물러설
뿐이었다. 이럴 때 건드려 봤자 좋을 것이 없음을 현명한 그는 알고 있
었다. 하지만 천하의 게일도 꼼짝 못하는 상대가 있었으니 바로 이안
이었다.

"뭐? 이딴 녀석들의 몸뚱이가 어쨌다고요? 기껏 남의 몸을 빌려줬더
니 은혜도 모르고 뭐가 어째요?!"

"쳇!"

아무리 과격한 게일이었지만 그 역시 조용히 입을 다물어 버렸다.

이를 본 현재는 키득대며 이안에게 엄지손가락을 세워 보였지만 게
일의 섬뜩한 눈빛 광선을 받고서는 슬그머니 손을 내렸다.

"이해할 수 없어, 도저히……."

헤라는 그들을 보며 설레설레 고개를 저었다. 정신을 잃기 전만 해도
저 검도 도복을 입은 남자는 미쳐서 날뛰다가 그것도 모자라 사람들을
마구 베었었다. 피가 튀고 몸뚱이가 잘려지던 장면들은 떠올리기만 해
도 구역질이 날 것 같았다. 그런데 그는 지금 매우 멀쩡하게 돌아다니
는 것이 아닌가. 멀쩡할 뿐 아니라 훤칠하고 호감 가는 생김새였고, 어
찌 된 일인지 제이디나 이안과도 친해 보였다. 심지어는 현재까지도 아
는 사이인 것 같았다. 자기가 기절해 있던—사실은 잠들어 있던—사이에
뭔가 일이 있었다고 생각했지만 일행들은 아무 말도 해주지 않았다.

'치, 아무려면 어때.'

헤라는 쌔액 웃었다. 어쨌든 세력 관계로 볼 때 가장 우위에 있는 것
은 자기였다.

'현재, 제이디 〈 도복 입은 남자 〈 이안 〈 나.'

이런 도표가 머리 속에 그려졌던 것이다. 그녀는 무엇으로든 이안에게 진다는 것은 생각할 수도 없었다. 그러니 세 남자들도 자기 지배에 있는 것과 마찬가지였다. 게다가 세 남자들 모두 최고의 매력남들이 아닌가. 저 도복을 입은 남자도 외모만 본다면 현재와 제이디에게 뒤지지 않는 수준이었다. 제이디가 귀공자 타입이라면 현재는 쿨한 것이 매력이었고, 도복을 입은 남자는 절제되고 고전적인 분위기를 풍겼다.

'좋아, 조만간 정이안보다 내가 더 매력적이라는 걸 알게 되겠지. 후후후훗.'

"레이디, 어디 불편하신가요?"

기분이 좋아 웃던 혜라에게 제이디가 물었다. 그러자 그녀의 얼굴은 순식간에 붉게 물들었고,

"어이, 너, 늑장 부리면 놔두고 간다! 도대체 귀찮게 왜 쫓아온 거야?"

라는 게일의 말에는 화가 나다 못해 상처까지 받았다. 지금껏 자신에게 이토록 함부로 말하는 남자는 처음이었다.

혜라의 머리 속 도표는 다시금 수정되었다.

'나 < 현재, 제이디 < 도복 입은 남자 < 이안.'

정이안보다 내가 도대체 뭐가 모자란 거야?!

혜라는 이를 갈며 울부짖었다.

"안 돼! 절대 질 순 없어!"

그러나 그 처절한 다짐은 몰아치는 눈보라가 금방 먹어치워 버렸다. 혜라는 어느새 눈밭 속에 홀로 떨어져 있었다. 그녀를 놓아둔 채 일행들은 저만치 걸어가는 중이었다. 야속하게 한 번 돌아봐 주지도 않는다. 혜라는 잠시 울먹였지만 곧 현실을 직시했다.

"같이 가요!"

그녀는 뒤뚱뒤뚱 일행들을 쫓아 뛰었다. 눈 쌓인 가파른 산길이라 발을 떼어놓는 것조차 매우 힘들었다.

이안 일행은 지금 향루산(香淚山)을 올라가는 중이었다. 산으로 올라 가는 입구는 상록의 집 뒤뜰과 연결되어 있었다. 금역(禁域)답게 입구는 무성한 나무들로 비밀스럽게 가려져 있었으나 그 정도 비밀 통로를 찾는 건 게일과 제이디에겐 식은 죽 먹기보다 쉬웠다.

향루산은 생각했던 것보다도 더 산세가 험난했다. 마을 사람들조차 함부로 들어가지 못하게 했으니 길이 없는 것은 당연했고, 수령이 몇백 년이나 된 것 같은 나무들은 거침없이 자라 다른 나무들과 뒤엉켜 있었다. 또한 바닥과 바위들은 얼음과 눈으로 뒤덮여 있어 발을 잘못 디 디면 사정없이 미끄러졌다.

일행들은 주위에 뻗어 있는 나뭇가지들을 손잡이 삼아 겨우겨우 앞으로 나아갔다. 그러다 갑자기 눈보라가 휘몰아치기라도 하면 나무 등 치를 끌어안고 중심을 잡았다.

휘오오오—

나무들 사이를 헤치며 불어오는 눈보라는 휘파람 같은 소리를 냈다. 그러면 산 전체가 울부짖는 것 같은 느낌이 들었다.

하지만 이 모든 악조건과는 상관없이 게일은 휙휙 나는 듯이 걸어갔 다. 마리로슈가 이 산 어딘가에 있을 거라는 얘기를 들은 후부터 그는 무언가에 쫓기는 사람처럼 다급하게 움직이고 있었다.

"헥! 헥! 도대체 저 사이코는 뭐니?"

가까스로 이안의 옆에 다가온 혜라는 게일을 가리키며 물었다.

"하악… 하악…… 지금껏 날 따라다니던 존재라고나 할까."

"헤엑! 설마 저 사람이 널 따라다녔다고?"

헤라는 믿을 수 없다는 표정이었다. 그녀가 본 게일은 제정신이 아닌 것 같은 데다가 다른 사람은 안중에도 없었다. 무엇보다 자기 같은 미소녀에게 관심은커녕 예의도 지킬 줄 모른다는 것이 그 증거였다. 그런데 이안을 쫓아다녔다니……. 게다가 이안은 한술 더 떠 이렇게 말했다.

"하악… 하악…… 따라다녔다는 표현보다는 아예 들러붙어 있었다는 표현이 더 적절하겠다. 웬수가 따로 없었지."

헤라는 결국 이안의 말을 비웃기로 했다.

"호호홋, 워낙 제정신이 아니니 그럴 수도 있었겠다. 헥! 헥! 하지만 애, 최현재가 너랑 좀 친하다고 모든 남자들이 관심을 갖는다고 오해하면 안 되는 거 알지?"

"그게 아니라니까! 하기야 말해 줘도 믿지 않겠지. 하아……."

이안은 숨이 차서 잠시 멈춰 섰다. 아직도 가야 할 길이 까마득하게 남아 있었다. 헤라도 나무와 눈으로 가득한 산 위를 바라다보며 한숨을 내쉬었다.

"그런데 지금 우리가 왜 이런 산길을 헤매고 있어야 하는 거니?"

산을 오르느라 숨이 찬 것은 견딜 수 있었다. 그러나 나무 사이로 불어오는 눈보라에는 숨이 턱턱 막혔다. 아무리 든든하게 옷을 껴입었다고 해도 손과 발은 꽁꽁 얼어서 쓰러지기 일보 직전이었다. 제이디 때문에 무작정 따라나서기는 했지만 헤라는 후회가 이만저만이 아니었다.

"나도 잘 몰라. 아마 게일이 찾는 사람이 이곳에 있나 봐."

"정말… 사이코의 친구다운 데 사는구나. 그런데 저 사이코 이름이 게일이니? 이상한 이름이네."

그때 저만치 앞서 가던 게일이 돌아보며 소리쳤다.

"잠시 후에 쉬었다 간다!"

게일의 말이 떨어지자마자 일행들은 안도의 한숨을 내쉬었다. 날이 밝으면서부터 지금껏 서너 시간은 향루 계곡을 헤맸던 것 같다. 이제는 한 걸음도 꼼짝할 수 없을 지경이었다. 물론 이 상황은 현재와 이안, 그리고 혜라에게만 국한된 것이었다. 제이디는 평소처럼 외투에다 망토만 입고 있었는데도 전혀 추운 기색이 없었다. 그리고 게일은 앞가슴이 브이(V) 자로 훤히 드러나는 도복 한 벌만 입고 있었는데도 씩씩했다.

"휴우~ 살았……!"

긴장을 풀며 걸음을 옮기던 이안의 몸이 순간 휘청했다. 그녀가 디딘 땅의 얼음이 깨지며 깊은 구덩이가 나타난 것이다.

"조심해!"

"이런, 조심하셔야죠. 어디 다친 곳은 없습니까?"

"칠칠맞지 못하긴."

게일이 소리치며 달려들었고 제이디와 현재마저 이안을 붙잡았다.

"……."

세 남자에 의해 안전한 곳으로 끌어 올려진 이안은 무안한 표정으로 그들을 둘러보았다. 게일은 왼쪽 팔을, 제이디는 오른쪽 팔을, 그리고 현재는 허리를 붙잡고 있는 게 아닌가. 그녀의 전 생애 동안 이토록 많은 남자들의 관심과 보호를 받기는 처음이었다.

"저기요… 이젠 괜찮은데……."

이안은 머쓱해진 얼굴로 나이트들의 손길을 뿌리쳤다.

"놀라지 않으셨습니까, 레이디?"

그러자 제이디는 걱정스러운 얼굴로 물어보았고,

"그러게 내 발자국만 밟고 따라오랬잖아!"

게일은 나무라듯 말했지만 역시 걱정하는 것이 분명했다.

"정신 차리고 걸어, 바보야! 나한테 안기고 싶으면 차라리 말로 해."

현재는 그렇게 이안을 놀렸지만 그것마저도 혜라에게는 애정 표현으로만 보였다. 그녀는 자신의 목도리 자락을 물어뜯으며 질투했다. 그러다 갑자기 이마에 손을 얹고 비틀거렸다.

"하아… 나 갑자기 속이 울렁거리고 몸이 얼어서 움직일 수가 없어요."

쓰러지듯 바닥에 주저앉으며 그녀는 제이디를 애처로운 눈빛으로 바라보았다. 기대를 저버리지 않고 제이디는 혜라에게도 친절하게 다가왔고 망토까지 벗어 둘러주었다.

"이걸 입으십시오. 추위를 막을 수 있을 겁니다."

"와! 무척 따뜻해요!"

혜라는 놀라서 소리쳤다. 황금 자수가 놓인 그의 망토는 얇고 가벼웠는데 신기하게도 외부의 바람을 모두 차단해 주었다. 그래서 체온으로 내부의 공기가 데워져 망토 안은 매우 훈훈했다.

"싱킬라의 가죽으로 만든 것이랍니다."

"싱킬라라니 그게 뭐죠? 당신 나라에 사는 동물인가요?"

"예, 싱킬라는 사막에 사는 동물입니다. 제가 사는 곳의 사막은 낮과 밤의 기온 차가 매우 심하죠. 낮에는 태양 빛에 물이 모두 증발해 버릴 정도고 밤에는 온 대지가 꽁꽁 얼어버리죠. 싱킬라는 그런 기후에서 살아가도록 진화된 동물입니다. 그래서 외부의 기온을 잘 차단시켜 주는 가죽은 매우 비싼 값에 거래되죠."

"어머, 제이디는 유럽 사람 아니었어요? 틀림없이 그쪽 귀족가(家)

사람일 거라 생각했는데."

혜라는 조금 실망했지만 다시 생각을 고쳐먹기로 했다. 사막이 있는 나라라면 굴지의 석유 재벌 아들일 수도 있는 것이다. 게다가 비싸다는 싱킬라의 가죽으로 망토를 해 입은 걸 보면 그의 재력이 상당하다는 얘기였다.

'호호홋, 석유 재벌가의 며느리가 되는 것도 괜찮을 거야. 그런데 싱킬라라는 동물은 어디에 사는 거지?'

그녀의 이런 허무맹랑한 생각들을 아는지 모르는지 제이디는 계속 미소만 짓고 있었다. 혜라는 그의 국적에 대해서는 일단 나중에 묻기로 했다. 그것 외에도 그에 대해서 알고 싶은 것이 수두룩했다. 가족 관계는 어떻고, 어떻게 그런 뛰어난 칼 솜씨를 지니게 되었는지, 또 좋아하는 사람은 있는지…… 그를 만난 후 처음으로 단둘이 이야기할 수 있는 기회가 온 것이었다.

"제이디, 게일이 찾는 거 같던데요."

심상치 않게 번뜩이는 혜라의 눈을 본 이안은 제이디를 구해주려 했다. 그러나 혜라에게는 씨도 안 먹혔다. 그녀는 오히려 제이디에게 착 달라붙었다.

"하아… 나 아무래도 동상에 걸렸나 봐요. 몸을 움직이는 것도 너무 힘들어요. 정신도 점점 희미해지고… 아아……."

"이런, 정신 차리십시오, 레이디. 자, 저를 붙잡으세요."

급기야 혜라가 쓰러질 것 같은 모션을 취하자 제이디는 얼른 그녀를 안았다. 그의 품에 안긴 혜라는 한쪽 눈을 가늘게 뜨고 이안을 향해 혀를 쏙 내밀어 보였다.

"웃차! 혓바닥은 멀쩡한 걸 보니 별로 걱정할 필요는 없겠군."

그들 앞의 커다란 바위로 뛰어오르며 게일이 말했다.

교활한 연기를 들킨 헤라는 얼굴을 붉혔다. 그녀는 정말로 이 남자가 마음에 안 들었다. 아무리 잘생긴 외모라고 하지만 말투 한마디 한마디가 예의없고 귀에 거슬렸다.

"쳇, 재수없어!"

그 말은 들은 게일의 얼굴이 험악해진 것은 말할 것도 없었다. 그러자 제이디가 얼른 두 사람 사이에 끼어들었다.

"게일, 이곳 말고 좀 더 적당하게 쉴 만한 장소는 없을까요?"

"조금만 더 가면 돼. 불빛을 봤으니까."

"잘됐다, 불빛이라면 산장 같은 게 있다는 거네?"

현재의 말에 게일은 고개를 저었다.

"별로 낙관하지 않는 게 좋을 거야. 마을 사람들조차 올라오지 않는 산에 산장 같은 게 있다면 수상한 일이지."

"윽! 그럼 어떡할 생각인데? 난 지금 죽을 맛이라구~"

현재는 다른 사람들 것보다 유난히 크고 묵직해 보이는 가방을 추슬러 메며 말했다. 그러자 게일이 시원스럽게 대답했다.

"그야 그냥 가보는 수밖에 없다는 거지."

"뭐야, 누굴 놀리는 거야?"

"얼른 따라와, 꼬마. 자꾸 투덜거리면 버리고 간다."

이렇게 말한 후 게일은 다시금 성큼성큼 앞서 나갔다. 그런 그에게 불만을 품은 또 한 사람이 있었으니, 바로 이안이었다.

"뭐, 저런 무책임한 나이트가 다 있어!"

"이해해 주십시오. 게일은 지금 저 정도도 우리를 위해 속도를 맞춰주는 거랍니다. 대신 그의 발자국만 따라가면 가장 안전하고 편안한 길이 될 것입니다. 눈 덮인 산길은 생각보다 더 위험하답니다."

"그럼 게일은 지금보다 더 빨리 갈 수도 있단 얘기예요?"

이안의 눈에 게일은 거의 뛰어가고 있는 것처럼 보였다. 눈보라와 얼음으로 가득한 험악한 산길을 저 정도로 빨리 가는 것만 해도 인간의 능력을 초월한 것이었다. 그런데 제이디는 망설임없이 고개를 끄덕였다.

"아마 그는 정말로 날아가고 싶은 심정일 겁니다."

"마리로슈와 한시라도 빨리 만나고 싶어서겠지?"

무언가를 알고 있다는 듯 현재가 말했다.

마리로슈? 이안은 지금껏 게일이 만나려 하는 사람의 이름조차 모르고 있었다. 게일이 이안의 몸에 들어가 있었을 때에만 마리로슈에 대해 얘기했기 때문이다. 이 일에 대해서 그녀는 혜라와 다를 바 없이 무지했다.

"마리로슈가 뭐야? 게일 씨가 찾는다는 사람이야?"

먼저 물어본 것은 혜라였다. 그러자 현재는 심각한 표정을 지었다. 그로서도 마리로슈가 누구라고 딱히 말할 수 있는 입장은 아니었다. 하지만 지금껏 들은 얘기로 미루어 그것은 사람 이름이었고, 여자였으며, 그녀는 매우 아름다울 것이고, 커다란 개를 데리고 있다는 사실 정도만 추측할 뿐이었다.

"한 사람을 죽도록 증오하면서도 사랑한다는 게 가능할까?"

현재는 혼잣말처럼 중얼거렸다. 그의 모든 증오와 모든 사랑을 받는 존재……. 제이디는 게일에게 있어 마리로슈의 존재를 그렇게 말했었다. 어쨌거나 그녀는 게일에게 매우 중요한 사람이 분명한 것이다. 좋은 의미로든 나쁜 의미로든.

"뜬금없이 무슨 소리야? 그런 사람이 세상에 어딨어. 좋아하면 사랑하는 거고 미우면 증오하는 거지."

혜라는 단순명료하게 대답했다. 현재 역시 얼마 전까지 그런 질문을 받았다면 똑같이 대답했을 것이다. 하지만 게일을 옆에서 지켜보는 동안 한 사람을 향해 두 가지의 감정을 갖는 것이 가능하다는 것을 알았다. 마리로슈에 대한 이야기가 나올 때면 게일의 두 눈은 증오로 들끓고 있으면서도 어딘지 그리워하는 듯한 느낌이 들었다. 하지만 현재는 아직도 그런 복잡한 감정을 다 이해할 순 없었다.

"만약 그런 사람이 있다면 나는 불쌍할 것 같아. 사랑하는 사람을 증오하는 것도 슬픈 일이지만 그건 살아가는 이유가 전부 그 사람 때문이라는 거잖아."

이안은 침울한 목소리로 계속 말했다.

"만일 증오와 사랑을 받는 대상이 죽거나 사라지게 된다면 그 사람은 어떻게 되는 거지? 왠지 그 사람은 살아 있지만 살아 있는 사람이 아닐 것 같애. 삶의 의미가 없어졌으니까."

"저 역시 그렇게 생각하고 있답니다, 레이디."

제이디는 슬프고 안타까운 표정이었다. 이안은 그의 슬픔을 왠지 자기도 느낄 수 있을 것 같은 기분이 들었다. 설마 게일에게 있어 마리로슈는 그런 사람인 걸까?

"불빛이 보인다. 빨리 오라구!"

이런 사정을 아는지 모르는지 게일은 어느새 저만치에서 손을 흔들고 있었다.

싸일러 프라스나무와 장미²

게일의 말대로 눈보라 속에서 노란 불빛이 반짝이고 있었다. 그 빛을 따라가니 작은 분지에 나무로 지은 오두막 한 채가 서 있었다. 처마며 기둥을 받치고 있는 나무가 폭삭 삭은 낡고 오래된 오두막이었는데 바람에 날아가지 않는 게 용할 정도였다. 불빛은 바람을 막기 위해 나무를 덧대놓은 창 틈 사이로 새어 나왔다.

"살았다!"

비틀비틀 걷던 이안 등은 어디서 힘이 났는지 오두막을 향해 달려가기 시작했다.

"이제 몸도 녹이고 밥도 얻어먹을 수 있겠지? 무엇보다 난 지금 뜨거운 물에 목욕을 하고 싶어."

"우리는 지금 온천에 놀러 온 게 아니야."

철없는 혜라의 말을 이안은 지그시 비웃어주었다. 물론 당연히 혜라의 반격이 이어졌다.

"오호라~ 그럼 넌 생고생하러 여기 왔구나?"

"어쨌든 온천이랑 흉가 정돈 구분할 줄 알지."

두 사람이 한쪽에서 아웅다웅하는 가운데 게일은 오두막을 주의 깊게 살폈다. 이안의 말대로 낡은 오두막은 흉가처럼 을씨년스러운 기운이 잔뜩 감돌고 있었다. 제이디가 조심스럽게 다가와 속삭였다.

"이 집은 결계로 둘러싸여 있군요. 심상치 않은 예감이 듭니다."

오두막을 둘러싸고 군데군데 다섯 무더기의 돌 더미가 보였다. 그 돌 무더기 위에는 빨간색 무늬가 새겨진 돌이 얹혀져 있었다. 상록의 집에 묻혀 있던 부적의 무늬와도 비슷했다.

게일은 광석이 지닌 힘이 악령을 물리친다는 믿음 때문에 돌을 하나씩 목에 걸고 다닌다는 어떤 지방의 얘기가 떠올랐다. 물론 그가 살던 세계의 얘기였지만 이 집의 돌 무더기도 비슷한 용도인 것 같았다. 오두막 주위에는 수많은 혼령들이 떠돌고 있었는데 돌 무더기로 만든 결계 때문인지 안으로 들어가지 못하고 있었다.

"이 산에 사는 혼령들은 생각보다 극성맞은 모양이군요. 이건 혼령들의 접근을 막기 위한 결계라고 생각되는데, 당신 생각은 어떻습니까?"

제이디는 다른 사람들이 듣고 동요할까 봐 작은 소리로 말했다. 그도 게일과 같은 생각을 했던 것이다. 마기를 감지할 수 있는 바인더라면 혼령과 같은 마이너스 적 기운도 감지할 수 있었기 때문이다.

"마을의 비밀을 지키기 위해 억울하게 죽은 사람들이 어디 한두 명이겠어? 그러니 집이 제대로 서 있으려면 이런 결계 정도는 필요하겠지."

제이디는 얼굴을 찡그렸다. 마물이라면 몰라도 그는 혼령이니 하는 이런 영적인 것들은 질색이었다. 오두막의 입구를 살펴보던 그가 고개를 갸웃했다.

"그런데 좀 이상하군요. 안에서 불빛이 새어 나온다면 사람이 산다는 얘긴데 발자국은 전혀 찍혀 있지 않습니다. 눈이 쌓인 상태로 보아 꽤 오랫동안 사람이 드나들지 않은 것 같은데요."

"흥, 상관없어, 마리로슈에 대해 알고만 있다면 악령이든 뭐든."

역시 게일다운 발언이었다. 제이디에게는 그것이 왠지 믿음직스럽게 느껴졌다. 그때였다.

"이것 봐! 돌이 이렇게 따뜻하잖아. 누가 알아? 이 집에 온천이 있을지."

이안과의 말싸움 도중 혜라는 돌 무더기에서 빨간 무늬가 새겨진 돌을 집어 들었다. 그 순간 피슛― 하며 바람 빠지는 듯한 소리가 들렸다. 게일이나 제이디처럼 감각이 예민한 사람들만이 알아챌 수 있을 정도로 미세한 소리였다. 두 사람의 눈이 날카롭게 빛났다.

그런 것도 모르고 혜라는 돌을 뺨에 댔다. 돌에서는 체온과 비슷할 정도의 온기가 느껴지고 있었다.

"어쨌든 난 들어갈래. 일 분 일 초라도 밖에 더 있다간 이대로 동사해 버릴 것 같아."

혜라가 오두막의 문을 열려 하자 게일과 제이디가 소리치며 달려들었다.

"멈춰!"

"그만두세요, 레이디!"

혜라는 놀라서 움찔하며 움직임을 멈췄다. 그러나 이미 늦은 후였다.

삐그더억―

낡은 경첩이 비명을 지르며 오두막의 문이 열렸다. 게일과 제이디는 허리에 차고 있던 검 손잡이에 손을 얹었다. 게일은 지금 카하바나의 검을 의태한 상록의 검을 허리에 차고 있었다. 그들의 긴장된 분위기 때문에 현재와 이안도 덩달아 숨죽이고 문이 열리는 것을 지켜보았다.

그러나 문은 열리기만 했을 뿐 안에서는 아무것도 나오지 않았다.

삐그덕……

다시 문이 닫히려 했다. 아무래도 바람 탓인 모양이었다.

"휴우, 난 또……."

현재는 긴장을 늦추며 고개를 빼고 오두막 안을 들여다보았다. 낡은 오두막 안에는 아무도 없는 것 같았다. 창문 옆에는 그들을 여기까지 불렀던 등불만 깜박거릴 뿐이었다. 드디어 현재의 앞을 가로질러 게일이 성큼성큼 안으로 걸어 들어갔다. 일행들은 그 뒤를 좇아 주춤주춤 발길을 옮겼다.

여덟 평 남짓한 오두막 안은 먼지가 많긴 했지만 잘 정리되어 있었다. 한가운데에 화덕을 중심으로 취사 도구가 놓여 있었는데 전부 놋 그릇으로 만든 골동품들이었다. 그리고 한쪽 구석에는 누덕누덕 기운 모포가 깔린 야전 침대가 있었고 옆에는 나무로 만든 세숫대야와 물통이 놓여 있었다. 숙식을 해결할 수 있도록 만든 전형적인 산장이었다. 화덕에 온기가 남아 있지 않은 것으로 보아서는 사람이 살지 않는 것 같았다.

"거봐, 산장이 맞잖아."

현재는 보이스카웃 캠프라도 온 줄 아는지 화덕에 불을 피우고 짐을 풀기 시작했다. 그의 가방 안에서는 분말 수프와 비스킷, 인스턴트 국들이 쏟아져 나왔다. 가방이 무거워 보였던 이유가 있었다. 아무래도 그는 이런 고생을 바라고 이 여행에 동참한 것 같았다. 하지만 신이 난 현재와 달리 아까부터 온천욕을 부르짖던 혜라는 굉장히 실망한 얼굴이었다.

"그럼 목욕탕은 없는 거야? 이건 뭐지?"

그녀는 야전 침대 머리 쪽의 두꺼운 보라색 커튼을 열어젖혔다. 그러자 매캐한 먼지와 퀴퀴한 냄새가 코를 찔렀다.

"크……!"

혜라는 퀴퀴한 냄새에 코를 틀어막으며 물러섰지만 반대로 이안은 눈을 반짝이며 달려들었다.

"여긴 사당인가 봐요."

불빛이 흐릿하게 비추는 그곳은 잡동사니들의 천국이었다. 천장에는 부적 같은 것들이 주렁주렁 매달려 있었고, 계단식으로 만들어진 단상에는 온갖 괴상한 물건들이 잔뜩 진열되어 있었다. 깨어진 그릇 조각이나 단추 따위, 그리고 무섭게 생긴 가면이나 나무나 짚으로 만든 인형까지 다양했다. 그리고…….

"이건… 설마 진짜일까요?"

이안은 단상의 제일 뒤쪽에 앉아 있는 한 쌍의 해골 남녀를 가리켰다. 불빛도 거의 비추지 않아 얼핏 보면 잘 보이지도 않았다. 그런데 자세히 보니 한 명은 사모관대에, 또 한 명은 녹의홍삼인 결혼 예복을 입고 있었다. 색깔이 허옇게 바랜 것으로 보아 꽤 오랫동안 이곳에 놓여 있었던 것 같았다.

"예, 진짜 사람의 뼈랍니다."

제이디는 불필요할 정도로 친절하게 대답했다. 이안은 슬그머니 뒤로 물러섰다. 그 순간 밖에서 바람에 스며들어 오며 뼈의 관절이 덜렁

덜렁 흔들렸다.

"까악!"

해골이 마치 살아 움직이려는 것 같아 혜라는 놀라서 소리쳤다. 그러면서도 제이디의 품 안으로 뛰어드는 것을 잊지 않았다.

"아무래도 밖의 결계는 이 녀석들 때문에 친 것 같군."

그 와중에 게일은 오히려 한 쌍의 해골 앞에 다가들어 이리저리 만지고 살펴보았다.

"그런데 이 옷은 뭐지? 너희들이 입고 있는 거랑 다르잖아."

그는 해골의 옷자락을 들춰보며 상당히 불만스러운 얼굴로 말했다. 현재가 설명해 주었다.

"그건 옛날 결혼할 때 입던 옷이야. 지금은 거의 안 입지만. 그런데 저 해골이 진짜라면 설마… 그 옷을 입은 채로 여기서 죽은 건 아니겠지?"

"안됐지만 그런 것 같은데? 호오, 그럼 녀석들이 내놓으라고 난리치던 신랑 신부가 이것을 말하는 거였군."

"녀석들… 이라니?"

현재의 물음에 제이디가 다시 한 번 친절하게 설명했다.

"이 집 주위를 떠도는 원혼들을 말하는 것입니다. 당신들의 눈에는 보이지 않겠지만 저희들은 느낄 수 있거든요. 결계가 깨졌기 때문에 그들은 곧 이곳으로 몰려들어 올 것입니다."

현재는 온몸에 오싹 소름이 돋았다. 하기야 음산하고 인적조차 하나 없는 산속에 귀신들이 둥지를 틀고 살아간다 한들 이상할 게 없었다.

"그… 결계라는 거 말예요. 설마 이 돌을 말하는 건 아니겠죠?"

혜라가 손에 들고 있던 돌을 슬그머니 앞으로 내밀자 제이디는 매정하게도 한 치의 주저함도 없이 고개를 끄덕였다. 그녀는 금방이라도 울 것 같은 표정이 되었다.

"저기요… 아무리 원혼들이라도 사람을 해치거나 하진 않겠죠?"

"경우에 따라선 해치기도 합니다."

이럴 때의 제이디는 얄미울 정도로 냉정했다. 혜라는 무서워서 오줌이라도 쌀 것만 같았다. 자기가 결계를 망가뜨렸으니 다른 사람들보다 더 큰 화를 당하게 되는 건 아닐까? 아무리 제이디가 싸움을 잘한다고 하지만 귀신을 상대로 뭘 어떻게 싸울 수 있을 것 같지도 않았다.

이안과 현재 역시도 마찬가지 생각을 하고 있었다. 게일과 제이디가 아무리 마물과 싸우는 재주가 뛰어나다고 하지만 이번 상대는 눈에 보이지도 않는 귀신인 것이다.

"세 분은 어서 저와 게일의 뒤로 숨으십시오."

제이디가 그들의 앞으로 나섰다.

"우와아앙! 집으로 돌아가고 싶어!"

혜라는 소리를 지르며 주저앉았다. 다리가 떨려서 한 걸음도 움직일 수 없었다. 그녀는 지금 이곳에 쫓아온 것을 철저히 후회했다. 사람 죽는 걸 보는 것도 모자라서 이젠 귀신 체험까지 하게 될 줄은……. 제이디에게 미쳐서 그와 함께라면 지옥까지 가겠다고 결심했지만 이런 역경과 고난까지 감미로울 정도로 그에게 미치지는 않았나 보다.

"걱정 마. 사람들이 이렇게 많으니까 괜찮을 거야."

이안은 바들바들 떨고 있는 혜라를 끌어안았다. 그녀 역시 무섭기는 마찬가지였다. 그래도 이런 일에는 선배가 아닌가. 게다가 아직은 게일을 믿기로 했다. 그는 주위 사람들의 긴장에도 아랑곳없이 의자에 느긋하게 앉아 있었다. 평소라면 마음에 안 들었을지도 모르는 제멋대로의 태도였지만 지금은 약간 건방져 보이는 그 자세가 매우 믿음직스럽기만 했다.

지이이잉—

드디어 앉아 있던 게일의 손에 검이 생겨났다. 그는 상록의 검을 허리에 차고 있었지만 역시 이런 일에는 웨일 소드가 더 제격이었다. 도복을 입고 길고 새까만 검을 손에 든 그는 무사처럼 믿음직스러워 보였다. 제이디도 곧 자기의 검을 빼 들었다. 동양의 무사와 서양의 기사는 각자 싸울 태세로 문밖을 노려보았다. 그들의 눈에서는 여느 때 볼 수 없던 살기가 뿜어져 나오고 있었다. 그때였다.

활짝— 텅!

잠가놓았던 문이 갑자기 벌컥 열리더니 문밖에서 세찬 눈보라가 휘몰아쳐 들어왔다. 오두막 안은 금방 눈발에 휩싸였다. 내부를 밝히던 불빛도, 화덕에 피워놓았던 불꽃도 순식간에 꺼졌다. 아직 정오를 지난 시간이었지만 하늘은 잿빛으로 어두웠다. 오두막 안은 온기도 사라지고 어슴푸레한 어둠이 깔렸다.

"호호호홋!"

공기는 불투명한 물감을 풀어놓은 것만 같았다. 그 공기를 꿰뚫고 날카로운 여자의 웃음소리가 들려왔다. 웃음은 바람을 타고 사방으로 날아다녔다.

휘익—

"혜라야!"

혜라의 몸이 부웅 하늘로 떠오르더니 허공에서 뱅글뱅글 맴돌기 시작했다. 기다란 머리채가 벽을 스칠 때마다 벽에 걸어놓은 물건들이 털썩털썩 떨어져 깨졌다.

"게일, 어떻게 좀 해봐요!"

소리치던 이안도 누군가 팔을 잡아채는 것을 느꼈다. 아무것도 없었다. 하지만 팔목에는 손가락으로 눌린 자국이 선명하게 찍혀졌다. 그녀는 곧 거칠게 잡아당기는 힘에 의해 끌려갔다. 그리고 몸이 아주 빠른 속도로 벽을 향해 내달려 갔다. 마치 누군가 힘껏 밀어 던져 버린 것만 같았다. 멈추고 싶었지만 몸이 말을 듣지 않았다.

"우와아아악!"

이안은 벽과 부딪칠 때의 충격을 최소한으로 줄이기 위해 어깨를 움츠렸다.

퍽! 우지끈!

낡은 나무 벽은 금방이라도 부서질 듯한 소리를 냈다. 어깨가 빠지는 것처럼 아팠다. 그런데도 그 힘은 다시금 이안의 어깨를 붙들고 이리저리 내던졌다.

"어어어……!"

그 힘은 이번에 그녀를 위로 들어 올렸다. 바닥으로 내팽개칠 모양이다. 그것도 화덕 위로. 화덕에는 불꽃이 꺼지긴 했지만 아직까지 열기가 식지 않은 숯덩이들이 발갛게 타오르고 있었다.

"난 몰라! 아무나 도와줘요!"

도움을 청해봤지만 모두들 도와줄 만한 여력이 안 됐다. 제이디는 어디로 갔는지 보이지 않았고 게일은 원혼들과 싸우느라 정신이 없었다. 그리고 혜라는 아직도 허공에서 빙글빙글 춤을 추고 있었다. 현재도 보이지 않는 상대에게 목 졸림을 당하는지 눈이 반쯤 뒤집힌 채 컥컥댔다.

"현재야!"

이안은 그 와중에도 현재가 위험한 것을 보자 놀라 소리쳤다. 현재는 그것이 도움을 청하는 소리인 줄 알았는지 움직이려 애를 썼다. 비틀거리며 한 발 한 발 이안을 향해 걸음을 떼어놓았지만 쉽지 않은 모양이다.

"씨바, 놓으란 말이야!"

그는 목을 움켜쥐며 악을 썼다. 그리고 팔과 다리에서 무언가를 떼어내는 동작을 취했다. 원혼이 눈에 안 보이니 혼자 원맨쇼를 하는 것만 같았다. 그러나 상황이 상황이니만큼 이안은 감동의 도가니에 빠져버렸다.

'최현재, 저렇게까지 나를 구하려고…… 흑흑, 난 이제 죽어도 여한이 없어.'

드디어 소원을 이룬 이안은 죽음 앞에서 초월의 경지에 이른 것이다. 하기야 인명은 재천이라 하지 않았던가? 나약한 인간의 몸으로 아무리 살려고 발버둥 쳐봤자 소용없는 일. 그때 몸이 휘청했다. 그녀를 붙잡고 있던 힘이 드디어 화덕 위로 집어 던져 숯불 구이를 하려는 모양이다.

"으아아! 안 돼! 난 맛없단 말야!"

이안은 금방 마음이 바뀌어 발버둥을 쳤다. 해탈은 아무나 하는 게 아닌 것이다. 하지만 그녀의 의지와는 상관없이 중력과 가속도에 의해 힘껏 아래로 던져졌다. 빨갛게 달궈진 숯덩이들이 2미터… 1미터… 50센티… 점점 가까워졌다.

"우갸갸갸……!"

이안은 고래고래 악을 써댔다. 전 세계의 모든 신을 찾아 빌고 그들에게 갖은 욕설도 다 해봤다. 수초 동안 그 많은 말들을 어떻게 다 했는지는 훗날 생각해 봐도 미스터리였다.

턱!

뾰족이 솟아 나온 숯덩이와 조우하기 직전 이안은 몸이 정지된 것을 느꼈다. 누군가 붙잡아준 것이다.

"괜찮아?"

현재가 걱정스럽게 물어왔다. 하지만 그의 퀭한 모습은 남을 걱정해 줄 만한 처지가 아닌 것 같았다. 때문에 이안은 더욱 감동해서 눈물을 글썽거렸다.

"고, 고마워. 너야말로 괜찮니?"

"보시다시피."

"흥!"

이 콧방귀 소리는 게일이 내는 것이었다. 그는 양쪽 옆구리에 하나씩 낀 현재와 이안을 내려다보며 비웃고 있었다. 자기 아니었으면 꼼짝없이 세상과 하직하게 됐을 주제에 서로를 걱정하는 꼴이라니.

딱!

그는 심술궂게 현재와 이안의 머리를 서로 맞부딪치며 말했다.

"자, 그만 노닥거리고 어서 밖으로 나가라구."

두 사람은 눈물을 찔끔대며 머리를 문질렀다.

"윽! 정이안, 너 생각보다 돌머리구나."

"아야~ 넌 생각했던 대로 돌머리네."

서로를 노려보던 그들은 잠시 후 자기들이 째려봐야 할 건 게일이라는 것을 깨달았다. 하지만 생명의 은인이니 봐주기로 했다. 사실은 봐줄 수밖에 없었지만.

싸일러 프라스 나무와 장미

위이이잉… 위이이잉…….

현재와 이안은 오두막 밖으로 나왔다. 밖은 숨 쉬기조차 힘들 정도로 눈보라가 몰아쳐 댔다. 아까와는 비교도 안 될 만큼 거센 눈보라였다. 머리카락과 옷자락뿐만 아니라 이안은 통통한 뺨까지 마구 흔들려 말을 할 수 없을 정도였다. 폭풍의 한가운데라도 들어와 있는 게 아닌가 싶었다. 바람이 어찌나 거칠고 사납던지 두꺼운 옷 사이로 마구 파고들어 왔다. 이빨이 자기도 모르게 덜덜 떨렸다.

"이쪼~기이~야~"

바람을 타고 저만치에서 헤라의 목소리가 들려왔다. 언제 구출되었는지 그녀는 제이디의 망토를 둘러쓰고 그의 옆에 서 있었다. 싱킬라의 가죽으로 만들었다는 망토를 온몸에 둘둘 휘감고 있었기 때문인지 하나도 추워 보이지 않았다. 오히려 양 볼이 발그스레하게 물들어 있는 것 같았다.

"으으……."

이안은 추워서 자기의 양 어깨를 부여잡았다. 추위를 참으려 했지만 온몸이 점점 굳어져 가는 기분이었다. 이 순간만큼은 혜라가 두른 망토가 부러워 죽을 지경이었다.

"쳇!"

현재는 패딩 점퍼의 지퍼를 내렸다.

"이거라도 걸쳐!"

이안은 눈을 휘둥그렇게 뜨고 현재를 보았다. 그가 걸치고 있던 목도리를 둘러준 것이다.

"하지만……."

이안이 뭐라 말하려 하자 현재가 가로챘다.

"안 돼! 점퍼까지는 벗어줄 수 없어."

'뭐야, 너도 추울 텐데라고 말하려 했단 말야!'

하지만 이안은 너무 감격해서 '고마워'라고 모기만한 소리로 겨우 말을 했을 뿐이었다. 그리고 현재의 체취가 묻어 있는 목도리 속에 얼굴을 깊이 파묻었다.

눈보라 속에 서 있는 제이디의 손에는 바인딩 북이 들려 있었다. 바인딩 북에 대해 잘 모르는 현재는 웬 책이냐며 뜬금없다는 표정을 지었다.

"세 분 모두 이 안으로 들어가십시오. 추위와 원혼들로부터 보호받을 수 있을 겁니다."

제이디가 가리킨 곳에는 연초록색의 빛덩어리가 놓여 있었다. 서너 사람이 서 있을 정도의 커다란 크기였다.

"와~ 여긴 눈보라도 없고 따뜻해!"

제일 먼저 빛덩어리 안으로 들어간 혜라는 주위를 둘러보며 감탄했다. 곧 이안도 안으로 한 발을 내딛자 포근한 온기가 전달되었다. 갑자기 따뜻한 곳에 들어오자 온몸이 아이스크림처럼 녹아 흐물흐물해질 것만 같았다.

안에 들어오니 밖의 풍경이 모두 연초록색으로 보였다. 마치 연초록색의 유리구슬 안에 들어와 있는 기분이라고나 할까? 머리 위의 눈들은 모두 튕겨 나갔고 바람도 비켜 지나갔다. 그리고 공기는 나른할 정도로 훈훈하고 따뜻했다. 들어올 때는 그저 아무 감촉도 없는 빛덩어리로만 보였는데 이상한 일이었다.

하지만 이안은 제이디가 바인딩 북으로 마물을 불러냈다는 걸 알고 있었다. 그렇다면 이건 도대체 무슨 마물이지? 그러나 제이디는 주변의 원혼들과 싸우느라 바빴기 때문에 물어볼 수가 없었다.

"현재야, 뭐 해, 빨리 안 들어오고?"

안으로 들어온 이안은 아직도 밖에 서 있는 현재를 불렀다. 현재는 잠깐 손을 들어 보일 뿐 움직이지 않았다.

히이이이익… 히이이이익…….

현재의 귓속으로 파고드는 눈보라 소리는 마치 귀신들의 웃음소리 같았다. 어떨 때는 머리 위에서 내리꽂히는 것같이 들리기도 했고, 또 어떨 때는 왼쪽에서 등을 훑고 지나는 것도, 또 땅 밑에서 솟아올라 발목을 잡아당기는 것도 같았다. 그 소리를 듣고 있자니 정신이 빠져 버릴 지경이었다. 하지만 그보다 더 정신이 없는 것은 제이디의 움직임이었다.

빛덩어리 안으로 들어가려던 현재는 걸음을 멈추고 넋 나간 사람처럼 제이디를 쳐다보았다.

파앗! 팟!

제이디는 마치 신들린 듯 검을 휘둘러 댔다. 그의 움직임을 따라 눈가루들이 사방으로 흩날렸다.

슈칵—

"까아아악!"

그의 검에서는 게일의 웨일 소드와 마찬가지로 푸르스름한 검기가 뿜어져 나오고 있었는데, 그 검이 무언가를 가르는 듯한 시늉을 하면 어김없이 비명이 들려왔다. 정확하고 매서운 솜씨였다.

제이디가 싸우는 걸 처음 본 현재는 그에 대한 부정적인 생각을 고쳐먹기로 했다. 현재가 할 소리는 아니었지만, 지금껏 그를 계집애처럼 예쁘장하게 생긴 바람둥이라고만 생각했던 것이다. 성기사란 칭호도 어쩌다 운이 좋아 달게 되었다고만 생각했다. 그런데 지금 보니 게일의 동료가 될 만한 충분한 자격이 있었다. 검을 들고 진지하게 싸우는 모습은 같은 남자가 봐도 멋있었다.

'보이지도 않는데 어떻게 싸울 수 있는 거지? 더구나 원혼들을 칼로도 벨 수 있는 건가?

하기야 제이디도 바인더라고 했으니 그가 가진 검도 평범하지는 않을 것이다. 그러나 만일 자기였다면 저 검을 들고 제이디의 반만큼이라도 싸울 수 있었을까? 현재는 게일 몰래 검도 도장에 다니고 있었다. 하지만 지금 실력으로는 어림도 없는 일이었다. 아니, 이대로 수십 년을 수련한다 해도 저 정도 실력을 쌓을 수는 없을 것이다.

현재가 생각하는 동안 원혼들의 비명은 수십 번도 더 들려왔다. 제이디는 계속해서 싸우고 또 싸웠다. 그러나 조금도 지친 기색 하나 없었다. 그것을 지켜보고 있자니 현재는 왠지 분한 마음이 들었다.

한편 오두막에 남은 게일은 기괴한 경험을 하고 있었다. 그에게 달려들던 원혼들이 갑자기 바람에라도 날아가듯 오두막 밖으로 밀려났던 것이다. 팔다리에 매달려 있던 수십 명의 원혼들이 떨어져 나가자 몸이 한결 가벼워졌다. 그런데 오히려 그의 예감은 더욱 불길한 쪽으로 기울고 있었다. 음습하고 나쁜 기운들이 한곳으로 몰려드는 느낌이 들었다.

삐그더억…….

마치 오래된 문이 열리듯 기괴한 소리가 들려왔다. 그 소리는 작게, 혹은 크게 여러 번에 걸쳐 들려왔다. 결혼 예복을 입은 한 쌍의 남녀가 단상에서 내려오며 내는 소리였다. 하지만 그들은 단상의 제일 아랫단에서 더 이상 움직이지 못했다. 분명 그 앞에 붙어 있는 부적 때문일 것이다. 그러자 원혼들은 오두막 밖에서 흐느끼며 말했다.

"신랑과 신부를 내놔……."

"어서 신랑과 신부를……."

저들은 아까부터 계속 같은 말을 하고 있었다. 게일 일행들을 해코지하려는 것이 아니라 이 두 해골에게 더 볼일이 있는 것이었다. 두 남녀의 해골만 내어준다면 순순히 물러날 것 같았다. 하지만 게일은 그들의 청을 쉽게 들어주지 않았다. 그는 오두막의 문 앞에 나와 원혼들과 마주 섰다.

"좋아, 내 질문에 만족스럽게 대답해 준다면 너희들이 원하는 대로 저 해골바가지들을 내주지."

그의 말이 끝나자 원혼들 사이에선 잠시 소요가 일어났다. 형체가 거의 남아 있지 않은, 죽은 지 오래된 혼들은 아무 생각 없이 계속 같은 말을 주절거렸다. 하지만 그렇지 않은 혼들은 자기들끼리 뭔가 얘기를 주고받기 시작했다. 그들은 대개가 서른을 넘지 않은 젊은이들이었다. 그들이 너무 심각한 표정으로 의논하는 것을 보자 게일은 웃음이 나오려 했다. 왠지 긴장하는 것처럼 보였기 때문이다.

"별로 어려운 질문은 아니니 고민들하지 말라고. 내가 묻고 싶은 건 이 산에 들어온 어떤 사람에 대한 거야. 이상한 기운이 담긴 검을 등에 메고 있는 여자."

그때 원혼들 사이에서 앳된 목소리가 터져 나왔다.

"신랑과 신부를 어서 돌려줘!"

소리친 꼬마의 혼령은 게일이 노려보자 바닥으로 쏘옥 숨어버렸다.

"돌려달라고?"

게일은 다소 의아한 표정을 지었다. 지금껏 저들이 이 해골 남녀를 빼앗아가려는 건 줄만 알았다. 그런데 돌려달라고 하는 걸 보니 원래는 이 원혼들의 동료인 모양이었다. 그러자 해골 남녀도 제자리에서 계속 삐그덕삐그덕 소리를 내며 앞으로 나가려 했다. 하지만 역시 부적에 막혀 단상에서 내려오지 못했다. 두 남녀도 원혼들에게로 돌아가려는 것처럼 보였다.

"오라버니, 도대체 어떻게 된 거죠?"

원혼들 중 젊은 여자의 원통한 목소리가 들려왔다. 그 말에 놀란 나머지 게일은 인상을 썼다.

오라버니라… 정말 오랜만에 듣는 호칭이다. 그 호칭만으로도 게일은 정신이 아뜩해지는 것 같았다. 하지만 자기를 오라버니라 부른 여자는 게일이 떠올리는 얼굴과는 전혀 안 닮았다. 시원스러운 이목구비에 청초한 느낌이 들긴 했지만 그녀가 아니었다.

여자는 게일의 육체와 혈육인 것이 분명했다. 상록과 그녀의 생김새가 매우 비슷했던 것이다. 그러고 보니 흐릿하긴 했지만 원혼들의 생김새가 모두 닮은 것 같았다. 밖에 있는 원혼들은 모두 상록의 혈족인 모양이었다. 그렇다면 이 해골 남녀도 상록의 조상들이란 말인가?

여자가 다시 말했다.

"오라버니의 몸에서 다른 사람의 영혼이 느껴져요. 당신은 우리 오라버니가 아닌가요?"

게일은 조금 난처한 표정으로 어깨를 으쓱했다.

"약간의 사정 때문에… 나는 지금 당신의 오라버니이기도 하고 아니기도 해."

그때 뭔가가 게일의 어깨를 톡톡 가볍게 두드렸다. 돌아보자 해골 남녀가 그를 응시하고 있었다. 응시라고 해봐야 두 개의 안구 구멍을 게일의 시선과 맞춘 것뿐이지만. 그들은 손으로 단상 앞에 붙어 있는 부적을 가리켰다.

"아하, 이것을 떼어달라?"

해골의 머리가 덜그덕덜그덕 흔들렸다. 게일은 수평으로 검을 한 번 휘둘렀다. 부적들이 반으로 잘리며 후두두둑 바닥에 떨어졌다. 그러자 해골 남녀는 금방 단상에서 내려올 수 있었다.

"와하……"

밖에 늘어서 있던 원혼들은 환호성을 질렀다. 해골 남녀는 움직이다 말고 삐그덕 소리를 내며 게일을 돌아보았다. 애틋한 표정이었다. 살한 점 없는 얼굴이었지만 게일은 그 감정을 느낄 수 있었다. 그리고 자기도 왠지 가슴 한 켠에서 싸한 슬픔이 밀려오는 것 같았다. 이것은 게일의 감정이라기보다 상록의 육체가 느끼는 감정일 것이었다.

해골 남녀 중 남자 쪽에서 게일에게 다가왔다. 그는 메마른 뼈다귀로 된 손을 앞으로 내밀었다. 무언가를 전해주려는 것 같아 게일은 손을 내밀었다. 남자의 손은 무척 차가웠다. 그 손과 마주치자 게일은 뼈가 모두 얼어버리는 것 같은 서늘함을 느꼈다. 순간 머리에서 이상한 진동음이 들려오며 정신이 아뜩해졌다.

게일은 어느 마을 안에 와 있었다. 무슨 축제라도 벌어졌는지 사람들이 잔뜩 모여 행진하고 있었다. 모두들 신랑 신부의 옷과 비슷한 차림을 한 채 악기들을 연주하고 노래를 불러댔다. 사람들의 행렬이 어느 낡은 집 앞을 지나갔다. 그들은 그 집 안으로 들어가 한 쌍의 남녀를 데리고 나왔다. 즐거워하는 사람들과 달리 남녀의 표정은 잔뜩 겁에 질려 있었다. 사람들은 남녀를 데리고 그대로 산으로 올라갔다.

산에는 새로 지은 오두막이 한 채 서 있었다. 게일은 아마 이 오두막이 처음 지어질 때의 환상을 보는 것 같았다. 두 남녀는 그곳에서 깨끗한 옷으로 갈아입혀졌다. 해골 남녀가 지금 입고 있는 옷이다. 그러자 나이 든 노인이 나와 뭐라 명령했다. 사람들은 그들을 오두막 안으로 들여보냈다. 지금껏 두려워 떨던 남녀는 드디어 고함을 지르며 도망가려 했다. 하지만 많은 사람들에 의해 결국 오두막 안으로 밀어 넣어졌다. 사람들은 오두막에 못질을 하기 시작했다. 남녀의 비명이 들리는 가운데 나이 든 노인은 이상한 의식을 치렀다. 아마도 그들을 제물로 바치는 의식인 것 같았다.

장면이 바뀌어 사람들이 문에 박은 못을 빼내는 것이 보였다. 시간이 꽤 흐른 뒤인지 두 남녀는 해골로 변해 죽어 있었다. 사람들은 그들의 몸에 부적을 붙이고 지금과 같은 상태로 만들었다. 그리고 두 남녀가 살던 낡은 집을 부수고 그곳에 거대한 집을 짓기 시작했다. 그렇게 해서 만들어진 것이 상록이 살던 그 고가였다.

게일이 다시 제정신으로 돌아왔을 때 손바닥에는 빨간 비단 주머니가 놓여 있었다. 도움이 될지 모른다고 생각해 받아두기로 했다.

"고마워."

그러자 해골의 안구 구멍에서 맑은 액체가 주르르 흘러 떨어졌다. 눈물을 흘리는 것 같았다. 자기들이 억울하게 죽은 걸로도 모자라 자손들까지 대대로 고통받았으니 맺힌 한이 오죽 많았겠는가?

잠시 후 해골 남녀는 나란히 오두막을 나갔다. 그러자 밖에 서 있던 원혼들이 양 옆으로 늘어섰다. 나이가 어린 혼령들은 좋아서 공중을 휙휙 날아다녔고, 오래되어 흐물거리는 혼령들은 '흐흐흐' 기괴한 웃음소리를 내기도 했다. 게일에게는 그 모습이 오랜만에 돌아온 가족을 환영하는 것처럼 보여졌다.

밖으로 나간 해골 남녀는 곧 화르르 재가 되어버렸다. 그리고 혼령으로 변해 혈족들과 함께 어딘가로 사라졌다. 사라지기 직전 그들은 잠시 동안 게일을 바라보며 이렇게 말했다.

"그녀는 나무 아래 잠들어 있다……."

"뭐?"

이미 원혼들은 사라지고 없었다. 그러나 게일은 침착한 표정이었다. 곧 마리로슈를 만나게 될 것만 같은 기분이 들었던 것이다.

"가족이라……."

그는 다소 씁쓸한 어조로 그 단어를 곱씹었다. 게일에게 있어 가족
이란 개념은 애초부터 있지도 않았다. 수많은 어머니들과 그녀들이 낳
은 수많은 형과 동생들…….

그 모두가 게일에게는 아버지의 부속물처럼 보였고 그의 권위에 대
한 전리품처럼 여겨졌었다. 게일은 한 번도 그들을 가족이라 여긴 적
도, 그들을 사랑한다고 생각했던 적도 없었다. 그 일이 있기 전까지
는… 그들 모두를 잃기 전까지는…….

"게일, 괜찮으십니까?"

밖에서 제이디의 외침 소리가 들려왔다.

"쳇, 그럼 내가 원혼들 따위에게 어떻게 되기라도 할 줄 알았나?"

게일은 투덜거리며 엉망진창이 된 오두막을 빠져나왔다. 그가 문밖
으로 마지막 발을 떼어놓기 무섭게 낡은 오두막은 삐그덕 비명을 지르
더니,

우르르르…… 쾅! 쾅!

기둥을 떠받치고 있던 나무들이 쓰러지고 지붕이 내려앉으며 요란
한 소리가 났다. 기다렸다는 듯 폭삭 주저앉아 버린 것이다. 먼지와 함
께 눈가루들이 날리며 시야를 자욱하게 가렸다.

콰쾅! 우르르르…… 쾅! 쾅!

곧 무너지는 소리가 대기를 진동시키며 산 전체에 메아리쳐 갔다.
아마도 지금쯤 마을 사람들은 산이 울부짖는다고 생각하고 있으리라.

"후후후… 역시 그랬군."

분진이 가라앉는 것을 지켜보던 게일은 씨익 웃었다. 허물어진 오두
막의 잔해들 틈에서 무언가를 발견한 것이다. 침대가 놓여 있던 바닥
의 일부분이 드러났는데 다른 바닥과 색깔이 달랐다. 그리고 먼지도

덜 쌓여 있었다. 그 부분을 자주 움직였다는 얘기다. 비밀의 문이 틀림없었다.

"문을 열려면 우선 이 잔해들부터 치워야겠군요."

"꼬마들을 데리고 옆으로 물러서 있어, 제이디."

게일이 뭘 어떻게 하려는 건가 싶어 제이디는 일단 그의 말대로 했다. 그러자 게일은 웨일 소드를 쥐고 잔해들 앞에 섰다. 그는 길게 호흡을 가다듬고 검을 휘두르며 힘껏 소리쳤다.

"가위이이일……! 정화의 바람!"

그러자 느닷없는 회오리가 게일의 주변을 에워쌌다. 그것은 주변에 널려 있는 잔해들을 휘감아 사방으로 날려 보냈다. 잠시 후 바람이 사라지자 게일이 서 있는 반경 3미터 이내에는 아무것도 남아 있지 않았다. 쌓여 있던 눈조차 녹아버렸는지, 아니면 바람에 날아갔는지 맨땅이 드러나 있었다.

"하핫! 정말 되는데? 하하하!"

게일은 혼자서 신나게 웃어댔다. 이 이상한 세계로 들어온 이래 이토록 기분 좋기는 처음인 것 같았다. 이안의 몸이었을 때는 에너지가 많이 소모되는 능력들을 쓸 수 없었다. 그런데 지금은 정화의 바람 같은 에너지를 많이 요하는 능력을 사용해도 몸이 거뜬했다.

"정화의 바람을 이런 하찮은 일에 쓰시다니… 가이아님이 아시면 크게 진노할 겁니다."

제이디는 비난의 기색이 역력한 말투였다. 하지만 정화의 바람이 뭔지 모르는 다른 사람들은 너무나 놀라울 따름이었다.

"마, 마치 무협 영화 같아."

"헤… 설마, 무슨 속임수가 있었을 거야."

이안이 놀라서 중얼거리자 혜라도 어딘가에 속임수 장치가 있을 거라 생각했는지 게일의 주변을 유심히 살폈다. 그리고 아무 말 없는 현재는 무언가 결심을 굳힌 얼굴이었다. 그는 활활 타오르는 눈으로 게일을 바라보고 있었다.

하지만 당사자인 게일은 아무 생각이 없었다.

"가이아님 따위 알 게 뭐야? 넌 성기사일지 몰라도 난 성황청과는 아무 상관 없는 사람이야."

"그렇다면 왜 성기사단이나 써야 할 정화의 바람을 사용하시는 겁니까?"

"쳇, 내가 뛰어나서 그런 걸 어쩌겠어? 난 있는 힘을 합리적으로 썼을 뿐이라고. 마음에 안 들면 성황청에 고발해 내 힘을 거둬가라고 하지 그래?"

"그런 뜻이 아니란 걸 아시지 않습니까!"

제이디는 마침내 소리치며 게일을 노려보았다. 고요하던 파란 눈동자에 노기가 서려 있었다. 평소 냉정하던 그가 이성을 잃고 화를 낸 것이었다. 그 사실을 깨달은 제이디는 곧 고개를 돌려 버렸다.

"그만 하죠. 더 이상 무익한 말싸움은 하고 싶지 않습니다."

하지만 게일은 물러서지 않았다. 그는 턱을 긁적이며 히죽 웃었다.

"흠… 설마 제이디, 너 아직도 정화의 바람을 쓸 수 없는 건 아니겠지? 하긴 이건 써프리머 급에 해당하는 능력이니까."

드디어 제이디는 울컥한 표정이 되었다. 정곡을 찔린 모양이다. 이제껏 당한 게 있던 게일은 회심의 미소를 지었다. 하지만 잠시 후 제이디는 예전의 냉철함을 되찾았다.

"후후, 하지만 게일, 당신이 지닌 육체는 제가 준 것임을 망각하지 않으셨으면 좋겠군요. 더불어 그 육체에게서 당신 영혼을 분리시킬 수 있다는 것도 말입니다. 성황청에서는 제게 당신을 규제할 수 있는 권리를 위임했죠. 그렇게 되면 정화의 바람은 물론이고 당신은 검조차 휘두를 수 없지 않겠습니까? 그녀를 만날 수도 없을 것이고요."

그리고 제이디는 싸늘하게 비웃었다. 가만 보면 그는 지는 것을 끔찍이 싫어하는 성격 같았다. 이쯤 되면 게일은 또 한 번 자신의 처지를 되씹으며 신관들을 욕할 수밖에 없었다.

"제길! 그만 하고 어서 서두르자고. 갈 길이 바쁘니까."

그는 애써 태연한 척했지만 이안은 알 수 있었다, 지금 게일이 무척 열받아 있다는 것을. 왜냐면 자기도 헤라와의 말싸움에서 패배할 때 몹시 열이 받았으니까. 처음엔 말주변없는 자기를 탓해보기도 했지만 이제는 그러려니 생각했다. 그 후부터는 오히려 마음이 편안해졌다. 사소한 일에 신경 써봤자 자기만 손해인 것이다.

"게일, 너무 열받지 말아요. 정신 건강에 안 좋거든요."

"뭐?"

게일이 버럭 화를 내려 했지만 이안은 다 안다는 듯 그의 등을 토닥여 주었다. 그녀는 지금 이 순간 게일을 이해해 주는 훌륭한 동행이었다.

그르르릉……

바닥에 있던 비밀의 문은 꽤나 육중한 소리를 내며 열렸다. 무거운 돌로 만들어졌기 때문이다.

문을 열자 제일 먼저 보인 것은 깊이 뻗어 있는 계단이었다. 현재가 가방에서 랜턴을 꺼내 비추었다. 그런데 아무리 깊이 랜턴을 비춰봐도 보이는 것이라곤 길게 이어진 계단뿐이다. 도대체 몇 개나 되는지 셀 엄두조차 나지 않았다.

"설마 여길 내려가라는 얘기는 아니죠?"

계단을 내려다본 혜라는 창백한 얼굴로 물었다.

"당연히 레이디에게 내려가라고는 하지 않아."

"휴우~"

"하지만 오고 싶은 사람이 있다면 따라와도 좋아. 단, 안전은 장담 못해."

'뭐야, 자기가 아쉬우니까 같이 가길 바라는 거면서 왜 저렇게 잘난 척이야? 다른 사람이 미쳤어?! 저 땅굴 속에 뭐가 있을 줄 알고 왜 사서 고생을 해.'

라며 혜라가 투덜거리는데 제이디가 슬며시 웃으며 말했다.

"당신의 동료라면 당연히 가야죠."

그러자 이번엔 현재가 나섰다.

"사부가 가는 길이라면 제자도 당연히 가야지."

"사부?"

게일은 현재의 말이 이해가 안 돼 설명을 구하는 표정을 지었다.

"이제부터 당신한테 검술을 배우기로 했어. 그러니까 당연히 사부라 불러야지."

아까부터 현재의 얼굴에 감돌던 결연한 표정은 이것 때문이었다. 단 시간에 실력이 늘기 위해서는 게일보다 더 훌륭한 스승은 없다고 판단한 것이었다.

"흥, 누구 맘대로."

게일은 비웃었지만 현재는 여간해서 포기할 눈치가 아니다. 평소에 심드렁한 성격인만큼 한번 고집을 부리면 누구도 말릴 수 없는 그였다. 그렇다면 이안도 질 수 없는 일이다.

"나도 당연히 가요. 내 안전은 나이트가 책임져 줄 테니 괜찮겠죠?"

게일은 이곳에 와서 참 많은 인간관계를 맺기도 했다. 동료에다, 제자에다, 레이디까지…… 물론 그가 원해서 이루어진 관계는 아무것도 없었다. 처음엔 뭔가 반박을 하려고 인상을 쓰던 게일은 '끄응' 하며 돌아섰다. 다른 사람이라면 몰라도 이 세 사람을 상대로 싸운다는 것은, 그것도 말로 싸운다는 것은 불가능한 일인 것이다.

"쳇, 마음대로들 해."

혜라는 거품을 물고 쓰러지기 일보 직전이었다.

저들이 나누는 대화들은 도저히 상식적으로 이해할 수가 없었다. 사람을 마구 죽인 사람과 친한 것도 모자라 귀신들과 싸우더니, 이제는 정화의 바람이 어떻고 영혼이 어떻고…….

무슨 괴상한 꿈을 꾸는 것만 같았다. 그녀는 한시라도 빨리 여기서 나가고만 싶었다. 그런데 저들은 오히려 이 컴컴한 지하 속으로 못 들어가서 안달이었다. 밑에서 올라오는 퀴퀴한 냄새는 차라리 하수도가 더 나았다. 적어도 괴물 따위는 나오지 않을 테니까. 그런데 단체로 미치기라도 한 건지 전부 따라가겠단다.

이렇게 되면 혜라에겐 다른 선택의 여지가 없었다. 혼자 이 끔찍한 산속에 버려진다는 건 상상하기도 싫었다. 이왕 이렇게 된 것 어쩔 수 없는 일이다. 애당초 이 여행에 따라나선 것부터가 잘못이었으니까. 좋아! 끝까지 한번 가보는 거야!

"나, 나도 갈래요! 난 제이디의 레이디니까요!"

라고 말한 그녀는 콧김까지 뿜어내며 제이디가 벗어준 망토 자락을 당당히 휘둘러 보였다. 하지만 잠시 후에 약간 후회가 됐는지 조심스럽게 제이디에게 물었다.

"그런데 이 계단이 얼마나 길까요?"

의외로 대답을 해준 것은 게일이었다. 물론 친절하게 말로 설명한 것은 아니었다. 그는 오두막의 잔해 속에서 동글동글한 방울 같은 것을 하나 집어 들었다. 그리고 지하 계단을 향해 집어 던졌다. 시간이 꽤 흐른 후에 딸랑! 방울이 바닥에 부딪치는 소리가 아득하게 들려왔다. 떨어지는 시간이나 소리의 위치로 짐작해 바닥은 굉장히 멀리 있는 것 같았다. 물론 방울이 떨어진 곳도 계단의 끝이 아닐 가능성이 더 컸지만.

혜라는 울상을 지었지만 어느새 게일과 일행들은 비밀의 문 안으로 들어가고 있었다.

싸일러프라스나무와 장미 4

일행들은 계속 계단을 밟으며 점점 더 깊은 지하로 들어갔다. 안은 온통 얼음 천지라 미끄러지지 않고 걷는 것도 힘든 일이었다. 게다가 음습한 한기가 땅속에서 계속 뿜어져 나왔다. 계단을 하나씩 밟을 때마다 기온이 1℃씩은 더 떨어지는 것만 같았다. 이러다가 냉동인간이 될 것만 같았다.

"이건 마치 카타콤(초기 그리스도 교도의 지하 묘지. 로마 제국의 박해 시대에 그리스도 교도들의 피난을 겸한 예배 장소로 이용됨)으로 가는 길 같아. 같아… 같아……."

허연 입김과 함께 나온 이안의 목소리는 메아리가 되어 사방을 돌아다녔다. 얼마쯤 걸었을까?

토옥.

이안은 정수리에 떨어지는 물방울을 맞고 재채기를 해댔다.

"앗, 차거! 푸헤춰! 푸헤춰!"

끝나지 않을 것 같던 계단이 겨우 끝나고 동굴 입구가 나온 것이다. 천장에 있는 기괴한 모양의 종유석들로부터 물방울이 떨어지고 있었다. 바닥에는 그 물방울들이 작은 샘이 되어 흘렀다. 이안의 재채기 소리에 놀랐는지 동굴 천장에 매달린 종유석의 물방울들이 샘물 안으로 후두두둑 떨어졌다.

첨벙첨벙…… 픽!

"윽!"

그중 하나가 혜라의 정수리에 맞았다. 꽤 큰 것이라 그녀의 목이 앞으로 꺾일 정도였다.

"괜찮니?"

이안은 놀라서 물었다. 혜라는 제이디의 망토에 달린 후드를 쓰고 있긴 했지만 그래도 아플 것 같았다. 역시나 그녀가 가만히 있을 리 없었다.

"아야아~! 머리가 너무 아파. …어지럽기도 하고. 아무래도 가벼운 뇌진탕인가 봐… 요."

그러면서 혜라는 제이디 쪽을 보며 위로를 청했다. 그녀는 위기를 기회로 만드는 데 매우 능숙했다. 그러자 제이디는 혜라의 기대에 부응하는 반응을 보였다.

"이런… 조심하셔야죠. 자, 제게 기대서 걸으십시오. 아무래도 레이디처럼 섬세한 분에겐 너무 힘든 여행인 것 같군요."

라며 낯간지러운 멘트도 서슴없이 내뱉었다. 혜라는 기다렸다는 듯 제이디의 어깨에 기댔다. 생글생글 웃고 있는 것을 보니 이안이 걱정할 필요는 없는 것 같았다.

"저 레이디는 엄살이 아주 심하군. 싱킬라 가죽을 쓰고 있으면 돌로 머리를 내려쳐도 안 아프지."

게일이 이안의 옆을 지나가며 무심한 얼굴로 얘기했다. 하지만 가증스런 연기를 하는 건 헤라뿐만이 아닌 것 같았다. 제이디는 안타까운 위로를 했던 것과 달리 입 모양은 빙글빙글 웃고 있었다.

하기야 그는 싱킬라 가죽이 가진 특성을 누구보다 잘 알고 있을 것이다. 그런데도 일부러 속아주는 것을 보면 타고난 바람둥이거나 남을 놀리는 걸 좋아하는 못된 심보를 가진 게 분명했다.

'정말 환상의 가증스러운 커플이야.'

이안은 어이없는 표정을 지었지만 게일은 익숙한 일인 것 같았다.

"저 녀석은 다 나쁜데 저게 제일 나쁜 점이지. 모든 레이디들이 자기를 좋아한다고 생각하니까."

"여기선 그런 걸 왕자병이라고 해요. 자기가 제일 잘난 줄 아는 병이죠."

"흠… 그렇군. 하지만 제일 잘난 녀석을 왕자라고 부르는 거라면 저 녀석은 사실 왕자보다 더 높은 지위에 있는걸?"

"왕자보다 더 높다면… 설마 왕이란 말야?"

옆에서 듣고 있던 현재가 끼어들었다.

"설명하려면 복잡해."

게일은 궁금한 듯 눈을 반짝이는 현재와 이안을 외면하며 성큼성큼 걸어갔다.

라프란드 대륙 전체에서 가장 높은 것은 성황이었다. 왕들은 성황의 아래에서 각국을 다스린다. 그런 성황의 직속 부대가 바로 성기사단이다. 이렇다 보니 성기사단은 어떤 나라의 국왕도 감히 건드릴 수 없었고 실질적으로 한 나라의 국왕보다 더 높은 지위에 있었다. 제이디는 그런 성기사 단장의 아들이었으며 차기 단장 후보 중 한 명이기도 했다.

하지만 록센 왕국의 사정을 모르는 현재와 이안으로서는 아무리 궁리해도 알 수 없는 사실이었다. 도대체 왕자보다 높고 왕도 아니라면 어떤 사람인 거지?

이안이 잔뜩 궁금해하며 바라보자 그 시선을 느꼈는지 제이디가 쳐다보았다. 눈이 마주치자 그는 살짝 인사를 하며 미소를 건넸다. 여자들이 자기의 매력에 얼마나 약한지를 잘 알고 있는 것이다. 이안은 왠지 화가 나려 했다.

"어휴, 저 왕자병……."

이라고 중얼거리던 그녀는 고개를 갸웃했다. 제이디에게는 왕자병이란 욕이 안 통하는 것이다. 생각해 보라. 이미 왕자보다 높은 그에게 왕자병이라는 것은 겸손하다는 얘기가 되는 것 아니겠는가?

얼마쯤이나 걸었을까? 현재와 이안은 드디어 추위를 참고 걷는 데 한계에 도달했다. 동굴 안은 바람이 불지 않는데도 축축하고 차가운 기운이 뼛속까지 스며들었다. 현재가 몸을 부르르 떨며 멈춰 섰다.

"이봐, 아까 같은 결계를 펼치는 건 어때? 그러면 조금 더 따뜻하고 효율적으로 걸을 수 있을 텐데 말야."

그는 제이디를 싫어했지만 이 순간만큼은 우호적인 미소를 띠며 말했다. 이안도 현재의 말에 적극 동의한다는 얼굴로 고개를 끄덕였다. 아까의 초록색 빛 속에서처럼 아늑하고 포근한 그 느낌을 다시 한 번 느껴보고 싶었다. 하지만 제이디의 대답은 부정적이었다.

"아까는 어쩔 수 없는 경우였답니다. 당신들이 들어가 있던 결계는 자주 사용해서는 안 되는 힘이었죠."

"그 결계도 바인딩 북의 마물을 소환한 거였죠? 무슨 마물이길래 눈과 추위조차 접근하지 못하게 한 거예요? 그런 마물이라면 불러내도 나쁠 건 없잖아요."

이안이 말하는데 게일이 대뜸 질문을 해왔다.

"설마 너, 마물의 결계를 이 애들에게 사용한 거야?"

"어쩔 수 없었습니다. 당신의 레이디와 제자를 무사히 지키려다 보니……."

제이디는 조금 난처하다는 듯 양미간을 찡그렸다. 그러자 현재가 물었다.

"그런데 마물의 힘을 사용한 사람들은 그 힘에 조종당하기 쉽다고 하지 않았어? 설마 우리한테 뭔가 이상한 일이 벌어지는 건 아니겠지?"

"바보 같은 소리! 어떤 마물이든 그 힘을 사용하면 그만큼의 대가를 치러야 하는 거야."

그러자 이안이 이해할 수 없다는 표정을 지었다.

"하지만 제이디는 바인딩 북을 꺼내 마음대로 마물들을 부리잖아요?"

"제이디는 바인더니까 상관없어."

"그럼 우리는 어떻게 되는 거지?"

현재의 물음에 게일은 제이디를 노려보았다. 그러자 제이디는 모른 척 시선을 돌려 혜라에게 쓸데없는 말을 걸었다.

"이런, 레이디… 발 밑을 조심하십시오. 차가운 샘물이 그 고귀한 발을 적실까 염려스럽군요."

이제 보니 제이디는 자기에게 불리한 상황은 외면하는 성격이었나 보다. 알면 알게 될수록 첫인상과는 많이 다른 그였다.

"저 녀석은 그래도 성기사니까 너희들에게 해를 끼치는 일은 하지 않았을 거야."

"맞아요. 그건 그냥 초록색의 빛덩어리였어요. 제이디가 그 안에 들어가면 원혼들과 추위를 피할 수 있을 거라고 하자 정말 그랬어요. 안은 굉장히 따듯하고 아늑한 게……."

이안의 설명을 듣던 게일은 무언가 짐작 가는 게 있는 듯 고개를 끄덕였다.

"아무래도 그건 파테미나 같은데."

"파테미나요?"

이안이 궁금한 표정으로 묻자 게일은 귀찮은 듯 손을 내저었다. 제이디가 불리한 상황을 외면하는 성격이라면 게일은 복잡한 설명을 해야 하는 상황을 외면하는 성격이랄까? 그리고는 제이디를 향해 이를 뿌드득 갈았다.

"제이디 녀석! 너야말로 성직자 주제에 잘도 파테미나 따위를 불러냈구나!"

지금껏 못 들은 척 혜라와 함께 걷던 제이디가 빙긋 웃으며 돌아보았다.

"그 합리적 사고방식은 당신에게서 배운 거랍니다."

"뭐?!"

"앗! 이제 슬슬 동굴도 끝날 모양인데요?"

제이디는 금방이라도 덤벼들 듯한 게일을 외면하며 앞을 가리켰다. 울퉁불퉁한 동굴 끝에 흐릿한 안개가 펼쳐져 있었다. 현재가 랜턴을 길게 비추자 안개 속에서 잔뜩 이끼 긴 돌 벽이 모습을 드러냈다.

"벽이잖아요? 막힌 건가요?"

이안은 이끼 사이로 물이 흐르는 벽을 올려다보며 말했다.

"아니, 이건 문이야."

게일은 단호하게 이야기하고 문 앞에 마주 섰다. 자세히 쳐다보니 이안은 왜 그가 문이라고 했는지 알 수 있었다. 벽의 바닥에 부채꼴 모양으로 긁힌 자국이 보였다. 그리고 돌 벽의 중간쯤에 돌을 박아 넣은 것처럼 볼록 튀어나온 부분이 있었다. 그 부분에 이끼가 끼어 있지 않은 것으로 보아 손잡이에 해당되는 것 같았다.

그르르르릉…….

게일이 그것을 힘껏 잡아당기자 육중한 소리와 함께 돌문이 입을 쩌억 벌리기 시작했다.

"화앗!"

일행들은 얼굴을 찡그리며 눈을 가렸다. 문 안쪽에서 쏟아져 들어오는 빛이 눈부셨던 것이다. 하기야 생각해 보면 지금은 아직 해 지기 전의 오후. 현재의 손목시계는 2시 30분을 가리키고 있었다.

문은 이제 완전히 입을 벌린 상태였다.

그곳은 정말로 다른 세계라고밖에 할 수 없었다. 짙게 깔린 안개 밭 속에서 드넓게 펼쳐진 푸른 잔디를 본 것이다. 지금은 한겨울이었는데도 말이다. 잔디가 깔린 언덕 위에는 온갖 종류의 꽃과 나무들로 가득했다. 축축한 바람에는 풀 내음이 가득 실려 있었다. 이곳에는 벌써 봄이 와 있는 것이다.

일행들은 누구라고 할 것 없이 문 안으로 뛰어들어 갔다. 잔뜩 긴장하고 있었건만 주위에 이상한 괴물 따위는 보이지 않았다. 그리고 앞으로도 나타날 것 같지 않았다. 괴물이 있었다면 이 푸른 잔디와 꽃들이 상하지 않았을 리가 없었다.

"알 수 없는 곳이군."

중얼거리면서 마지막으로 게일이 문 안으로 들어가자 돌문은 쿠웅! 육중한 소리를 내며 닫혔다. 불길한 장소에 들어왔을 때 흔히 그렇듯이. 하지만 누구도 걱정하지 않았다. 그들이 보기엔 이곳이야말로 낙원이었으니까. 이안과 혜라는 금방 두터운 겉옷을 아무 데나 벗어버리고 언덕 위를 내달리기 시작했다.

"와하하하! 풀, 풀이다!"

이안은 예전에 눈을 무척 좋아하던 소녀였다. 하지만 지금은 그 눈을 보지 않게 된 것만으로도 기분이 무척 유쾌했다.

"호호호, 풀 냄새가 너무 좋아!"

혜라는 풀 따위에 별 관심이 없던 소녀였다. 하지만 지금은 이 풀들이 제이디만큼이나 사랑스러웠다.

"와아!"

그녀들은 미친 듯이 사방에 풀을 뿌려대며 언덕 위를 뒹굴었다. 정말 이럴 때만은 죽이 잘 맞는 두 소녀들이었다.

"수선스럽기는……."

한쪽에선 현재가 시니컬하게 중얼거렸다.

하지만 이 아름다운 낙원에 들어온 게일과 제이디는 오히려 심상치 않은 얼굴로 주위를 둘러보고 있었다. 특히 게일의 얼굴은 이상할 정도로 굳어져 있었다. 그러더니 이곳을 잘 알고 있는 것처럼 성큼성큼 언덕 위로 걸어 올라가기 시작했다.

현재는 무슨 일인지 궁금했지만 묻지 않았다. 저렇게 심각할 때의 게일에게는 아무것도 묻지 않는 게 상책이었다. 그러나 말없이 그를 쫓아가는 제이디는 뭔가 알고 있는 표정이었다. 그러다 현재를 보며 빙긋 웃었다. 왠지 약 올리는 것 같아 열이 받으려는데 그가 의미심장하게 말했다.

"이곳은 마치 록센의 봄 같군요."

록센이라면 게일이 살던 나라의 이름이었다. 하기야 현재가 봐도 여기는 자기가 사는 나라가 아닌 다른 세계에 온 것만 같았다. 오히려 사진 속에서 보았던 중세의 전원 풍경과 닮았다고나 할까? 그런데 록센의 봄이 어쨌다는 거야?

"와! 저것 봐! 반딧불인가 봐."

풀밭에서 뒹굴기를 끝내고 옷에 묻은 풀을 털어내던 두 소녀들은 언덕 위를 가리켰다. 안개 속에서 초록색의 작은 불빛들이 떠다니고 있었다. 그러자 제이디는 그녀들의 잘못된 지식을 정정해 주었다.

"저건 파테민입니다. 반딧불과는 다른 거죠."

"파테민이요? 아까 그 마물의 이름이랑도 비슷하네요? 그 마물 이름이 파테… 뭐였더라? 아, 파테미나였죠? 제이디네 나라는 이름들이 전부 비슷해서 외우기 힘들겠어요."

그러자 제이디는 이안에게 자세히 설명해 주었다.

"파테민이 마기를 흡수해 변이된 마물을 파테미나라고 부르는 거랍니다. 파테민은 히시아몬이라는 약초를 먹고 자라는 독특한 생명체죠. 그것이 파테민일 때는 사람에게 아무 해가 없습니다. 하지만 파테미나로 변이되면 지금보다 훨씬 더 커다란 빛을 내뿜고 사람을 그 안에 가둘 수도 있지요. 파테미나 안에 갇힌 사람들은 자기가 바라는 가장 평온하고 안락한 상태로 있을 수 있답니다."

"으응… 그러니까 아까 우리들은 원혼들과 추위를 피하고 싶어했기 때문에 그런 상태에 놓였던 거군요? 그럼 마물이라도 좋은 녀석이잖아요."

그러자 못 들은 척 걷기만 하던 게일이 무뚝뚝하게 한마디 했다.

"좋은 마물 따윈 이 세상에 없어. 그 평온함 때문에 파테미나의 빛 속에서 나오기 싫어지게 되고, 결국 놈에게 내장과 골을 파먹히면서 아픈 줄도 모르고 죽어가는 거야."

이안의 얼굴이 점점 일그러졌다. 게일의 말대로 제이디가 그 빛을 거둬 버렸을 때 세 사람은 무척 아쉬워했었다. 그리고 그 안에서 느꼈던 안락함이 떠오를 때마다 다시 제이디를 조르고 싶어졌던 것이다.

"그럼 우리도 좀 더 오래 있었으면 뜯어 먹힐 뻔한 거였어요?"

"잠깐 동안이라면 상관없습니다."

"그걸 변명이라고 하는 거예요?!"

제이디는 이안의 살벌한 눈을 피해 괜히 흠흠거리며 앞으로 걸어갔다.

세상에! 파테미나는 마치 마약과도 같았던 것 아닌가? 어쩌면 게일보다 더 위험한 인물이 제이디일지도 몰랐다.

씩씩대며 걸어가던 이안은 갑자기 또 하나의 의문이 솟아났다.

"그러면 파테민이 있다는 것은 이곳에 히시아몬이라는 약초도 자란다는 거잖아요! 파테민이나 히시아몬은 게일의 나라에만 있는 거 아니었어요?"

이안은 지금껏 꽤 많은 책을 읽어봤지만 히시아몬이라는 약초나 파테민이라는 날벌레는 들어본 적도 없었다. 그래서 록센 왕국에만 있는 거라 생각했는데……. 아니면 이곳에선 다른 이름으로 불리는 걸까?

그러자 게일은 인상을 찌푸리고 간단하게 대답했다.

"바로 저기 있잖아."

언덕 위에 다 올라온 그는 그 너머의 다른 언덕을 가리켰다.

안개 속에 수많은 초록색 불빛들이 날아다니는 광경은 장관이었다. 바람이 불 때마다 파테민들은 좀 더 밝은 빛을 내며 반짝였다. 수천 수만 개의 에메랄드를 허공에서 뿌린다면 이런 모습일 것만 같았다. 그 아래에는 울창한 나무들을 담장처럼 두르고 드넓은 밭이 펼쳐져 있었다. 그것이 히시아몬의 밭인 모양이다.

일행들은 너무 아름다운 광경에 넋을 잃고 탄성을 내질렀다. 그러나 게일은 두 눈을 매섭게 빛내며 혼잣말을 중얼거렸다.

"역시… 제대로 찾아왔군."

한동안 히시아몬의 밭을 바라보던 이안은 고개를 갸웃했다.

"그런데 이상해요. 파테민들은 히시아몬을 먹고 자란다는데 왜 밭을 돌보는 사람이 아무도 없죠?"

"파테민들은 밤에 식욕이 왕성해지기 때문에 낮에는 돌볼 필요가 없지."

"아하~ 그렇구나. 그럼 히시아몬 농사를 짓는 사람들은 주로 밤에 일을 하겠군요?"

이안은 비로소 모든 의문이 풀렸다는 듯 고개를 끄덕였다. 아까부터 이곳에 사람의 그림자가 안 보인다는 것이 이상했다. 하지만 설명을 듣고 보니 이곳 사람들은 밤에 일을 하느라 낮에는 모두 잠을 자는 모양이다. 참 안타까운 일이다. 이렇게 아름다운 광경을 보지 못하고 한낮에 잠을 자야 하다니……

히시아몬의 밭은 생각보다도 더 넓었다. 처음 봤을 때는 언덕 하나만 넘으면 될 것 같았는데 밭은 몇 개의 언덕에 걸쳐 있었다. 두어 시간 이상을 걸었는데도 끝날 기미가 안 보였다. 하지만 이제는 안개도 사라지고 주변 경관을 감상할 수 있었으니 유람이라도 나온 기분이었다. 게다가 아까부터 바람에 실려오는 알싸한 향기 때문인지 기분이 좋았다. 마치 공중에 붕 떠서 걷는 느낌이랄까? 다리도 안 아프고 몸도 무척 가벼웠다. 이대로라면 며칠이라도 걸을 수 있을 것 같았다.

"이건 키우기 힘든 작물인데 농사가 아주 잘됐군."

게일은 히시아몬 잎사귀 하나를 뜯어 질겅질겅 씹더니 중얼거렸다. 평소에는 전혀 상상할 수 없는 행동이라 이안은 웃음이 나왔다. 그의 행동은 마치 숙련된 농사꾼 같았다.

"게일의 나라에는 히시아몬 농사를 아주 많이 짓나 보죠?"

"아니, 저건 아주 귀한 약초라 록센에서도 여간해선 구하기 힘들지."

그렇게 말하는 게일의 목소리에는 왠지 자부심이 담겨 있었다.

"그런데 어떻게 히시아몬이나 파테민에 대해 그리 잘 알아요?"

"히시아몬은 우리 영지의 대표 작물이었으니까."

어쩐지 그가 자랑스러워하더라니……. 그런 걸 보면 게일 같은 성격 파탄자도 애향심만은 깊은 모양이었다. 어쨌든 그가 모처럼 자기 얘기를 꺼냈기에 이안과 현재는 기회를 놓칠세라 질문을 해댔다.

"그럼 게일네 집도 히시아몬 농사를 지었어요?"

"히시아몬 농사 때문에 게일의 영지는 부유했겠네?"

두 사람이 동시에 물었지만 게일은 화를 내지 않고 순순히 고개를 끄덕였다. 오랜만에 고향에 돌아온 것 같아 기분이 느슨해진 모양이었다.

"하지만 농사는 소작인들이 지었지. 가난한 영지에선 영주들도 농사를 지었지만 우리 영지는 풍요로웠으니까."

그의 말이 끝나기 무섭게 두 사람은 놀라서 눈을 동그랗게 떴다.

"에~? 설마 영주였어요?"

그제야 게일은 자기가 쓸데없는 소리를 지껄였다는 걸 깨달았다. 그는 아무 대답도 없이 성큼성큼 걸어가 버렸다. 하지만 제이디가 대신 대답해 주었다.

"그는 영주가 아니라 영주의 후계자였습니다. 아주 풍요롭고 부강한 영지였었죠."

"제이디! 더 지껄이면 가만 안 두겠다!"

저만큼 걸어가던 게일이 무섭게 노려보며 소리쳤다.

"이런, 더 얘기했다간 목이 달아날지도 모르겠군요."

제이디는 눈을 찡긋하며 입을 다물었다. 그러나 현재는 조금 전 그의 얼굴에 스쳤던 안타까운 표정을 놓치지 않고 보았다. 게다가 이상하게도 게일과 제이디는 계속 과거형으로 이야기하고 있었다.

'설마 게일의 영지가 지금은 그렇지 못하다는 걸까?'

"한 가지만 더 물을게. 히시아몬은 도대체 무슨 약초길래 그렇게 귀하다는 거지?"

현재의 물음에 제이디가 다시 대답했다.

"히시아몬은 매우 아이러니한 식물입니다. 모든 독 기운을 치유할 수 있는 효능을 지니고 있죠. 그러나 정작 자신은 독성을 먹고 자랍니다. 그러니 히시아몬이 자라는 땅에서 함부로 물을 마시는 것은 어리석은 일입니다. 독에 감염될 수도 있고, 또 무엇보다 파테민의 알이 산란되어 있으니까요."

그제야 현재는 뭔가 깨달은 듯했다.

"그렇다면 이 산 전체가 독성화되어 있다는 건데……. 그럼 상록의 집이 방벽 역할을 했다느니 뭐니 했던 것도 마을에 독성이 퍼져 나가는 것을 막기 위해서였다는 거네?"

제이디는 고개를 끄덕였다.

"이제 이해하겠습니까? 마을 사람들은 큰 수익원이 될 히시아몬 농사를 계속해야만 했던 겁니다. 하지만 그러려면 마을 전체가 중독될 위기에 놓였던 거죠. 그래서 상록의 집을 방벽 삼아 산에 퍼져 있는 독성을 가둬 버렸던 겁니다."

"너무하네. 아무리 돈에 눈이 뒤집혔다고 해도……."

제이디와 현재의 대화를 듣고 이안은 그제야 이 마을에 대한 수수께끼가 풀렸다. 산속에 살면서도 마을이 그렇게 부유했던 것, 그리고 외지 사람들을 그토록 경계했던 것, 마을 사람들조차 이 산에 들어오지 못하게 했던 것 등등……. 게일이 몸을 빌려 쓰는 바람에 그녀는 상록의 집안 사건에 대해서는 얘기만 대충 들었던 것이다.

그러니까 정리하자면, 이 마을이 그토록 부유할 수 있었던 것은 히시아몬을 키운 덕분이었다. 하지만 히시아몬은 독성이 있는 땅에서밖에 자랄 수 없으니 사람이 살 곳은 못 되었던 거다. 마을 사람들은 부(富)를 포기하느냐, 아니면 삶을 포기하느냐의 갈림길에서 선택을 했다. 상록의 집안을 희생양으로 바치기로. 그래서 그 집 안에 독성을 가두는 방벽의 주술을 묻었던 것이다. 오랜 세월이 지나다 보니 마을에서도 그 사실을 아는 건 대부분 나이 든 노인들뿐이었다. 그리고 외부에 히시아몬의 비밀이 새어 나갈까 봐 마을을 폐쇄적으로 만들고 외지인들을 단속했던 것이다.

이렇게 정리하고 나니 한 가지 의문이 고개를 들었다.

"그럼 게일의 영지에선 어떻게 히시아몬을 키웠다는 거예요? 거기에서도 누군가를 희생시켰던 건가요?"

"그렇지 않습니다. 그곳엔 신관들이 있었으니까요. 그들의 기도로 독성이 주거지로 새어 나가지 못하게 결계를 만들었습니다."

"휘유~ 히시아몬은 굉장히 키우기 복잡한 작물이네요. 그래서 게일의 영지에서만 키울 수 있었던 건가 보죠?"

"다른 영지에선 키우고 싶어도 키울 수가 없었죠. 그것은 선택, 아니, 어쩌면 저주받은 땅에서만 자라니까요. 한 그루의 나무에 의해서 그렇게 되는 거죠."

그 순간 제이디의 얼굴에 안타깝고도 어두운 그림자가 드리워졌다. 현재는 아까 그들이 과거형으로 이야기했던 것과 연관이 있을 거라 생각했다.

'그렇다면 게일의 영지는 지금 저주받은 땅이 되었다는 건가? 게다가 한 그루의 나무에 의해서라니?'

"서둘러! 노숙하지 않으려면 빨리 마을을 찾아야 한다고!"

그러나 저만치 앞서 가던 게일이 소리치는 바람에 더 이상 대화를 나눌 수 없었다.

"이런… 뛰어야겠습니다! 오늘 밤은 제대로 쉬고 싶거든요."

모두들 제이디를 쫓아 뛰기 시작했다. 생각해 보니 그들은 어젯밤부터 한잠도 못 자고 오늘은 쫄쫄 굶은 상태였다. 그나마 현재가 가지고 있던 식량도 원혼들의 습격으로 먹지 못했던 것이다. 그런데 찬 이슬을 맞고 노숙이라니……. 생각만 해도 끔찍했다.

"잠깐만요. 헤라가 안 보여요!"

이안의 말에 일행들은 발길을 멈추고 주변을 둘러보았다. 어쩐지 아까부터 제이디의 주변이 조용하더라니……. 그리고 잠시 후 히시아몬 밭에 파묻혀 있는 그녀를 발견했다.

"거기서 뭐 하는 거야?"

"아니, 그냥 아무것도 아냐……."

혜라는 배시시 웃어 보이며 손을 등 뒤로 감추었다. 하지만 그녀의 가냘픈 등으로는 손에 잔뜩 들려 있는 히시아몬의 줄기들을 모두 가릴 수가 없었다. 이유는 듣지 않아도 알 수 있었다. 히시아몬이 귀한 약초라는 얘길 듣고 그녀는 재빨리 행동에 나섰던 것이다. 정말 이 실리주의적인 정신은 이안도 배워야 할 필요성이 있었다.

그러자 제이디가 과장된 제스처로 가슴을 쓸어 내렸다.

"아아, 걱정했습니다. 설마 레이디가 히시아몬 밭에 쓰러져 있을까 봐요. 독성을 먹고 자라는 식물들이라 잘못 닿기만 해도 중독될 가능성이 많거든요."

말이 끝나기 무섭게 혜라의 등 뒤에 감춰져 있던 히시아몬 줄기들이 후두둑 떨어지는 것이 보였다. 이안은 이것 역시 제이디의 능청이라는 것을 알 수 있었다.

'정말 한 쌍의 너구리와 여우가 따로 없군.'

이렇게 언덕 너머로 사라지는 일행들의 뒤로 히시아몬의 작은 잎사귀들이 한들한들 흔들렸다. 해가 지기 시작하면서 아까보다 바람이 좀 더 강하게 불기 시작했다.

싸일러프라스나무와장미

해괴망측한 일이었다. 해가 넘어간 지 오래였는데 마을은커녕 아직까지 집 한 채 보이지 않았다. 날이 어두워지면서부터 바람은 차가워졌고 기온도 떨어졌다. 이안과 헤라는 벗어 들고 다니던 겉옷을 다시 걸쳐 입었다.

"이러다가 정말 노숙하게 되는 거 아냐?"

헤라는 거의 울 것 같은 얼굴이었다. 아침에 제대로 세수도 못한 데다 하루 종일 산을 헤매고 다녔던 것이다. 얼마나 꼬질꼬질한 모습일지 상상하기도 싫었다. 그런데 이대로 찬 이슬을 맞고 잘 생각을 하니 울고만 싶어졌다.

제이디 앞에선 제일 예쁜 모습만 보여주고 싶은 것이 그녀의 소박한 바람이건만……. 그래서 가방을 챙길 때도 얼마나 신경을 썼던가? 아끼는 옷들과 제일 잘 어울리는 색조 화장품을 고르느라 밤을 홀딱 새웠던 것이다. 하지만 지금 그녀의 옷 가방은 거추장스러운 짐일 뿐이었다.

지금 후회하고 있는 것은 이안도 마찬가지였다. 그녀의 커다란 배낭에는 눈싸움하느라 젖은 옷들로 가득했다. 그래서 무식하게 무겁기만 하고 노숙 따위에 도움될 만한 물건은 아무것도 없었다.

그러나 다른 사람이라고 해서 사정이 나아 보이지는 않았다. 게일은 아주 당연하다는 듯이 맨몸이었고 제이디는 배낭을 어깨에 메고 있긴 했지만 옷 한 벌도 들어갈 것 같지 않을 정도로 작았다. 마지막으로 기대할 수 있는 것은 현재 정도라고나 할까?

"식량 정도는 나눠 줄 수 있지만 나머지는 안 돼."

이안과 혜라가 애처로운 눈으로 쳐다보자 현재는 못을 박듯 말했다. 그러자 제이디가 빙그레 미소를 지었다.

"후훗, 염려 놓으십시오. 이제 곧 집이 나올 겁니다."

"정말? 그걸 어떻게 알아요?"

"역시 제이디라니까."

두 여자들은 금방 얼굴이 환해졌다.

"바람의 방향이 바뀌고 있습니다. 굴뚝에서 나오는 따뜻한 공기 때문에 대류 현상이 일어나는 거죠. 게일이라면 바람의 방향으로 금방 그 집을 찾아낼 겁니다."

그때 선발대로 갔던 게일이 일행들을 불렀다.

"어이, 이쪽이다!"

이번에도 그들의 앞에 나타난 것은 한 채의 낡은 오두막이었다. 먼저 보았던 것과 똑같은 크기와 모양이었다. 일행들은 한참 만에 다시

제자리로 돌아온 듯한 기묘한 기분이 들었다. 하지만 먼젓번의 오두막
은 이미 무너져 버리지 않았는가? 그만큼 두 개의 오두막이 똑같았던
것이다.

"근데 이상하지 않아요? 밭이 저렇게 큰데 어째서 마을은 안 보이고
이 집 한 채뿐인 거죠?"

이안이 이상하게 생각할 정도면 이미 게일과 제이디는 이상하게 생
각하고도 남았을 것이다. 그런데도 게일은 주저없이 오두막의 문을 두
드렸다.

똑똑.

"아이~ 저기요… 조금만 더 가면 마을이 나오지 않을까요?"

혜라는 애교를 부리며 게일을 설득하려 했다. 한 번의 경험으로 미
루어 이 오두막에는 목욕 시설이 없을 뿐 아니라 제대로 된 집의 구조
가 아니라는 걸 알았기 때문이다. 게다가 또 이상한 괴물들이 나타나
면 어쩌려고……

하지만 이미 때는 늦었다.

삐그더억…….

낡은 오두막 문이 비명을 지르며 열렸다. 문이 열리는 것까지도 먼
젓번과 똑같았다. 일행들은 일제히 긴장하며 문을 노려보았다.

"촌장님이시우?"

다행히 안에서 나온 것은 오두막만큼이나 나이를 먹어 보이는 초로
의 노인이었다. 허리가 굽어 키는 이안의 턱 밑에 올 정도로 작았고 허
옇게 센 머리카락은 길게 길러 하나로 질끈 묶고 있었다.

뜻밖의 낯선 방문자들에 놀랐는지 노인은 그들을 찬찬히 살펴보았
다. 얼굴을 보니 90세도 넘은 것 같았다. 빈틈 하나 없이 주름으로 가

득한 데다가 앞니는 모두 빠져 호물호물한 것이 성별을 구분할 수조차
없을 정도였다.

"미안하지만 노인장, 당신이 기다리는 사람은 영원히 못 올 거야."

게일의 말에 노인은 아무런 대꾸도 하지 않았다. 하지만 촌장을 기
다리는 것으로 보아 그들과 한패인 것은 분명했다. 게일은 다시 한 번
씨익 웃으며 말했다.

"음모가 전부 밝혀졌거든."

그래도 역시 노인은 말이 없었다. 다소 굳어진 얼굴로 게일을 찬찬
히 뜯어보기만 할 뿐이다. 그러다 잠시 후에 그는 눈물을 주르륵 흘리
며 게일의 손을 덥석 붙잡았다.

"넌 분명 한씨 집안 아들내미로구나. 어쩜 네 할아비들이랑 똑같이
도 생겼구나."

그랬다. 생각해 보니 게일은 지금 상록의 몸을 빌리고 있었던 것이
다. 훤칠한 체격에 반듯한 이목구비를 가진 20대의 청년. 노인이 마을
사람이었다면 상록을 아는 것도 이상한 일은 아니었다. 여고생 노릇에
이어 게일은 상록의 노릇을 해야 할 모양이다.

무엇이 그렇게 감격스러운지 혼자서 울던 노인은 문득 정신이 든 듯
그의 손을 끌어당겼다.

"아이고~ 내 정신 좀 봐. 추운데 밖에 세워두고 뭐 하는 게야. 뒤에
있는 건 친구들이냐? 여하튼 어여들 들어오너라."

생각지도 못한 사건 전개였다. 예상대로라면 이 오두막에는 촌장의
일파가 살고 있어야 했고 그들은 뭔가 흉계를 꾸미고 있어야 했다. 그
런데 일행들에게 손짓하는 이 노인은 작은 눈이 온통 검은 눈동자로
가득한 것이 선한 인상이었다. 게다가 허리가 잔뜩 구부려져 걷는 것

조차 안쓰러워 보였다.

　이런 힘없는 노인이 흉계를 꾸며봤자 아무런 위협도 못 될 것 같았다. 더구나 노인은 상록에게 무척 호의적이지 않은가.

　"당신이 주술사인가?"

　하지만 게일은 오두막 안에 들어가서도 경계를 늦추지 않았다. 그가 앉을 생각도 않고 잔뜩 노려보는데 노인은 귀를 가까이 들이댔다.

　"뭐라구? 잘 안 들린다."

　귀가 어두운 모양이었다.

　"당신은 주술사이고 상록의… 아니, 우리 집에 부적을 묻은 것도 당신 짓이냐고!"

　게일이 버럭 소리를 지르자 노인은 그제야 고개를 끄덕였다.

　"아하, 그 부적 말이냐? 고함치지 않아도 다 들리니 목소리를 좀 낮추거라."

　"뭐야?!"

　게일은 열받아서 인상을 썼지만 노인은 자애롭게 미소를 지었다.

　"이 녀석들이 여기 들어와 있었나 보군."

　그러면서 노인은 양쪽 귓속에 손을 집어넣어 쭈욱— 뭔가를 끄집어냈다.

　"그거 혹시… 파테민이에요?"

　이안은 노인의 손바닥을 가리키며 인상을 찡그렸다. 그의 손에는 달팽이처럼 생긴 벌레가 꿈틀거리고 있었다. 몸체는 미끌미끌하고 투명한 회색을 띠고 있었는데 무척 징그럽게 생겼다. 주위에 연초록빛이 감돌지 않았다면 예쁜 빛을 내며 날아다니던 그 파테민이라고는 절대 생각하지 못했을 것이다.

노인은 다소 놀란 눈으로 고개를 끄덕였다.

"그래, 파테민이라고도 부르는 것 같더구나. 그런데 너희들은 어떻게 이 벌레에 대해 알고 있는 게지?"

"이봐, 내 질문에 먼저 답해."

게일은 버릇없이 노인의 말을 끊었다. 하지만 노인은 마음씨 좋게 웃기만 했다.

"하하, 난 주술사라곤 할 수 없지. 그냥 사연 많은 노인네라고 생각해 주면 좋겠구나. 참, 그러고 보니 마을에서 여기까지 들어왔다면 아직 저녁은 못 먹었겠지?"

그러고는 노인은 한가운데 있는 화덕에 장작을 더 집어넣었다. 불길이 커지자 오두막 안이 주홍색으로 물들었다. 그는 큰솥에 물을 붓고 야채와 고기를 썰어 넣었다. 국을 끓이는 손길이 매우 능숙했다. 이곳에서 꽤 오랫동안 혼자 살아온 것이 틀림없었다.

국이 끓기 시작하자 좁은 오두막은 금방 음식 냄새로 가득 찼다. 일행들은 하루 종일 제대로 된 식사를 못했었다. 저절로 입 안에 침이 고였다.

잠시 후 식탁에 푸짐한 저녁상이 차려졌다. 일행들은 서로의 눈치를 보며 수저를 들까 말까 망설였다. 아무래도 노인이 촌장과 한패라면 아무 의심 없이 호의를 받아들일 수는 없었던 것이다.

"걱정 말고 먹어두도록 해. 굶어 죽는 것보다야 나을 테니까."

뜻밖에도 제일 먼저 수저를 든 것은 게일이었다. 일행들은 처음엔 놀라서 말리려 했다. 그러나 그가 너무 맛있게 먹는 걸 보자 노인에 대한 의심을 서서히 풀었다.

꼴깍. 꼴깍.

오두막에 군침 삼키는 소리가 교차해서 들려왔다. 일행들은 주저하며 수저를 들기 시작했다. 그 다음은 예견된 전쟁이었다. 체면이고 뭐고 없었다. 한꺼번에 머리를 들이밀고 순식간에 그릇을 싹싹 비워 버렸다.

"하하, 식사가 입에 맞나 보군."

노인은 기분 좋게 웃었다. 그러나 밥을 먹고 나서도 게일의 매서운 눈빛은 사라지지 않았다. 그는 마치 사냥감을 앞에 둔 매처럼 날카롭고 차가운 눈으로 노인을 탐색했다. 더 이상 그의 눈을 마주하지 못하고 노인은 시선을 피했다.

"초, 촌장이 뭐라 했는지 모르지만 그의 말은 믿지 않는 것이 좋을 거다. 그 집안은 대대로 간악한 흉계를 꾸미는 선수들만 태어났지. 네 가족이 모두 단명하게 된 것도 그 집안의 짓이야."

"알아. 하지만 고가 대문 밑에 묻혀 있던 부적은 당신, 혹은 당신 조상이 만든 거라 생각되는데? 덕분에 이 산의 나쁜 기운이 모두 고가 안에 갇히게 되었지. 가족들의 몸이 썩어 죽게 된 데에는 당신들도 지대한 공헌을 했어."

게일이 거기까지 알고 있다는 것에 노인은 적지 않게 놀란 얼굴이었다.

"그래, 너희 집에 부적이 묻힌 건 내가 태어나기 전 내 조상들이 한 일이었다. 그래서 여기까지 나를 벌하기 위해 온 거냐?"

"아니, 노인장에게 묻고 싶은 게 있어서지."

그러면서 게일은 위협이라도 하듯 허리에 차고 있던 상록의 검을 쓰다듬었다. 그 동작 하나만으로도 그의 몸에는 살기가 들끓어오르는 것 같았다. 그래서였는지 노인은 조금 떨리는 목소리로 말했다.

"술을 좋아하느냐?"

"좋아하지."

"그럼 기다리거라."

노인은 굽은 허리로 힘겹게 걸어가 구석에서 작은 호리병과 두 개의 술잔을 꺼내 왔다.

"이건 내가 아껴두었던 술이지. 사실 네게 할 말도 있고, 그 얘기들을 다 하려면 이 술을 마셔야만 할 것 같아서."

맑은 갈색의 술이 술잔에 따라지자 향긋한 향이 오두막에 가득 퍼졌다. 아직 술 맛을 모르는 이안이었지만 냄새만 맡고도 입 안에 침이 가득 고일 정도였다. 그러니 술꾼인 게일에게는 그 어떤 유혹보다 강할 것이었다. 그가 술잔을 받아 들려는데 제이디가 저지를 하고 나섰다.

"향이 화려한 술은 좋지 않습니다. 현란한 향기 뒤에 무언가를 감추고 있기 마련입니다."

"하하, 이 친구는 의심이 아주 많은 사람이로군."

서운한 듯 말한 노인은 자신의 잔을 단숨에 비웠다. 그러자 게일은 넉살 좋게 웃었다.

"이런… 제이디, 권하는 술을 마다하는 건 실례지. 설령 독주(毒酒)를 권하더라도 난 마실 거야. 세상의 온갖 독주를 다 마셔본 탓에 독주에는 이골이 난 몸이거든."

노인의 양미간이 미세하게 일그러졌다. 게일은 노인을 보며 씨익 웃었다.

"그래서 독주로 날 해치려던 사람들은 자기들이 대신 산 채로 토막이 났지."

"끔찍한 농담이로구나."

노인은 나이 먹은 사람답게 아무렇지 않은 듯 대꾸했다. 하지만 술잔을 든 손이 가늘게 떨리는 것은 어쩔 수 없었다. 게일은 그 손을 지그시 내려다보다가 잔을 받아 들었다.

"노인장이 마셔서 멀쩡하다면 나 역시 어떻게 될 리 없겠지."

현재와 이안은 숨을 죽이고 게일의 손에 들린 잔을 바라보았다. 상록의 집안에 잘못을 저지른 노인은 아마 상록이 자기를 죽이러 온 것으로 생각할 것이다. 그렇다면 제이디의 염려대로 이번에야말로 독이 들어 있을지도 몰랐다.

꿀꺽!

술을 단숨에 들이킨 게일은 노인에게 술잔을 돌려주었다.

"다행히 독은 들어 있지 않은 것 같군."

"다, 당연한 거 아니냐? 네 집안 일은 사실… 촌장의 집안에서 시킨 일이지. 이건 나도 들은 얘기다. 네 고조모쯤 되는 사람이 박씨 집안의 청혼을 거절하고 네 집안으로 시집을 갔다고 하더구나. 그래서 그 원한으로 너희 집이 마을의 희생양으로 선택당한 거지. 우리 조상이야 천한 무가(巫家) 출신이니 당시 지주였던 박씨 집안이 시키는 대로 할 수밖에 더 있었겠느냐? 그래서……."

노인이 구구절절한 사연을 늘어놓으려 하자 게일은 따분한 표정을 지었다.

"그건 별로 듣고 싶은 얘기가 아니야. 내가 진짜 알고 싶은 건 싸일러프라스 나무가 어디 있냐는 거지. 히시아몬 같은 게 자란다는 건 그 나무가 여기 있다는 증거니까. 히시아몬은 싸일러프라스가 뿜어내는 독성을 먹고 자라거든. 그래서 이 산은 옛날부터 독성이 가득하고 이 산에 들어온 사람들은 죽어 나갔던 거겠지. 당신 같은 특별한 능력자가 아니라면 이곳에서 살 수 없었을 거야."

"너는 어떻게 그런 걸……."

노인은 놀라서 입을 다물지 못했다. 그러자 게일은 별일 아니라는
듯 어깨를 으쓱했다.

그 순간 선해 보이던 노인의 커다란 눈동자가 심상치 않게 번뜩였
다. 두 사람은 눈싸움이라도 하듯 서로를 노려보았다. 노인의 눈빛은
90살이라는 나이를 잊게 만들 정도로 매섭고 살기등등했다. 조금 전과
는 완전히 다른 사람이 된 것이다. 노인은 그 눈빛 그대로 입가에 미소
를 머금었다.

"한 가지 충고하마. 네가 말하는 게 '생명의 나무'라면 더 이상 알
려 하지 말고 이대로 돌아가거라. 그건 영험한 존재라 우리 조상들조
차도 함부로 다가가지 못했다. 만일 이대로 돌아간다면 너와 친구들도
모두 무사할 수 있을 게다."

노인의 눈은 진심이었다. 경고하고 있었지만 그 역시도 정말로 두려
워하는 기색이 역력했다. 하지만 게일에게는 먹히지 않았다. 그는 오
히려 재미있다는 듯 히죽 웃었다.

"호오~ 생명의 나무라… 그럴듯한 이름이군. 하긴 그 녀석은 좀 특
별한 데가 있지. 게다가 성격도 안 좋아서 노인장 같은 사람들에겐 성
깔을 부렸을지도 모르지. 하지만 그 녀석도 꼼짝 못하는 사람이 있을
텐데? 내가 싸일러프라스 나무를 찾는 건 그 사람을 찾기 위해서야."

그러면서 게일은 드디어 허리에 차고 있던 검집에서 검을 빼냈다.
카하바나의 검을 의태해 마기를 끌어 모으던 마검. 그러나 게일의 손
안에서는 마기가 사라져 잘 만들어진 보검 정도로 보였다.

"이 물건을 돌려줘야 하거든."

일순 노인의 안색이 창백해졌다. 그러더니 겁에 질린 듯 자리에서 일어섰다.

"난 모르는 일이다!"

노인이 딱 잘라 말하자 게일은 고개를 갸웃했다.

"이상한 일이군. 촌장은 당신이 분명 알 거라고 하던데."

"그럼 가서 촌장에게 물어보거라."

"글쎄, 노인장이 촌장하고 대화를 나눠보는 건 어때?"

게일은 노인의 눈앞에 검을 세워 들었다. 화덕의 불꽃을 반사해 내는 검날에는 시뻘건 혈흔 자국이 뚜렷했다. 상록이 묻힌 촌장과 마을 남자들의 피였다.

"너, 설마……?"

"훗, 내 집안의 미친 피는 가끔 나조차도 주체할 수 없을 때가 있거든."

게일은 검날에 묻은 피를 핥았다. 그리고 씨익 웃는 모습을 보았을 때는 노인뿐 아니라 일행들마저도 등골이 서늘해졌다. 지금의 게일은 이안의 모습을 하고 있었을 때의 게일과는 또 다른 느낌이었다. 그때는 귀여운 여학생의 모습이다 보니 위협하는 모습이 한편으로는 매력적이기까지 했다. 하지만 지금의 그는 서늘한 눈매로 검을 들고 있기만 해도 알 수 없는 공포감이 뿜어져 나왔다.

현재는 게일이 원래의 모습이었다면 더 무시무시했을 거라 생각했다. 길게 내려온 검은 머리와 그 사이에서 빛나던 고요하고 신비롭던 그 암록색의 눈동자. 그랬다면 노인뿐 아니라 어떤 마물이라도 겁을 먹을 것이 분명했다.

그런데 아까 제이디가 말했던 나무가 바로 '싸일러프라스 나무' 라는 건가? 하나의 영지를 선택받은, 혹은 저주받은 땅으로 만들어 버리는. 그리고 마리로슈와 그 나무는 도대체 무슨 관계가 있는 걸까?

"자, 진정해… 진정하고 우선 그 흉한 물건을 거두거라……."

노인은 이마에 식은땀을 흘리며 게일을 만류했다. 검기가 목을 짓눌러오는 듯한 압박감을 받았던 것이다.

"이제 대화가 잘 통할 것 같군."

게일은 피식 웃으며 검을 다시 허리에 찼다. 그러자 노인은 한동안 멈췄던 숨을 몰아쉬었다.

싸일러프라스나무와 장미

"이안아."

심각한 분위기 때문에 혜라는 이안에게 귓속말로 속삭였다.

"왜?"

"잠깐 좀 나갔다 오지 않을래?"

"그, 그럴까?"

게일과 노인의 대화에 잔뜩 집중해 있던 이안이었지만 혜라의 요청을 순순히 받아들이기로 했다. 이 중요한 순간에 주책맞게도 졸음이 쏟아졌던 것이다. 어젯밤부터 잠을 설친 데다가 화덕의 불이 너무 따뜻했기 때문인 모양이다. 잠시만 밖에 나가서 바람을 쐬고 들어오면 좀 나을 것 같았다. 두 소녀들은 긴장된 분위기의 실내를 조용히 빠져나갔다.

낮에는 봄 날씨처럼 따뜻하더니 밤바람은 제법 매서웠다. 이안은 바람을 맞으며 팔다리를 스트레칭했다.

"하아암~"

그런데도 좀처럼 잠이 깨질 않아 길게 하품을 했다. 동시에 혜라도 반쯤 감긴 눈으로 하품을 해댔다.

"어젯밤 잠을 제대로 못 자서 그래."

이안과 똑같이 하품했던 게 기분 나빴던지 그녀는 변명하듯 말했다.

"누가 뭐라고 했니?"

이안은 어깨를 으쓱하고는 다시 맨손 체조를 하며 졸음을 쫓았다. 하지만 혜라는 이안에게 뭔가 할 말이 있는 듯 주뼛거렸다.

"저기……."

"알았어. 좀 더 캄캄한 곳으로 가면 되는 거지?"

"응? 응."

혜라는 멋쩍은 듯 고개를 끄덕였다. 밖은 지금도 충분히 캄캄했지만 오두막에서 새어 나오는 불빛 때문에 집 주위는 그나마 환했다. 하지만 두 소녀들은 좀 더 으슥한 곳을 찾아 수풀 속으로 들어갔다. 그녀들이 이토록 은밀한 장소를 찾은 이유는 단 한 가지.

"휴, 살았다! 아까부터 참고 있었는데 무서워서 밖으로 나갈 수가 있어야지. 제이디에게 얘기할 수도 없고……."

옷을 다시 추켜올리며 혜라가 호들갑스럽게 말했다. 아마도 원초적 본능을 해결하고 나니 긴장감이 풀렸던 모양이다. 허리의 벨트를 잠글 때 즈음 그녀는 '아차' 싶었다. 앙숙에게 너무 많은 허점을 보였던 것이다.

"나한테 도움을 요청한 걸 보고 그런 줄 알았어."

하지만 뒤돌아선 이안의 목소리는 무덤덤했다. 흉을 보지도 않았고 비아냥거리지도 않았던 것이다. 도움을 청하기 전에 많이 고민했던 혜라는 한시름을 놓았다.

"너, 의외로 센스있구나?"

"야아~ 아무리 둔한 사람이라도 그 정도 눈치는 있다구."

이안은 약간 뾰루퉁해졌다. 통통한 볼이 부풀어 오르고 커다란 눈이 시무룩해지자 귀여운 소년 같은 얼굴이 되었다. 반격이 돌아올 거라 생각했던 혜라는 조금 의외라는 표정을 지었다.

"넌 공부만 아는 꽉 막힌 앤 줄만 알았는데."

"뭐? 내가 어딜 봐서 공부만 아는 애 같아? 나 공부 무지 싫어하는데."

"성적도 좋구 숙제도 꼬박꼬박 해오잖아. 그리고 멋도 하나도 낼 줄 모르고."

이안은 인상을 찡그렸다.

"듣고 보니 나 굉장히 재미없고 따분한 인간이었구나."

"그래도 너 우리 반에서 인기 많은 편이야. 주로 여자애들 사이에서지만."

"그거 비아냥거리는 거지?"

"야! 모처럼 칭찬해 줬더니……."

"아, 미안."

이안은 혜라 여왕과 독대(獨對)를 하게 된 흔치 않은 기회를 놓치고 싶지 않아 그냥 생긋 웃기로 했다.

'그런데 여자한테 인기 많은 게 어째서 칭찬인 거야?'

혜라는 한번 봐줬다는 식으로 눈을 샐쭉거린 후 다시 말했다.

"너랑 친해지고 싶어하는 애들 꽤 있더라. 근데 넌 민주하고만 어울리잖아. 그리고 왠지 머리 비어 보이는 애들 싫어하는 것도 같고······."

"하아아암~"

혜라가 모처럼 진지하게 얘기하는데 이안은 그만 하품을 하고 말았다. 자신의 실수를 깨달은 그녀는 얼른 사과했다.

"미안. 하지만 그건 절대 아니야! 난 오히려 잘 놀고 잘 꾸미는 애들이 더 부러운걸. 그리고 내성적인 성격이라 다른 애들하고 잘 못 어울리는 거야."

"후아아암~"

하지만 혜라 역시 이안이 말하는 도중 하품을 해댔다. 그리고는 얼굴을 붉혔다.

"혜라야, 너무 졸리지 않··· 하아암~ 니?"

"응, 자꾸 눈이 감겨. 그런데 저건 뭐··· 하아아··· 지······ 암~"

혜라는 수풀 뒤쪽을 가리켰다. 나무들 사이로 무언가가 반짝거리고 있었다. 잠시 후 초록색의 작은 빛이 화르르 날아와 이안과 혜라를 에워쌌다.

"하아··· 파테민이잖아. 여기에도 히시아몬 밭이 하아암~ 있나 보네."

파테민들이 날아다니는 광경은 낮에 보았던 것과는 또 달랐다. 마치 숲 전체에 크리스마스 장식을 해놓은 것만 같았다. 아무도 없는 숲 속의 데코레이션이라······ 두 소녀들은 졸음 때문에 감기는 눈꺼풀을 억지로 치켜 올리며 히시아몬 밭을 향해 걸어갔다. 산속에서 잠을 자는 한이 있더라도 이 아름다운 광경을 놓치고 싶지 않았던 것이다.

"어? 후아아~ 암~ 근데 사람들이 있어. 역시 이 근처에 마을이 있었던 게 틀림없었어. 후아아암~"

"이상하네? 하아아암~ 게일은 여기에 할아버지밖에 안 산다고 했는데……."

파테민이 빛을 내기 때문인지 히시아몬 밭에는 따로 불을 밝혀놓지 않았다. 그래서 넓은 밭은 대충 어슴푸레하게 윤곽만 보일 정도였다. 그곳에 혜라의 말대로 많은 사람들이 일을 하고 있었다. 하기야 밭이 있는데 농사를 짓는 사람들이 없다면 말이 안 되는 것이다.

"후아아~ 나 이제 더는 못 참겠어~ 후아아암~ 졸려~"

혜라는 하품을 하느라 명확하지도 않은 발음으로 얘기하고 털썩 자리에 주저앉아 버렸다.

"하아암~ 안 돼, 여기서 자면 얼어 죽을지 하아~ 모른 하아~ 단 말야~ 하아아암~"

혜라를 깨우려고 허리를 굽힌 이안 역시도 그대로 주저앉아 버렸다. 여기서 잠들면 안 된다는 걸 알고 있었지만 몸이 도저히 말을 안 들었다. 오두막으로 돌아가지 않으면 안 되는데……. 눈꺼풀이 천근만근이나 되는 것처럼 무거워 도저히 들어 올릴 수가 없었다.

"저기… 하아암~ 저기요!"

이안은 있는 힘을 짜내 밭에서 일을 하는 사람들에게 소리쳤다. 수풀 속에 주저앉은 자기들이 보이지 않을까 봐 손을 힘껏 흔들면서. 그들 중 아무라도 자기들을 발견해 주길 바랬다.

'시골은 인심이 좋다니까 어쨌든 우리를 이대로 얼어 죽게 내버려두진 않겠지.'

드디어 이안의 마음이 통했나 보다. 밭에서 일하던 사람들이 일제히 손을 멈추고 그녀들을 바라보았다. 바쁜 사람들을 방해한 것 같아 이안은 조금 미안한 생각이 들었다.

"……!"

그러나 어슴푸레한 밭에서 걸어나오는 사람들을 보았을 때, 그녀는 어쩌다가 지옥에 잘못 들어와 버린 거라고 생각했다. 그렇다. 이곳은 지옥이 분명했다. 그렇지 않다면 어째서 사람들이…….

그 순간 가물가물하던 이안의 정신은 마침내 깊은 수면의 나락으로 빠져 들어갔다.

"네가 어떻게 그분을 알게 됐는지 모르지만 그분의 안식을 방해하면 큰 화를 입게 될 것이야."

"화를 입는 건 나니까 노인장은 걱정하지 않아도 돼."

"아니, 그럴 순 없지. 우리는 생명의 나무가 선택한 그분을 지킬 의무가 있으니까."

"우리는… 이라고?"

게일의 물음에 노인은 고개를 끄덕이며 자리에서 일어섰다.

"지금쯤 네 친구들이 먼저 화를 당하고 있을지도 모르겠군. 사냥감을 발견하고 기뻐하는 내 친구들의 환호성이 들리는 걸 보니."

"……!"

게일은 놀라서 뒤를 돌아보았다. 고요하게 타오르는 화덕 옆에는 현재가 곤히 쓰러져 잠들어 있었다. 그리고 나머지 사람들은 보이지 않았다.

"허허허, 수면초의 효력이 이제 슬슬 나타나나 보군."

"닥쳐! 네 녀석이 국에 수면초를 넣었다는 건 알고 있었어!"

게일은 노인의 멱살을 잡아 올리며 소리쳤다. 노인은 놀란 듯 눈을 동그랗게 떴지만 이내 차갑게 냉소했다.

"허허, 그래? 그럼 너만 무사하다면 친구들은 어떻게 되든 상관하지 않겠다는 거였느냐?"

"닥치라고 했잖아!"

게일은 노인을 바닥에 내팽개치고 밖으로 뛰쳐나갔다.

'이런, 바보 같은……!'

그는 스스로를 책망했다. 노인이 만든 음식에 수면초가 들어 있다는 것은 진작 알고 있었다. 그러면서도 모두에게 먹게 했던 것은 마리로슈를 만나러 가는 길에 그 어떤 누구도 동행하고 싶지 않아서였다.

게일은 그 길을 다른 어떤 누구에게도 방해받고 싶지 않았다. 그녀와 자신, 둘 사이에서 해결해야 할 일이 많았으니까. 그는 일행들이 잠든 사이에 조용히 떠날 생각이었다. 그런데 이런 바보 같은 일이 벌어질 줄은…….

"하아… 게일! 레이디들이 보이지 않습니다."

수풀 속에서 제이디가 뛰어나왔다. 그에게도 수면초의 효력은 듣지 않는 모양이다. 하기야 그가 정말 뛰어난 바인더라면 그 정도 속임수를 경계하는 것쯤은 당연한 일이다. 그것이 게일에게는 다행한 일인지 불행한 일인지 알 수 없었지만.

순간 게일의 두 눈이 번뜩였다.

"찾는 수고를 덜 수 있겠군."

짙은 죽음의 기운이 바람에 실려왔던 것이다. 게일은 어느새 웨일소드를 불러내는가 싶더니 금방 수풀 속으로 사라져 버렸다. 그가 뛰쳐나간 자리에는 부러진 나뭇가지들만이 잔해처럼 어지럽게 떨어졌다.

히시아몬 밭에서 일하던 일꾼들은 모두 바닥에 쓰러져 자는 두 소녀들을 바라보고 있었다.

"흐으으… 흐으……."

누군가 흐느끼듯 웅얼거리자 여기저기에서 비슷한 흐느낌들이 들려왔다. 그리고 일꾼들은 일제히 소녀들을 향해 걸음을 옮기기 시작했다.

뽀얀 피부에 발그스레한 볼, 윤기나는 까만 머릿결은 그들의 시각을 만족시켰고, 연하고 부드러운 살 냄새는 그들의 후각을 자극했다. 그리고 고맙게도 두 소녀들은 무방비한 상태로 깊은 잠에 빠져 있었다.

"흐으으…… 흐으……."

제일 먼저 이안의 팔을 붙잡은 일꾼이 코를 벌름거리며 흐느꼈다. 자신들은 결코 가질 수 없는 싱싱한 육체의 냄새에 만족하는 듯했다. 그러자 나머지 일꾼들도 각자 마음에 드는 부위를 골라 잡았다. 하지만 30여 명의 일꾼들이 나눠 갖기엔 그녀들의 몸은 턱없이 부족했다. 뒤늦게 온 일꾼들은 앞서 그녀들의 신체를 차지한 일꾼들을 밀치고 빼앗으려 했다.

"크아아아……!"

"키이익… 캬오오!"

이윽고 일꾼들 사이에서 몸싸움이 벌어졌다. 저희들끼리 부딪치자 푸르딩딩한 썩은 살점들이 털썩털썩 바닥으로 떨어졌다. 심한 경우엔 아예 관절이 빠져 버리기도 했다.

그런 아수라장이 벌어진 것도 모르고 두 소녀들은 죽은 듯이 잠만 잤다. 혜라는 무슨 꿈을 꾸는지 실실 웃기까지 했다.

"캬오오……!"

싸우는 와중에도 힘이 센 일꾼 하나가 이안의 다리를 잡아당겼다.

썩고 갈라 터진 입술이 쩌억 벌어지며 날카로운 이빨이 드러났다. 이 안의 가느다란 다리는 한입거리도 안 돼 보였다.

츄아아악!

순간 일꾼의 두개골이 반으로 갈라지며 살점이 사방으로 흩뿌려졌다. 동료의 살점을 뒤집어쓴 일꾼들 사이에서는 작은 소요가 일어났다. 그러나 그들이 어떤 행동을 개시하기도 전에 시커먼 검이 나타나 가차없이 베어 나갔다.

"세상에! 좀비들이로군요!"

게일 옆으로 뛰어든 제이디가 놀라서 소리쳤다.

"이 넓은 밭이 어떻게 생겨났는지 이제야 이해가 가는군."

"지독하군요, 죽은 자들을 일꾼으로 쓰다니."

두 사람은 혜라와 이안을 가운데 두고 좀비들과 싸웠다. 그들이 검을 휘두를 때마다 썩은 팔다리가 후두두둑 잘려 나갔다. 하지만 좀비들은 숫자가 많은 데다 한 번 죽었던 몸이라 아무리 잘려져도 죽지 않았다. 보람이 없는 싸움이었다. 오히려 잘려진 팔은 팔대로 다리는 다리대로 그들에게 덤벼드니 더 귀찮았다.

"제길! 골치 아프군."

게일은 두 소녀들을 양쪽 어깨에 들쳐 멨다. 어차피 좀비들을 섬멸하는 것이 목적이 아니었으니 일단 후퇴하기로 한 것이다.

"제이디, 네가 엄호해!"

"염려 마십시오!"

"좋아, 간다!"

고함 소리와 함께 게일은 앞을 막아서는 좀비들을 발로 걷어차며 달리기 시작했다. 놓칠세라 좀비들도 걸음을 빨리했다. 하지만 좀비들의 최대 약점이라면 느린 움직임이었다. 아무리 빨리 달려봤자 두 사람을 쫓아오기에는 불가능한 것이다.

얼마쯤이나 달렸을까? 한참을 신나게 뛰었으니 좀비들을 꽤 멀리 따돌렸을 것이다. 그제야 게일은 나무에 기대 숨을 돌렸다. 아무리 강한 체력을 가졌다지만 두 사람이나 둘러매고 뛰는 것은 확실히 힘든 일이었다.

"허억… 허억…… 수면초 약효는 서너 시간 정도 지속될 거야. 레이디들과 현재가 깨어나면 너는 그들을 데리고 여길 빠져나가도록 해."

"기어코 혼자 가시겠다는 겁니까?"

"네 도움은 여기까지면 충분하다, 제이디."

"충분하다고요? 당신이 싸워야 할 상대를 잊으신 겁니까?"

"고집 부리지 마라, 이미 네 체력은 바닥이 나 있잖아."

제이디의 얼굴이 작게 일그러졌다. 그러자 게일은 장난스럽게 히죽 웃으며 하늘을 올려다보았다. 별들이 총총히 박힌 밤하늘 위로 몇 마리의 파테민들이 날아다니고 있었다.

"옛날 생각이 나는군. 네 녀석이 하도 떼를 쓰기에 검술을 가르쳐 줬다가 네 어머니에게 심하게 혼이 났었지. 모두들 네가 열 살도 넘기지 못하고 죽을 거라 했었던가?"

"지난 이야기입니다."

"그래, 네 녀석이 바인더가 됐다는 것만 봐도 그때의 병약한 녀석이 아니란 건 알 수 있지. 하지만 아직도 넌 보통 사람보다 조금 더 좋은 체력을 가지고 있을 뿐이야. 성황청에서 바인딩 북을 넘겨준 것도 그 때문이겠지. 네 체력의 한계점을 보완하는 방안으로. 그렇지?"

제이디가 시선을 내려 땅만 쳐다보자 게일은 빙그레 웃었다. 못 보던 사이에 어른이 됐다고 생각했는데 아직도 옛날의 꼬마 같은 구석이 남아 있었다. 게일은 잠시 동안 제이디를 처음 만났던 그 성기사 시절로 돌아간 기분이 들었다.

"하지만 마리로슈 앞에서 바인딩 북을 펼치는 건 어리석은 일이야. 그녀는 그 안에 구속되어 있는 마물들을 모두 풀어줄 수 있는 능력을 가지고 있을 테니까. 그러니 나 혼자 갈 수밖에 없는 거다. 그녀 또한 그걸 더 원할 테고."

게일의 말은 모두 옳았다. 제이디는 여전히 날카로운 검술 실력과 바인딩 북이라는 무기를 가지고 있었지만 서서히 체력의 한계를 느끼고 있었다.

제이디는 지그시 입술을 깨물었다. 그런 마음을 알고 있다는 듯 게일은 어깨를 두드려 주었다. 이럴 때 보면 그에게도 다정스러운 면이 있었다. 그렇게 멋진 이별을 하려는 순간 제이디가 매우 난처하게 웃으며 앞을 가리켰다.

"그런데 게일… 한 가지 문제가 생긴 것 같군요."

그가 가리킨 곳을 본 게일 역시 쓰게 입맛을 다셨다.

"그렇군."

그들의 앞에 숲을 까맣게 뒤덮으며 좀비들이 몰려오고 있었다. 하지만 좀비들이 나타난 방향은 그들이 도망쳐 온 방향과 달랐다. 그리고 숫자는 아까와 비교도 안 될 정도로 많았다.

순간 두 사람은 오두막에 도착하기 전 보았던 그 넓은 히시아몬 밭을 떠올렸다. 몇 개의 언덕에 걸쳐 펼쳐져 있던 그곳에도 당연히 일꾼들은 있었을 것이다. 그렇다면 그 숫자는…….

"제길……."

게일은 이안과 헤라를 빨랫감처럼 나뭇가지 위에 걸쳐 놓은 후 웨일 소드를 불러냈다.

지이이이이… 잉…….

길게 울음소리를 내며 웨일 소드가 나타났다. 뿐만 아니라 그것은 어둠 속에서 푸른빛을 뿜어내고 있었다. 마기를 감지했다는 신호였다. 게일은 크게 동요하기 시작했다.

"제이디, 저 녀석들이 지금 누구에게 조종당하는지 알아?"

좀비들은 지금까지 노인이 만든 주술로 움직였던 것이 틀림없었다. 그래서 아까 싸울 때만 해도 웨일 소드에서는 아무런 반응도 없지 않았던가? 하지만 지금은 아니다. 웨일 소드뿐 아니라 게일 자신도 숲 속 가득히 들끓는 마기를 온몸으로 감지할 수 있었다.

"이 정도의 마기라면…… 그녀겠군요."

침착하게 얘기했지만 제이디의 목소리도 떨리고 있었다. 그 역시 숲 전체를 감싸오는 마기를 느꼈던 것이다. 장마 때 몰려오는 먹구름처럼 대기의 기운을 잠식하며 어둠의 힘이 서서히 그들을 죄어들어 왔다.

"흐으으으으……."

수백, 아니, 수천 명이나 되는 좀비들은 그 기운에게 복종의 맹세라도 하듯 일제히 울부짖었다. 그 울음은 바람을 타고 숲의 나무들 사이로 길게 메아리쳤다. 숲은 온통 좀비들의 흐느낌으로 가득 찼다.

"후후후, 환영 인사 한번 뻑적지근하군."

게일의 말에 제이디는 나직하게 한숨을 내쉬었다. 어떻게든 좀비들을 피해 도망갈 방법을 궁리하려 했으나 이제는 불가능해진 것이다. 게일이 즐거워 못살겠다는 듯 이를 드러내며 웃고 있었으니, 마리로슈가 걸어온 싸움을 그가 절대 피할 리 없었다.

"이 녀석들을 다 상대하다간 아무리 당신이라도 지쳐 쓰러져 죽을 겁니다!"

좀비들은 이미 한 번 죽었던 몸이다. 그러니 조종자를 처단하지 않는 한 아무리 쓰러뜨려도 다시 살아 움직일 것이다. 이 정도 숫자라면 아마 평생을 싸워야 할지도 모른다. 그러자 게일은 고개를 저었다.

"무슨 소리! 저 녀석들을 상대하는 건 내가 아니라 너란 말이다."

"예?"

"날 도울 수 있는 마지막 기회를 주마."

"그게 무슨……."

이걸 기뻐해야 하는 건지 화를 내야 하는 건지…… 제이디는 잠시 헷갈렸다.

"어서 바인딩 북을 꺼내."

어정쩡한 얼굴로 일단 게일이 시키는 대로 했다.

"그중에서 제일 강한 녀석이 누가 있지?"

"게일!"

"잔말 말고 빨리!"

"흐으으으……."

한쪽에선 게일이 재촉해 댔고, 또 한쪽에선 좀비들이 한 발자국씩 앞으로 다가오며 기괴한 신음 소리를 냈다. 제이디는 양쪽을 번갈아 보며 갈등했다. 아무리 위급한 상황이지만 바인딩 북 속에 들어 있는 마물을 잘못 불러냈다가는 이 세계 전체가 위험해질 수도 있었다.

"뭘 꾸물거려!"

지금 바인딩 북 속에 들어 있는 상급 마물들은 신관들이 결계를 치고 서너 명의 노련한 바인더들이 며칠 동안 탈진할 정도로 싸운 끝에 잡은 것들이었다. 이런 곳에서 불러낸다면 조종할 수 없을 것이 분명했다. 아니, 그건 둘째 치고 다시 구속할 수 있을지조차 불확실했다.

제이디가 망설이는 동안 좀비들은 이제 그들을 에워싼 채 공격해 들어오고 있었다.

츄아아아악—!

"케애애액!"

게일이 웨일 소드를 힘차게 휘두르자 두 명의 좀비들이 한꺼번에 두 동강이 나며 나가떨어졌다. 하지만 이 많은 숫자에 비하면 그 정도는 전력 손실도 아닌 것이다.

"역시 핼로우드 바인더 따위를 동료로 받아들이는 게 아니었어! 거긴 융통성없는 샌님들 집합소니까!"

게일은 좀비들과 싸우는 와중에서도 성난 사람처럼 지껄여 댔다.

"도발할 생각이라면 그만두십시오!"

제이디도 좀비들의 허리를 가르며 소리쳤다. 하지만 게일이 어디 그만 하라고 해서 말을 들을 사람이던가? 그는 좀비들의 팔다리가 우박처럼 떨어지는 와중에서도 고함을 질러댔다.

"흥, 도발이라고? 웃기지 마! 너 같은 어린애를 도발시키면 뒷감당만 더 힘들어질 텐데 내가 왜!"

슈카아악—!!

"빌어먹을!"

도발이라는 걸 알면서도 제이디는 결국 그 도발에 넘어가고야 말았다.

그는 바인딩 북을 불러왔다. 그곳에는 드문드문 붉은 테두리가 칠해진 페이지가 있었다. 각별히 주의를 기울여 다뤄야 할 마물들이 들어 있는 것이다. 제이디는 붉은 테두리가 칠해진 한 페이지를 펼쳤다.

"호오~"

좀비들의 썩은 살점을 뒤집어쓰며 싸우는 와중에도 게일은 입을 씰룩거리며 웃었다. 제이디는 그를 한번 노려봐 주고는 침착하게 숨을 들이쉬었다.

"페이지에 걸린 주술을 풀 동안 당신이 엄호해 주십시오."

"염려 마, 사랑스러운 동료의 머리카락 하나도 건드리지 못하게 할 테니."

게일은 금방 태도를 바꿔 함뿍 애정이 담긴 목소리로 말했다. 그의 돌변한 태도에 제이디는 피식 웃고는 바인딩 북에 손을 얹었다. 주문을 외기 시작하자 아름답던 얼굴은 곧 엄숙하고 냉정하게 변했다.

"빛과 대지의 이름 가이아의 권능을 받들어 말하노니… 너 어둠에서 생성된 사물이여, 그곳을 나와 나의 명령을 따르라……."

슈아아아악…….

제이디가 들고 있는 책에서 검붉은 빛이 퍼져 나오며 그의 손을 물들였다. 잠시 후 바인딩 북은 살아나기라도 할 것처럼 거세게 진동을 해댔다. 제이디는 손에서 빠져나갈 것처럼 요동 치는 책을 힘껏 움켜 쥐었다. 그는 엄격한 목소리로 마지막 주문을 외웠다.

"파르타난 가르휘스 이메 위파라케 론!"

싸일러 프라스나무와 장미

키이이이…….

주문이 끝나는 것과 함께 바인딩 북에서 희미한 울음소리가 들려왔다. 그러더니 온통 붉은 빛이 숲을 뒤덮는 가운데 시커먼 물체가 책 속에서 튀어나왔다. 제이디는 그 반탄력으로 인해 좀비들의 한가운데로 나가떨어졌다.

"흐으으으……."

젊고 싱싱한 육체를 보자 좀비들은 침을 흘리며 달려들었다. 제이디는 놈들과 싸우기 위해 검을 빼 들었다. 하지만 휘두를 틈도 없이 그의 몸을 붙잡았던 좀비들이 일제히 떨어져 나갔다.

"……?"

제이디는 머리 위를 가린 시커먼 그림자를 올려다보았다. 쩌억 벌린 입이 밤하늘을 온통 가리고 있었다.

"케에에엑!"

끔찍한 비명 소리와 함께 좀비들의 썩은 몸뚱이는 커다란 입에 걸려 대롱대롱 흔들리고 있었다. 잠시 후 흔들리던 몸뚱이들마저도 꿀꺽 흔적도 없이 삼켜져 버리고 말았다.

"설마 리바이어던을……?"

드물게도 게일의 목소리가 떨리고 있었다. 그의 까만 동공에는 물뱀과 악어를 반반 섞어놓은 듯한 거대한 괴물이 비춰졌다. 제이디는 다소 책임감을 느끼는 듯 한숨을 내쉬었다.

"이 상황에 가장 도움이 될 만한 마물은 이것뿐이라……."

쿠르르르…….

리바이어던은 몸을 틀어 이번엔 다른 쪽에 있던 좀비들을 으적으적 씹어 먹었다. 놈의 움직임은 느렸지만 몸집이 크고 무거운 것만으로도 위력적이었다. 놈이 움직인 자리는 움푹 패여 길이 생겼고 좀비들은 그 아래 깔려 죽기도 했다.

"흐으으으……."

좀비들은 공격 대상을 바꿔 놈에게 덤벼들었다. 하지만 온몸이 강철보다 단단한 비늘로 되어 있는 놈은 조금도 타격을 입지 않았다. 오히려 놈은 시뻘건 불을 뿜어내 자기에게 달라붙은 좀비들을 태워 버렸다. 그리고 놈이 뿜어낸 불꽃은 좀비들뿐 아니라 나무에까지 옮겨 붙었다. 건조한 나무들은 금방 타 들어가기 시작했다. 얼마 안 있어 숲은 매캐한 연기와 함께 좀비들이 타는 고약한 냄새로 가득 찼다.

쿠르르르…….

하지만 놈은 그 연기에도 아랑곳 않고 계속 좀비들을 집어삼켰다. 그 많은 수의 좀비들이 어떻게 뱃속으로 다 들어갈 수 있는지 미스터리였다.

"콜록! 콜록! 이봐, 덩치 큰 아저씨. 이제는 그만 들어가 쉬는 게 좋겠어."

게일은 매캐한 연기 때문에 기침을 해대며 리바이어던에게 말했다. 좀비들은 이제 숫자가 반으로 줄어 있는 데다 겁을 먹었는지 다가오지도 못하고 있었다. 그러니 놈을 다시 구속해도 될 것 같았다. 마물들은 풀려 있는 시간이 길수록 통제하기가 더 어려워지기 때문에 서둘러야 했다. 그리고 두 명의 잠자는 미녀(?)들이 연기에 질식사하기 전에 어서 어서 이곳을 빠져나가야 했다.

"콜록! 콜록! 그게 생각처럼 쉽지만은 않을 것 같습니다."

리바이어던의 부리부리한 시선과 맞닥뜨린 제이디가 비관적으로 말했다. 놈은 자기를 불러낸 바인더에게 복종하는 눈빛이 아니었다. 오히려 자기를 가두어둔 것에 대해 분노하고 있는 것 같았다.

쿠르르르… 쿠르르르…….

거대한 몸이 제이디를 향해 움직이기 시작했다. 놈의 배가 바닥에 끌리면서 온 숲이 진동을 해댔다. 그사이에도 놈은 자기의 길을 방해하는 좀비들을 으적으적 씹어댔다. 이 매캐한 연기가 아무렇지도 않은지 코에서는 허연 김까지 뿜어내며 돌진해 왔다.

그 모습은 마치 '이제껏 좀비들을 먹어치운 건 너를 찾기 위해서였다'고 말하는 것 같았다.

"너, 저 녀석에게 뭘 잘못한 거야?"

게일의 질문에 제이디는 식은땀을 흘리며 대답했다.

"아무래도 마리로슈의 마기 때문에 통제가 안 되는 것 같습니다."

"젠장! 말 안 듣는 녀석은 질색인데."

게일의 말이 끝나기 무섭게 놈의 커다란 입이 쩌억 벌어졌다.

크아아아앙!

놈은 아코디언처럼 순식간에 목이 늘어나며 제이디의 몸통을 물어뜯으려 했다. 재빨리 몸을 뒤로 피한 제이디는 놈의 정수리에 검을 내리꽂았다. 그러나 강철보다 단단한 리바이어던의 비늘은 검을 가볍게 튕겨냈다.

"으윽!"

제이디는 손목에 저린 통증을 느끼며 바닥에 나뒹굴었다. 그의 검은 성황의 축복을 받은 것이었다. 어떤 마물이든 이 검에 찔리기만 하면 힘을 잃어버렸다. 그런데 놈의 비늘에는 흠집조차 낼 수 없었다. 하기야 놈의 비늘은 드래곤의 비늘보다도 더 단단하다고 하지 않았던가?

놈이 재차 공격을 해왔다. 뱀 같은 몸뚱이가 쭈욱 늘어나며 이번엔 제이디의 어깨를 물어뜯었다.

크아아아앙!

놈은 제이디의 옷자락을 입에 물고 고개를 내두르며 울부짖었다.

"넋 놓고 있을 셈이냐!"

게일이 잡아당기지 않았더라면 제이디는 옷자락이 아니라 어깨를 꼼짝없이 내어주었을 것이다. 목표를 놓친 놈은 몹시 화가 난 것 같다. 허연 콧김과 함께 마구잡이로 불을 뿜어댔다.

화르르르륵…….

두 사람은 가까스로 몸을 굴려 피했다. 뜨거운 불길이 그들의 머리 위로 아슬아슬하게 스쳐 갔다. 주위의 나무들은 모두 까만 숯덩이로 변해 있었다. 숲은 이제 불길에 둘러싸여 사방이 대낮처럼 환했다. 불길은 분해서 입술을 깨무는 제이디의 얼굴을 오렌지 빛으로 물들이기도 했다.

"제길! 이 정도까지 통제할 수 없을 거라곤……."

"네 탓이 아니다! 내가 책임진다!"

게일의 기세등등한 목소리에 제이디는 희망을 걸어보기로 했다. 하지만 그는 곧 이성적으로 생각했다. 아무리 게일이라 한들 어떤 방법으로 책임을 진단 말인가? 놈을 잡기 위해 동원되었던 인원은 핼로우드 바인더들만 해도 네 명이었다. 게다가 신관들은 또 얼마나 고생을 했던가? 그런데 게일은 혼자서 리바이어던을 구속하겠다는 건가?

놈이 다시 불을 뿜어냈다. 두 사람은 날쌔게 나무 위로 뛰어올라 피했다. 그곳은 이안과 혜라가 자고 있는 나무였다. 그들은 그녀들을 안고 나무의 꼭대기로 올라갔다.

숲은 이제 온통 불바다였다. 더 이상은 도망칠 곳조차 없었다. 하지만 그보다 눈, 코, 입으로 마구 들어오는 매캐한 연기에 더 먼저 질식해 죽을 것만 같았다. 하지만 놈은 제 세상이라도 만난 듯 끔찍한 불바다 속을 헤엄쳐 다녔다. 원래가 마계의 유황불 속에서 살았던 놈이었으니 그럴 만도 했다.

화르르르…….

놈은 제이디를 향해 마지막 화염을 뿜어냈다. 주변에 피할 곳이라곤 없었으니 정말로 마지막이었다. 이 나무마저 타버리면 죄없는 두 소녀들도 불바다 속에 떨어져 버리는 것이다. 제이디는 이제 놈과 사생결단을 해야 한다고 생각했다. 그가 비장하게 결심을 하며 놈을 향해 뛰어내리려 할 때였다.

촤아아아ー!

차가운 바람이 어깨를 스치고 지나갔다. 그러자 제이디를 향해 날아오던 불꽃은 바람을 타고 놈에게 다시 되돌아갔다.

크아아앙!

얼굴에 뜨거운 불꽃을 뒤집어쓴 리바이어던은 몸을 뒤척이며 사납게 발광했다.

"후훗, 바람맞은 기분이 어떠셔, 리바이어던 양?"

놈의 앞으로 훌쩍 뛰어내리며 게일은 씨익 웃었다. 놈은 울부짖으며 다시 불꽃을 뿜어냈다. 놀라게 하는 데는 효과가 있었을지 몰라도 치명적인 공격은 안 됐던 것이다.

"이런, 성깔이 너무 사나워도 매력이 없다고."

게일은 놈과 정면으로 맞서며 검을 세웠다.

"위험합니다!"

제이디의 외침에도 그는 꿈쩍하지 않았다. 깊게 숨을 들이쉰 후 그는 매섭게 놈을 노려보았다.

"이야아아압!!"

크아아아앙!!

게일은 천지가 떠나갈 듯 고함을 지르며 놈에게 달려들었다. 놈도 질세라 큰 소리로 울부짖으며 게일을 집어삼키려 했다. 포효하는 게일과 리바이어던은 마치 두 마리의 괴물들 같았다.

"어둠에서 생성된 사물이여, 네 악한 힘을 정화의 바람으로 단죄하노라. 가이위일……!"

주문이 끝나기 무섭게 웨일 소드의 푸른빛은 온 천지를 대낮처럼 환히 밝혔다. 웨일 소드를 중심으로 점차 바람이 몰려들기 시작했다. 그 바람은 점점 둥글게 맴돌기 시작하더니 불바다 한가운데 회오리를 만들어냈다.

휘오오오… 휘오오오…….

모든 불꽃과 연기들이 회오리에 휘말려 버렸다. 숯덩이가 되어 떨어져 내리던 나무들도, 도망치던 좀비들도 예외가 아니었다. 거대한 회오리는 숲 전체를 휘감으며 하늘 높이 솟아올랐다. 그러나 게일이 서 있는 그 한가운데는 고요한 무풍지대였다. 태풍의 눈 속이 그렇듯이.

"뭐 해, 빨리 놈을 처치하지 않고!"

게일은 나무 위에서 멍하니 바라보는 제이디를 재촉했다.

"아아……."

그제야 정신을 차리고 제이디는 검을 움켜쥐었다. 이런 광경은 태어나서 처음이라 잠시 얼이 빠져 있었던 것이다. 뛰어난 아버지를 둔 덕에 바인더들의 활약상은 질리도록 보아온 그였다. 스스로도 써프리머 급의 능력에 가깝다고 자부해 왔었다. 하지만 그는 아직 정화의 바람을 제대로 사용할 수조차 없었다. 게다가 이토록 터무니없는 정화의 바람이란 들어본 적도 없었다.

"햐아아앗!"

제이디는 가슴속에 생겨나는 열등감을 물리치려는 듯 고함을 질렀다. 그리고 검을 날카롭게 세우며 리바이어던의 품으로 뛰어들었다.

퍽!

정화의 바람에 의해 마기가 흩어져 버린 리바이어던은 힘이 많이 약해져 있었다. 제이디가 머리통을 후려쳐도 크게 반항하지 못했다. 그러나 단단한 비늘을 흠집 내는 것은 역시 쉽지 않았다. 제이디는 바닥에 착지한 후 반탄력을 이용해 다시 도약했다.

이번엔 새빨간 유리 같은 눈동자에 정확히 검을 찔러 넣었다. 하지만 손목에 통증만 느껴질 뿐 눈동자 역시 상처 하나 낼 수 없었다.

크아아앙!

오히려 놈이 몸을 격렬하게 흔드는 바람에 제이디는 하마터면 회오리 밖으로 나가떨어질 뻔했다. 가까스로 땅에 뛰어내린 후 놈을 노려보았다. 한번 붙잡았던 놈이니 다시 구속하는 게 불가능한 일은 아닐 것이다. 하지만 예전엔 신관들이 삼 일 밤낮 결계를 치고 네 명이나 되는 바인더들이 놈의 진을 빼며 싸웠던 것이다. 그 와중에서 두 명의 바인더들은 중상을 입었었다.

'여기선 정말 불가능한 일일까? 아니야, 정화의 바람이 펼쳐지고 있는 한 놈은 지금 제대로 능력을 쓸 수 없을 것이다. 단지 튼튼하고 강한 괴물에 불과할 뿐이야. 어떻게 해서라도 어디든 검을 꽂아 넣을 수만 있다면…….'

제이디는 순간 그 한곳이 생각났다. 그는 다시 바인딩 북을 펼쳤다. 짧게 주문을 외자 여자의 머리와 새의 몸통을 가진 하피 한 마리가 책장 안에서 빠져나왔다.

키이이익—!

하피는 괴상한 비명을 지르며 리바이어던을 향해 돌진해 들어갔다. 놈은 입을 크게 벌려 하피를 집어삼키려 했다. 놈은 지금 마기가 절대적으로 필요한 상태였다. 하피에게 깃들어 있는 마기라도 흡수해야만 하는 상황이었다. 그리고 제이디는 그 순간을 노리는 것이었다.

"히야아압!"

제이디는 땅을 박차며 다시 한 번 놈을 향해 뛰어들었다. 하얀 망토 자락이 펄럭이는 것이 마치 한 마리 새가 날아가는 것처럼 보였다. 제이디의 검은 푸른빛을 뿜어내며 시뻘건 혀에 내리꽂혔다. 그 순간이었다. 놈의 입에서 뜨거운 불길이 뿜어져 나와 제이디를 덮쳤다.

"으윽!"

지옥과도 같은 불길이 몸을 훑고 지났다. 제이디는 그만 힘없이 바닥으로 떨어졌다.

"제이디!"

정화의 바람을 조종하던 게일이 놀라 소리쳤다. 제이디는 괜찮다며 손을 들어 보였다. 그러나 검을 지팡이 삼아 비틀비틀 일어서는 모습은 그렇지 않아 보였다.

하지만 괜찮지 않은 건 제이디만이 아니었다. 검을 쥔 게일의 팔은 부들부들 떨리고 있었고, 손에서 흐르는 피는 바닥을 적셨다. 그리고 웨일 소드는 금방이라도 폭발할 것처럼 위험스럽게 빛을 뿜어내며 비명을 질러댔다.

제이디는 그제야 이곳에 수백 명의 좀비들을 조종하던 마기가 떠돌고 있었다는 사실을 떠올렸다. 게일은 지금 정화의 바람으로 그 마기들까지 막아내고 있는 것이다. 하지만 정화의 바람이란 원래가 전투 용도로 쓰이는 것이 아니었다. 마물들과 싸운 후에 남은 악한 기운를 정화시키는 용도가 아니었던가? 저토록 엄청난 위력을 발휘하려면 어느 정도의 체력이 소모될지 상상할 수도 없었다.

'미, 미쳤어… 죽으려고 작정하지 않고서야……'

"울컥!"

게일은 드디어 시커먼 핏덩어리를 바닥에 토해냈다.

"게일!"

"네 걱정이나 해라, 제이디."

입 안에 남은 피를 뱉어낸 후 그는 씨익 웃어 보였다. 역시 레드매드 라 불리는 남자다웠다. 안도의 한숨을 내쉬면서도 제이디는 알 수 없는 화가 치밀어 올랐다. 그것은 자기 자신에 대한 것이었다. 이 남자가, 자기가 존경하고 이상으로 삼아왔던 이 남자가 이렇게 자신을 단련해 가고 있는 동안에 자기는 뭘 해왔던가? 성기사단이라는 명예 속에 안주해 있었던 건 아닌가?

"걱정 마십시오. 제가 셋을 셀 때에 정화의 바람을 강력하게 펼쳐 주십시오. 놈을 공략할 수 있는 방법을 알아냈습니다."

"그러지!"

"하나……."

제이디는 리바이어던을 향해 달려들었다.

"둘!"

그가 땅을 박차며 허공으로 뛰어올랐다. 동시에 그의 명령을 받은 하피도 제이디와 리바이어던 사이를 수평으로 가르며 날아들었다.

"셋!"

리바이어던은 하피를 잡아먹기 위해 크게 입을 벌렸다. 하피의 날개에 몸을 숨기고 있던 제이디가 놈의 입을 향해 뛰어내렸다. 놈은 다시금 불꽃을 뿜어내려 했다. 그러나 정화의 바람이 갑자기 파도처럼 덮쳐들자 놈은 몸을 크게 뒤척였다. 그 틈을 놓치지 않고 제이디는 놈의 혓바닥에 검을 푸욱 쑤셔 넣었다. 그러자 검에서 찬란한 빛이 뿜어져 나왔다.

"빛과 대지의 이름 가이아의 권능을 받들어 말하노니, 너 어둠에서 생성된 사물이여, 나의 명령을 따라왔던 곳으로 돌아가라! 파르타난 가르휘스 이메 위파라케 론!"

그 외침이 끝나자 바인딩 북은 또다시 온통 붉은 빛에 휩싸였다. 거대한 리바이어던은 그 빛에 녹아들듯 점점 모습이 희미해졌다. 놈의 모습이 완전히 사라지자 붉은 빛은 책 속으로 다시 빨려 들어갔다.

비틀…… 턱!

쓰러지려는 제이디를 게일이 부축했다.

"어린앤 줄만 알았더니 정말 바인더였군."

"하아… 하아…… 당신도요."

인정받은 것이 기분 좋았는지 제이디는 가쁜 숨을 몰아쉬면서도 싱긋 웃었다.

싸일러프라스나무와 장미 8

"흠, 속 편한 사람들이로군."

제이디는 세상모르고 잠들어 있는 세 사람을 보며 부러운 듯 중얼거렸다. 현재와 이안, 그리고 혜라 등은 자기들이 지금 동굴 안에 누워있다는 것도 모른 채 깊은 잠 속에 빠져 있었다. 게다가 산이 온통 불바다로 변해가고 있다는 것도, 조금 전까지 그 불바다 속에서 통 구이가 될 운명에 처해 있었다는 것도 새까맣게 모르리라.

"마을 사람들이 몰려오면 네놈들을 그냥 두지는 않을 것이다!"

제이디의 옆에서 노인이 분한 듯 호령했다. 이 동굴 안에는 제이디와 잠든 세 사람 외에도 노인이 함께 있었다. 불길이 바람을 타고 오두막까지 집어삼키려 하자 그는 혼자 이곳으로 피신했던 것이다. 오두막 안에 잠든 채 버려져 있던 현재는 다행히 질식사하기 직전 게일과 제이디에 의해 구출되었다.

노인이 도망갔다는 것을 알았을 때에도 두 사람은 별로 당황하지 않았다. 허둥대며 도망간 노인을 추적하기란 그들에게는 아주 손쉬운 일이었으니까. 그래서 금방 두 사람에게 추격을 당한 노인은 지금 포로가 되어 있었다.

"그건 당신이 걱정하실 일이 아닙니다."

제이디는 포로를 감독하는 사람답게 냉정한 어투로 대답했다. 그러나 노인이 그 정도에 기가 꺾일 리 없었다.

"하하하……! 하긴 마을 사람들까지 기다릴 필요도 없지. 놈이 생명의 나무에 가까이 가는 순간 네놈들은 전부 목숨을 잃게 될 게다. 안식을 방해당한 그분의 진노가 어떨지 기대되는구나."

챙!

제이디는 노인의 목에 검을 겨누었다.

"조용히 해주시겠습니까? 아니면 제가 조용하게 만들어 드려야 할까요?"

제이디는 미소를 지었으나 얼음송곳처럼 차갑고 날카로운 살기가 뿜어져 나왔다. 그의 푸른 두 눈을 본 노인은 진심으로 자기를 죽일 마음이 있다는 것을 알았다. 어린 나이에도 불구하고 이 소년은 정말 사람을 죽여본 것 같은 얼굴을 하고 있지 않은가. 노인이 긴장해서 입을 다물자 제이디는 검을 물리며 작게 욕설을 내뱉었다.

"제길……."

그는 지금 신경이 매우 날카로워져 있었다. 드디어 게일이 마리로슈를 만나러 간 것이다. 제이디가 메신저로 이곳에 온 이유 중 하나는 이 만남을 돕기 위해서였다. 하지만 그것은 임무일 뿐, 마음은 이 만남이 영원토록 이루어지지 않았으면 하는 것이었다. 게일에게 얼마나 큰 고통일지 잘 알고 있었기에……

　처음 이 동굴에 들어오자마자 게일은 실성한 듯 멍한 표정이 되었다. 제이디가 무슨 일이냐고 물었지만 대답도 하지 않고 동굴 안쪽으로 걸어 들어갔다. 동굴 안은 한 줌의 빛도 들지 않아서 그저 까맣기만 했다. 그 어둠 속으로 한 발 한 발 걸어 들어가는 게일의 모습은 마치 블랙홀 속으로 빨려 들어가는 것만 같았다. 그래서 다시는 이 세계에 나오지 못할 것만 같았다.

　"게일!"

　문득 두려움을 느낀 제이디가 만류했지만 그는 오히려 뿌리쳤다.

　"가야 돼……. 그녀… 가 있다……."

　게일은 열에 들뜬 듯 중얼거렸다.

　"말려도 소용없겠지요?"

　게일은 제이디를 달래듯 미소를 지었다.

　"돌아올 때까지 저 애들을 무사히 지켜다오. 너를 믿고 갔다 오겠다, 제이디."

　제이디는 더 이상 아무 말도 못했다. 게일은 돌아온다고 하지 않는가? 생각했던 것보다 게일은 훨씬 더 강했다. 이대로 영영 돌아오지 못할 것 같은 예감은 단지 기우일 것이다.

　하지만… 하지만 상대는 그녀가 아니었던가?

　"게일!"

　제이디는 그의 이름을 다시 크게 불렀다. 그는 돌아선 채 한 손을 높이 쳐들고는 곧 어둠 속으로 사라져 버렸다.

"그런데 어째서 수면초가 네게는 듣지 않았지? 너도 독에 단련돼 있었던 거냐?"

노인이 궁금한 듯 물어왔다. 제이디는 고개를 저었다.

"듣지 않은 게 아니라 먹지를 않은 겁니다."

"그랬군……."

"입맛이 까다로워 모르는 사람이 주는 음식은 잘 먹지 않습니다."

"그럼 이것도 나 혼자 먹어야겠군."

노인은 한쪽 옆에 있던 때가 꼬질꼬질한 보따리를 풀기 시작했다. 주술을 쓰는 도구라도 나올까 봐 제이디는 주의 깊게 쳐다보았다. 하지만 나온 것은 감자와 고깃덩어리들이었다. 노인은 모닥불 위에 그것들을 굽기 시작했다.

"하하, 긴 겨울밤에는 야식을 먹던 버릇이 있어서……."

그러면서 노인은 유들유들하게 웃었다. 제이디는 그의 행동이 왠지 수상쩍었지만 새삼 제지할 이유도 없어 일단 지켜보기로 했다. 고즈넉하게 타오르는 모닥불 옆에 앉아 있자니 피곤이 몰려왔다. 어제부터 너무 많은 체력을 썼던 것이다. 나중에 리바이어던과 싸울 때는 거의 정신력으로 버텼을 정도다. 우거서라도 게일을 따라가지 못한 것은 그 때문이었다.

"……!"

앉은 채 깜박 졸았던 것 같다. 제이디는 비몽사몽간에 동굴 입구를 포위해 오는 미미한 발자국 소리를 들었다. 눈을 뜨자 그것은 현실이었다. 조심스럽고 날렵한 발자국 소리가 다가오고 있었다.

"이런… 녀석들이 불길을 피해 도망왔나 보군."

"당신이 냄새로 부르기도 했고요."

"아니, 난 그저 야식을 먹을 생각이었을 뿐이다."

제이디는 노인을 노려본 후 동굴 입구로 뛰어나갔다.

동굴 입구. 어둠 속에서 십여 개의 푸른 안광이 빛나고 있었다.

"크르르르……."

온몸에 온통 피 칠을 한 것처럼 붉은 이리들은 잔뜩 이를 드러냈다. 덩치도 보통 이리들보다 크고 이빨도 톱날처럼 날카롭게 세워진 것이 단순한 이리들이 아니었다. 놈들은 금방이라도 덤벼들려는 듯 잔뜩 몸을 움츠리고 있었다.

"흘흘흘… 그놈들은 인간을 뜯어 먹고 사는 혈랑들이지. 겨울이라 꽤 굶주려 있었을 게야."

안쪽에서 노인의 반갑지 않은 설명이 들려왔다. 그의 말대로 놈들은 사람들의 살 냄새를 맡자 거의 제정신이 아닌 것 같았다. 푸른 안광을 뿜어내며 입에서는 침을 뚝뚝 흘리고 있었다. 하지만 제이디의 서슬 퍼런 검 때문에 함부로 공격해 오지는 못했다.

'하는 수 없군.'

제이디는 양손으로 검을 다잡으며 전투 태세를 갖췄다. 바인딩 북을 불러 마물들을 소환할 틈도 없었다. 놈들에게서 시선을 떼기라도 하면 득달같이 덤벼들 것이 뻔했으니까. 게다가 그는 리바이어던을 불러오느라 이미 쓸 수 있는 주술의 힘을 모두 사용해 버린 후였다. 이렇게 되면 검으로 신속히 끝내는 수밖에.

"크르르……."

혈랑들은 여덟 마리였다. 다섯 놈들이 조용히 제이디의 주위를 에워쌌다. 덩치가 큰 세 놈은 그 뒤로 점잖게 물러나 있었다. 그러면서 동굴 입구를 어슬렁어슬렁 배회하는 것이 제이디가 싸우는 틈에 안으로 뛰어들려는 작전 같았다. 조직 체계가 잘 갖춰져 있는 데다가 상당히 지능이 좋은 녀석들이었다. 죽었다가 부활한 좀비들 따위와는 비교도 안 될 정도로.

캬오오오!

뜻밖에도 제일 먼저 움직인 것은 뒤에 있던 세 녀석 중 한 녀석이었다. 녀석은 섬뜩하게 포효하며 동굴 입구를 향해 훌쩍 몸을 날렸다. 엄청난 점프력과 빠른 움직임이었다. 제이디는 놈을 막으려 검을 휘둘렀다. 그러자 기다렸다는 듯 에워싸고 있던 다섯 놈들이 그에게 일제히 달려들었다.

팟!

제이디는 가볍게 몸을 도약해 다섯 놈들의 공격망을 뚫고 나갔다. 그리고 동굴 안으로 내달리는 혈랑을 향해 힘껏 단검을 던졌다.

캬오오오!

목줄기를 빗맞은 놈은 사납게 울부짖으며 홱! 몸을 돌려 제이디에게 달려들었다. 어찌나 빠른지 푸른 안광이 잔영을 남겼다. 제이디는 몸을 옆으로 비틀어 그 공격을 간신히 피했다. 그리고 녀석의 등 뒤에서 검을 내려쳤다.

슈칵!

그의 칼날에 드디어 놈의 머리통이 떨어졌다. 대개의 짐승들이란 지휘하던 놈이 쓰러지면 사기가 떨어지거나 조직력이 약해지기 마련이다. 그런데 놈들은 그렇지 않았다. 오히려 동료의 피 냄새를 맡은 놈들은 더욱 광분해서 크르르거리며 제이디를 노려보았다.

"하악… 하악……."

놈들을 견제하며 노려보는 것만으로도 제이디는 상당한 피로를 느꼈다. 움직임도 비호 같고 공격 양상도 다양한 것이 단련된 검사들보다도 더 어려운 상대였다. 그가 한 걸음 뒤로 물러날 때였다. 지금껏 뒤에서 지켜보던 나머지 두 놈이 양 옆에서 협공을 해왔다. 뒤이어 다섯 놈들도 재차 공격을 개시했다.

크와앙!

한 놈이 날카로운 이빨로 제이디의 목줄기를 물어뜯었다. 제이디는 동시에 놈의 정수리에 검을 찔러 넣었다. 희고 깨끗한 얼굴에 뜨거운 피가 흠뻑 뿌려졌다.

"쯧쯧, 애먹는 모양이군."

나무 꼬챙이로 모닥불을 휘저으며 노인은 혀를 찼다. 혈랑들의 울음과 제이디가 휘두르는 검 소리가 동굴 안으로 요란하게 들려왔던 것이다. 하지만 노인은 그 소리를 강 건너 불 구경하듯 무심하게 들어 넘겼다.

그는 다 익은 감자를 꼬챙이로 쿡쿡 찔러 꺼냈다. 그에게 더 중요한 일은 이 감자의 껍질을 벗겨 먹는 일인 것 같았다. 갈색으로 탄 감자 껍질을 조심스레 벗기자 노릇노릇한 알맹이가 나왔다. 노인이 뜨거운 김을 호호 불어가며 한입 깨물려 할 때였다.

"맛있어요?"

말소리에 놀라 쳐다보니 가무잡잡한 피부에 계집애처럼 예쁘장한 사내 녀석이 눈을 비비고 있었다.

"하아아암~"

크게 기지개를 켜는 모습이 한잠 잘 자고 일어난 것 같았다. 그러나 현재는 곧 생전 처음 보는 주변 풍경에 어리둥절해했다. 오두막에서 잠이 들었는데 깨어보니 사방이 울퉁불퉁한 동굴 안인 것이다. 게다가 무슨 일을 당했는지 이안과 혜라는 물론이고 자기도 시커멓게 그슬려 있었다. 노인은 황당해하는 현재의 앞에 김이 모락모락 나는 감자를 내밀었다.

"먹을 복이 아주 많구나. 너도 먹으련?"

현재는 의심스러운 눈초리로 노인을 노려보았다. 그가 준 저녁을 먹고 나서부터 아무 기억도 나지 않는 것이다. 게다가 두 소녀들까지 옆에서 죽은 듯 자고 있다는 것은 무언가 이상했다.

"제길, 우리한테 무슨 짓을 한 거야. 여긴 어디고 게일과 제이디는 어딨죠?"

"무슨 짓을 하다니. 누가 들으면 오해할 소리를 하는구나. 너희들은 피곤하다며 저녁을 먹고 쓰러져 자지 않았느냐? 그러다 오두막에 불이 나 예까지 걸어와 놓고 모두 잊은 게냐?"

노인의 말을 듣고 보니 그런 것도 같았다. 줄곧 불이 나는 꿈을 꿨다고 생각했는데 그것이 현실이었던 모양이다. 한번 잠들면 웬만해서는 누가 업어가도 모르는 현재였다. 잠결에 걸어왔어도 기억하지 못할 수도 있었다. 하지만 노인의 말이 왠지 미덥지 못했다. 무엇보다 그는 촌장과 한패가 아니었던가? 현재는 양미간을 찡그리며 노인의 말을 믿을까 말까 고민했다. 그러던 중 이안과 혜라도 잠에서 깨어났다.

"여긴……?"

이안도 어리둥절한 표정으로 주위를 둘러보았다. 그녀는 잠들기 직전의 상황을 기억했다. 살이 썩은 이상한 괴물들에게 둘러싸여 꼼짝없이 죽는다고만 생각했었는데 다행히 무사한 것이다.

'꿈이었나?'

고개를 갸웃하던 이안은 현재와 눈이 마주치자 자기도 모르게 손등으로 입가를 문질렀다.

쓰읍…….

혹시 침이라도 흘리고 잤을까 봐서였다. 그러자 현재가 피식 웃었다.

"휴우~ 다행히 깼구나."

"무, 무슨 일 있었어?"

"응, 조금만 더 있었으면 네 침에 동굴이 수몰될 뻔했거든."

"뭐야!"

이안과 현재가 또 한바탕 아옹다옹하는데 혜라의 비명이 들려왔다.

"아악! 난 몰라. 이게 어떻게 된 거야!"

혜라는 머리를 감싸 쥐며 울부짖었다. 그녀의 생명과도 같던 찰랑찰랑한 머릿결이 반쯤 그슬려 있었다. 게일과 제이디는 그녀의 머리카락까지 구출하는 데 신경을 쓰지 못했던 것이다. 이안은 비로소 자신도 여기저기가 그슬려 있다는 것을 깨달았다. 잠들기 직전엔 좀비들의 천국이었는데 깨어보니 재투성이로 변해 있는 것이다. 도대체 무슨 일이 있었던 거지?

"그런데 이 소린 뭐지?"

그때 현재가 고개를 돌려 동굴 바깥쪽을 쳐다보았다. 게일의 싸움을 자주 보았던 그는 이 소리에 익숙했다. 기다란 검이 빠르게 허공을 가를 때 나는 윙윙대는 소리. 게다가 동굴 밖에서는 동물원에서 들었던 맹수들의 울음 같은 소리가 들려오고 있었다. 그것도 한두 놈이 아닌 것 같았다.

이 자리에 없는 게일과 제이디는 밖에서 맹수들과 싸우는 것이 분명했다. 그러나 노인은 감자를 씹으며 태평하게 말했다.

"네 친구들은 지금 이리 떼와 싸우고 있단다. 이 근처는 원래 녀석들의 서식지였지. 하지만 네 친구들 실력을 보니 걱정하지는 않아도 될 것 같더구나. 너희들은 여기서 나와 함께 얌전히 기다리고 있으면 다 잘될 테니 너무 염려 말거라."

이미 제이디와 게일의 실력을 알고 있는 세 사람은 노인의 얘기에 동의했다. 밖의 상황이 걱정됐지만 가봤자 도움도 안 될 것이고, 섣불리 나섰다가는 방해만 될 것 같았다. 차라리 여기서 얌전히 기다리는 것이 그들을 돕는 거라고 생각했다.

감자를 다 먹고 난 노인은 이번엔 모닥불에서 고깃덩어리를 꺼냈다. 그는 잘 익은 고기를 반으로 갈랐다. 모락모락 김이 나는 살점 안에서 나온 것은 괴이하게도 털이 숭숭 박힌 가죽 막대였다.

노인은 껍질을 벗기듯 그 가죽을 벗겼다. 그러자 새하얀 뼛조각 같은 것이 모습을 드러냈다. 중간중간에는 자그만 구멍들이 수십 개나 뚫려 있었다. 무슨 악기처럼 보였다.

"자, 지금부터 신기한 묘기를 보여줄 테니 잘 보거라."

노인은 그 뼛조각을 입에 물었다. 그런 노인을 제지하고 나선 것은 현재였다.

"잠깐! 왜 칼 소리가 한 사람밖에 들리지 않는 거죠?"

"정말? 어떡해! 설마 제이디가 당한 건 아니겠지? 아닐 거야. 그치, 이안아?"

"당연하지."

이안은 호들갑 떠는 혜라를 달랬다. 그러자 노인은 귀를 기울이며 고개를 갸웃했다. 모든 상황을 알고 있으면서도 능청스러운 표정이었다.

"글쎄다, 내 귀로는 한 사람인지 두 사람인지 통 알 수가 없구나. 하지만 한 사람이 싸운다면 혼자서도 충분하기 때문이 아니겠느냐?"

현재는 들려오는 검성이 분명 한 사람의 것이라고 확신할 수 있었다. 그것도 위력이 매우 약하게 느껴졌다. 뭔가 이상했다. 노인의 말대로 혼자서 싸우고 있다 해도 이렇게 오래 시간을 끌 리 없었다. 게일은 마리로슈를 만나는 일을 그토록 서두르지 않았던가? 게다가 더 이상한 점은 시간이 흘러도 이리들의 그르렁대는 기세가 전혀 수그러들지 않는다는 것이다.

"에잇!"

현재는 자기 눈으로 확인해야 안심할 수 있을 것 같았다. 그는 동굴 한쪽에 굴러다니는 몽둥이를 집어 들고 뛰쳐나갔다.

"제이디!"

동굴 입구에는 제이디가 두 마리의 혈랑들과 싸우고 있었다. 옷은 여기저기 찢어지고 온몸은 상처투성이였다. 재수없을 정도로—현재에게만—오만해 보이던 얼굴에는 피곤한 기색이 역력했다. 게다가 웬일인지 게일은 보이지 않았다. 설마 당한 건가?

"오지 마십시오!"

제이디가 다급하게 소리칠 때였다. 혈랑 한 마리가 펄쩍 날아오르며 그의 목줄기를 노렸고, 또 한 놈은 다리를 협공해 들어갔다. 현재도 놈들을 향해 뛰어들었다.

슈칵!

퍽!

제이디는 목을 향해 달려드는 놈을 베어냈다. 현재는 그의 다리를 물어뜯으려는 놈을 있는 힘껏 몽둥이로 후려쳤다. 제이디의 칼에 맞은 놈은 두 토막이 나며 나가떨어졌고 또 한 마리는 머리가 깨져 동굴 밖으로 날아갔다. 혈랑들의 협공만큼이나 완벽한 콤비플레이였다.

"게일은?"

현재는 제이디에게 숨 돌릴 틈도 주지 않고 물었다. 제이디는 시선을 피하며 대답을 주저했다. 게일에게 무슨 일이 생긴 것이 틀림없다고 생각한 현재는 악을 써댔다.

"게일은? 게일은 어찌 된 거냐구!"

제이디는 차갑게 대꾸했다.

"잠투정이라면 집에 가서 하십시오."

퍽!

현재는 그만 자제력을 잃고 주먹을 날렸다. 갑작스런 주먹을 맞은 제이디는 저만치 나동그라졌다. 비틀거리며 일어서는 제이디를 현재가 다시 멱살을 잡고 벽에 밀어붙였다.

"잠투정이라고!"

제이디의 붉은 입술꼬리가 위로 치켜 올라갔다.

"흐응… 제게는 왠지 선잠에서 깨어나 엄마를 찾는 어린아이가 떠오르는군요."

현재는 제이디의 얼굴에 다시 한 번 주먹을 힘껏 뻗었다. 그러나 제이디가 무릎으로 그의 배를 쳐올린 것이 더 빨랐다. 현재는 배를 움켜쥐고 주저앉았다. 속이 다 뒤집히는 것만 같았다. 하지만 그는 곧 다시 전의를 불태우며 제이디에게 덤벼들었다.

"씨바! 처음부터 네놈의 그 뺀질거리는 낯짝이 졸라 마음에 안 들었어!"

그러자 제이디는 날쌔게 현재의 등 뒤로 돌아가며 팔을 비틀었다.

"저 역시 당신이 마음에 들었던 건 아닙니다. 당신은 게일과 아무 상관도 없으면서 왜 자꾸 관여하려는 거죠?"

"쳇, 솔직히 말하시지. 다른 사람이 게일에 대해 너보다 더 잘 알게 되는 게 싫다고. 너야말로 질투하고 있잖아!"

"억측하지 마십시오!"

"으윽!"

제이디가 손에 힘을 주자 현재는 팔이 꺾이는 것같이 고통스러웠다.

"당신은 섣부른 호기심을 가지고 있는 것뿐입니다. 그를 위한다면 더 이상 그의 일을 알려 하지 마십시오."

그때 현재의 목을 타고 뜨뜻한 액체가 흘렀다. 눈물? 아니다. 목을 타고 바닥으로 떨어진 액체는 붉은색이었다.

"이봐, 너……."

"아무것도 아닙니다."

상처를 남에게 들킨 것이 부끄러웠던지 제이디는 현재의 팔을 놓았다. 현재가 그의 어깨를 돌려세우자 목줄기에 있는 커다란 상처가 눈에 들어왔다. 혈랑들에게 물어뜯긴 자국이었다. 그뿐 아니다. 그 많은 원혼들과 싸우고도 땀 한 방울 흘리지 않던 그는 여기저기 그슬리고 다친 상처들로 범벅되어 있었다. 그때 제이디의 눈빛이 날카로워지며 검이 휘둘러졌다.

촤아아악!

현재의 등은 붉은 피로 젖어들었다. 그의 등을 물어뜯으려던 혈랑 한 마리가 갈라진 배를 드러낸 채 바닥에 내팽개쳐졌다. 제이디는 얼굴에 튄 피를 닦아내며 가쁘게 숨을 몰아쉬었다.

세 마리 남은 혈랑들은 다시 공격을 해오려는 듯 두 사람의 주위를 맴돌았다. 현재는 몽둥이를 있는 힘껏 움켜쥐었다. 드디어 자신에게도 싸울 수 있는 기회가 주어진 것이다. 그리고 저 잘난 척하는 제이디에게 진 빚을 멋지게 갚을 수 있는 기회이기도 했다.

캬오오오!

혈랑들은 곧 몸을 날려 두 사람에게 달려들었다. 현재와 제이디는 미리 맞추기라도 한 것처럼 등을 맞대며 놈들의 공격을 맞받아쳤다. 현재의 몽둥이 공격은 치명적이지 못했지만 위협의 용도로는 제몫을 다 했다. 그의 몽둥이에 맞은 혈랑들은 뒤로 물러났다가 다시 빈틈을 파고들었다. 몸이 날렵한 현재는 혈랑들의 공격을 아슬아슬하게 잘도 피했다. 그러면 제이디가 한 마리씩 처리해 나갔다. 등 뒤를 막아주는 사람이 있다는 것만으로도 싸우기가 훨씬 수월했던 것이다.

마지막 남은 혈랑을 베어버렸을 때 제이디는 검을 휘두르던 그 상태로 쓰러지고 말았다. 현재 역시 옆에 주저앉았다. 긴장감이 풀리며 팔다리에 힘이 빠졌던 것이다. 축구 선수 시절 전후반을 모두 뛰고 났을 때도 이렇게 피로하진 않았었다.

"목숨을 건다는 건 상상할 수 없을 만큼 피곤한 일이죠. 처음치곤 매우 훌륭한 싸움이었습니다."

현재는 곱지 않은 시선으로 제이디를 바라보았다. 칭찬을 해도 왠지 기분 나쁜 녀석이었다. 자기에게는 별일 아니지만 현재에겐 어려운 일이었다는 뉘앙스가 다분히 섞여 있는 것이다. 하지만 지금까지 자기들을 위해 싸워줬으니 참기로 했다.

"그런데 게일은 어디 간 거지? 그에 대해 알려 하지 말라는 걸 보니 아마 다른 일 때문에 어딘가로 간 거겠지?"

"그렇습니다."

현재는 게일이 이곳에 온 이유를 잘 알고 있었다. 그는 오직 마리로 슈라는 사람을 만나기 위해서였다. 자기들의 안전보다 그녀를 만나는 것이 그에게는 더 우선적인 일인 것이다. 왠지 버림받은 기분이 들어 입맛이 씁쓸했다. 제이디도 자기와 비슷한 심정일 것 같았다. 그래서 신경이 곤두서 있었던 건지도⋯⋯.

"그런데 이 녀석들 굉장한 놈들인가 보네. 너처럼 잘.난. 녀석도 지독하게 당한 걸 보면."

현재가 비아냥거리듯 말했다. 어쨌건 자기는 몽둥이만으로도 혈랑들을 물리치지 않은가? 그러자 제이디는 의미심장한 미소를 띠며 대답했다.

"별로 그렇지도 않았습니다. 이 목의 상처는 놈들에게 당한 거지만 나머지는 다른 곳에서 얻은 거니까요. 당신들이 수면초를 먹고 정.신. 없.이. 자는 동안 여러 가지 일들이 많았죠."

"쳇!"

현재는 그제야 제이디가 잠투정 어쩌고 했던 얘기를 이해했다. 노인의 말은 모두 거짓이었던 것이다. 역시 노인이 준 음식에는 약이 들어 있었고 세 사람은 그 약에 취해 정신없이 잤던 것이다. 제이디가 이렇게 탈진할 때까지 싸우는 것도 모른 채. 그러니 그가 비아냥거린 것도 무리는 아닐 것이다. 왠지 조금 열이 받기도 하고 미안해지기도 하는 현재였다.

그는 걷는 것도 힘겨워 보이는 제이디를 부축했다. 흰 목에 생긴 혈랑의 이빨 자국이 매우 눈에 거슬렸다.

"그 상처 말야⋯⋯ 치유할 수 없는 거야? 저번엔 상록의 썩은 몸도 네가 금방 고쳤잖아."

제이디는 고개를 저었다.

"주술을 쓸 수 있는 힘은 한정돼 있습니다. 이미 한정된 힘을 모두 사용했으니 날이 밝을 때까지 기다려야 하죠."

"주술이란 건 광합성이라도 해야 생기는 거야? 왜 날이 밝을 때까지 기다려야 하는 건데?"

"저희 세계에서 주술이란 가이아 여신께 기도를 올려 허락을 받은 만큼 쓸 수 있습니다. 그 기도는 태양이 떠오른 후에 하는 것이 제일 좋지요. 그분의 허락 없이 사용하는 주술들은 모두 암흑의 힘을 끌어다 쓰는 거랍니다."

"복잡하군. 그럼 일단 상처를 싸매기라도 하는 게 어때? 이대로 놔두면 파상풍에 걸린다구."

"괜찮습니다, 곧 날이 밝을 테니."

"뭐, 좋을 대로 하라구."

현재는 자신의 호의을 거절하는 제이디를 더 이상 설득하는 걸 포기했다. 하지만 제이디는 그가 미안해하고 있는 마음을 충분히 느낄 수 있었다.

"아까는 죄송했습니다. 그냥 저도 모르게 화가 나서……."

"괜찮아. 먼저 주먹을 썼던 건 나니까. 그런데 그 노인이 정말로 음식에 약을 탔을 줄은 몰랐어. 하지만 우리 잘못만도 아니라고. 게일이 그걸 먹도록 권했으니까."

"알고 있습니다. 그는 자신이 하려는 일을 다른 사람이 간섭하거나 알게 하고 싶지 않아서 그랬던 겁니다."

"지금쯤 그는 그… 마리로슈인가 하는 사람을 만나고 있겠지?"

제이디는 고개를 저었다.

"쉽게 만나지는 못할 것입니다. 그런데 노인장은 지금 무얼 하고 있습니까? 그는 아마 게일이 마리로슈를 만나려는 걸 막으려 할 것입니다."

"글쎄, 별로 그래 보이지는 않던데? 혼자서 아침을 실컷 먹더니 이상한 뼈다귀로 묘기 같은 걸 보여주겠다고 하더군. 하여튼 괴상한 노인네야."

"뼈다귀라뇨?"

"털이 잔뜩 난 가죽을 벗기자 그 뼈가 나왔어. 꼭 피리처럼 생겼는데 구멍이 엄청 많던걸? 무슨 악기 같기도 하고. 그걸 가지고 무슨 묘기를 보여주겠다는 건지 모르겠……."

그 순간 제이디는 달려가고 있었다. 조금 전까지 탈진해서 쓰러져 있던 모습은 거짓말 같았다. 그의 손에 들려 있던 검은 새파란 빛을 내고 있었다. 웨일 소드와 똑같이 마기를 감지할 때의 반응이었다.

삐이…….

작은 피리에서 나는 소리는 절대로 들어줄 수 없는 것이었다. 어떤 구멍을 막아도 음 높이가 모두 똑같았다. 그런데도 노인은 배에 힘을 줘가며 열심히 불어댔다. 그 노력은 가상했지만 들으면 들을수록 짜증나는 소리였다.

"이게 뭐가 신기하다는 거예요? 이제 그만 부세요. 귀 따가워서 더는 들어줄 수가 없으니까요!"

참다못한 혜라가 살벌하게 얘기했지만 노인은 기분이 좋은 듯 웃기만 했다.

"하하, 조금만 더 참고 기다려 보려무나. 곧 신기한 걸 보게 될 테니."

"됐어요, 할아버지. 이런 동굴에서 그런 괴상한 소리를 듣고 있으니까 더 기분이 나빠진단 말예요!"

머리카락이 반쯤 그슬려 버린 혜라는 그렇지 않아도 심기가 불편하던 참이었다. 조금만 자극을 줘도 터져 버릴 것 같은 얼굴로 노인을 노려보았다. 그런데 노인은 고집이 어찌나 센지 그녀의 말은 아랑곳없이 계속 피리를 불어댔다. 드디어 혜라는 팔을 걷어붙이고 일어섰다. 더는 참을 수 없었던 그녀는 힘으로라도 노인의 행동을 막을 생각이었다.

그때 이안이 두 눈을 번뜩이며 노인에게 달려들었다.

"할아버지, 그거 이리 내놓으세요!"

이안이 너무 갑작스레 달려드는 바람에 노인은 피하려다 피리를 바닥에 떨어뜨렸다. 엉겁결에 혜라가 주워 들었다.

"혜라야, 그거 잘 가지고 있어."

"당연히 그러려고 했어."

혜라는 입을 삐죽 내밀며 피리를 뒤로 감췄다.

"이런, 극성스러운 계집아이들이로구나."

그러자 이안은 날카로운 눈으로 노인을 쏘아보았다.

"할아버지, 저것도 뭔가 이상한 주술을 쓰는 거죠?"

"주술이라니… 무슨 소리냐?"

"다 알아요, 할아버지가 주술사라는 거. 파테민 농사를 짓던 사람들도 모두 할아버지가 주술을 부린 거죠? 그 사람들 모두 썩은 시체들이었어요."

"네가 꿈을 꾼 게지."

"아뇨. 처음엔 꿈이라고 생각했는데 혜라랑 똑같은 장면을 봤더라구요. 그리고 또 이상한 점은 할아버지가 게일과 제이디의 실력을 어떻게 알고 있느냐는 거예요. 두 사람은 우리를 구하기 위해 썩은 시체들이랑 싸웠겠죠. 그래서 알고 있는 거 아닌가요?"

이안의 날카로운 질문에 노인은 그저 별일 아니라는 듯 허허 웃어넘겼다.

"진정들하거라. 그렇게 의심이 간다면 그 피리는 너희들이 가지고 있도록 해라. 난 그저 너희들에게 좋은 구경거리를 보여주기 위해 그랬던 것뿐이다."

노인의 말에 귀가 솔깃해진 혜라는 피리를 들여다보았다. 피리의 구멍 속으로 연초록색의 물체가 꼬물대며 자라고 있었다.

"이건 뭐예요? 새싹이에요?"

"자세히 보면 알 것 아니냐."

"색깔이 참 예쁘다. 어쩜 이렇게 빨리 자라죠? 재크와 콩나무 같아."

혜라는 구멍 속에서 쑥쑥 뻗어 나오는 줄기를 손으로 잡아보려 했다. 윤기나는 연초록 줄기가 점점 자라는 것이 신기했던 것이다. 그 순간이었다. 구멍에서 점점 뻗어 나오던 줄기가 갑자기 혜라의 손가락으로 건너뛰었다.

"까악!"

뜻밖의 상황에 놀란 혜라는 피리와 함께 손가락을 마구 털어냈다. 하지만 그 줄기는 오히려 그녀의 피부에 딱 달라붙었다. 그리고 똬리를 틀며 점점 길게길게 자라났다. 이제 보니 그건 노인의 집에서 보았던 파테민과 색깔만 다를 뿐 같은 종류였다. 고정된 형체가 없어 어떤 모양으로도 변형될 수 있었던 것이다.

"하하하! 그건 파테미나란다. 소리에 민감한 파테민은 이 피리 소리를 듣고 파테미나로 변하게 된 거지."

노인은 어느새 혜라가 버린 피리를 손에 들고 있었다. 이안은 파테민이 파테미나로 변하려면 마기가 필요하다는 얘기를 떠올렸다. 그렇다면 저 피리가 마물?

"시끄러워욧! 구경만 하지 말고 빨리 이것 좀 떼어줘요!"

이안은 화가 나서 노인에게 대들었다. 하지만 일부러 그녀들을 속인 노인이 도와줄 리 없지 않은가? 그사이 파테미나는 점점 더 자라 혜라의 몸을 친친 감고 있었다.

"살려줘, 이안아!"

급한 대로 이안은 가방 속에서 주머니칼을 꺼내 들고 혜라에게 달려들었다. 그러자 혜라는 파랗게 질린 얼굴로 소리쳤다.

"지금 나 죽이려고 작정했니? 잘못하다 상처라도 나면 어떡할 거야!"

"알았어, 그럼 기다려!"

이안은 이번엔 모닥불가로 뛰어가 불이 붙은 장작 하나를 집어 들었다. 이번에도 혜라가 먼저 더 기겁을 해 소리쳤다.

"지금 뭐 하는 거야! 표면의 이 축축한 게 기름이면 어쩌려구!"

"그럼 어쩌란 말야!"

혜라는 이제 파테미나에 의해 미라처럼 온몸이 친친 감겨 있었다. 두 눈과 입마저 막혀 버리면 지금처럼 까탈을 부리지도 못할 것이었다. 그리고 숨이 막혀 목숨을 잃게 될지도……. 아무리 웬수 같은 친구라도 죽게 내버려 둘 순 없는 일이다. 이안은 혜라에게 욕을 먹더라도 하는 수 없다며 주머니칼을 들고 덤벼들었다.

파테미나는 생각보다 쉽게 잘렸다. 그런데 문제는 놈들이 플라나리아처럼 무성 생식을 한다는 것이었다. 잘려진 놈은 금방 생명력을 얻어 이안에게 달려들었다. 이안은 비명을 지르며 재빨리 피했다. 그러자 이번엔 서너 개의 파테미나 조각들이 혜라의 몸에서 떨어져 그녀를 향해 날아왔다. 이안의 몸도 순식간에 파테미나로 친친 감기게 되었다.

"으윽!"

놈들이 더 많이 번식하기 전에 빨리 떼어내야 했다. 그런데 아무리 발버둥을 쳐봐도 놈들은 떨어져 나갈 줄을 몰랐다. 한쪽에선 노인이 재미있다는 듯 웃고 있었다. 왜 진작 노인의 저 크고 까만 눈동자가 저토록 사악하다는 것을 몰랐을까? 이안은 사람 보는 안목이 없는 자신을 질책했다.

노인은 이번엔 보따리에서 무언가를 꺼냈다. 하얀 종이로 만든 인형이었다. 뭘 하려는 건가 싶어 지켜보는데, 노인은 고기를 자르던 칼로 손가락을 그었다. 그리고 배어 나오는 피로 인형 위에 무언가 이상한 무늬를 그리기 시작했다.

주술? 이안은 그 방면에 대해서 문외한이었지만 노인이 주술을 쓰려한다는 것만은 확실히 알 수 있었다.

"안 돼—!"

왠지 엄청 안 좋은 일이 일어날 것 같은 예감에 그녀는 있는 힘을 다해 비명을 질렀다. 하지만 이미 노인의 주술은 완성된 모양이었다. 그는 씨익 웃으며 이안을 향해 고개를 저어 보였다.

"흐ㅇㅇㅇ……."

왠지 귀에 익은 듯한 소리가 들렸다. 이안의 얼굴이 일그러졌다. 돌아보고 싶지 않았다. 하지만 그녀는 본능적으로 소리가 들리는 곳을 바라보았다.

동굴 바닥의 흙이 들썩들썩하더니 무언가가 불쑥 솟아올랐다. 그 괴상한 소리의 주인이었다. 이안은 전생에 무슨 죄를 많이 지었길래 이 끔찍한 몰골을 한 번도 아니고 두 번씩이나 마주해야 되는 걸까 생각했다. 차라리 아무것도 볼 수 없게 된 혜라가 더 부러울 지경이다.

"흐으으……."

좀비는 반갑지 않은 인사말을 하며 이안에게 점점 다가왔다. 히시아몬 밭에서는 그나마 어두웠기 때문에 잘 몰랐는데 지금 보니 구역질 날 것 같은 외모였다. 푸르딩딩한 살점은 흘러서 떨어질 것 같고 안구는 반쯤 빠져나와 덜렁거렸다. 머리카락에는 지네와 각종 벌레들이 기어다녀 꼭 살아 움직이는 것 같았다. 게다가 언제적 죽은 사람인지 유관순 언니 패션이었다.

"저기요… 저 할아버지가 불렀거든요. 그러니까 저 할아버지한테 가보세요."

이안이 친절하게 안내했지만 말이 안 통했다. 좀비는 계속해서 흔들거리는 걸음으로 다가왔다. 그녀는 몇 걸음 도망을 쳤다. 그러나 파테미나에게 묶인 상태라 좀비보다도 더 느렸다. 둘의 사이는 점점 거리가 좁혀졌다. 이안은 이제 오금이 저려 도저히 발을 뗄 수도 없었다. 원래 운동치란 긴장하면 몸이 더 굳어지는 법이다.

"흐으으으… 흐으으으……."

좀비는 이제 이안의 목을 붙잡았다. 체온없는 차가운 손이었다. 전신에 소름이 오싹 돋았다. 좀비의 입이 쩌억 벌어졌다. 송곳처럼 날카로운 이빨과 시뻘건 혀. 그 끔찍한 것들이 순식간에 돌진해 들어왔다.

"으으…… 싫어! 제발 저리 가라구!!"

그녀는 마지막 남은 힘을 짜내 소리를 질렀다.

"물러서십시오, 레이디!"

그 순간 구원과도 같은 목소리가 들려왔다. 생각해 보면 제이디는 꼭 결정적인 순간에 나타나 감동을 주는 재주가 있었다. 하지만 그 대사라는 것은 현실성이 없었다.

'물러설 수 있었으면 내가 왜 이러고 있겠어요?'

이안은 울상을 지으며 소리없이 항변했다. 그때 갑자기 무언가가 떠미는 바람에 저만치 나동그라졌다. 그러자 눈앞을 가로지르는 제이디의 하얀 잔영이 보였다. 그는 한칼에 좀비를 베어냈다.

"바보, 왜 멍하니 있는 거야."

돌아보자 현재의 얼굴이 보였다. 조롱하듯 웃는 입술과 건방져 보이는 눈. 이안은 쥐구멍에라도 들어가고 싶었다. 자신은 지금 겁에 질려 쏟아낸 눈물과 콧물로 얼굴이 엉망일 것이다. 게다가 파테미나에게 묶여 버둥거려야 하는 꼴이라니…… 정말 바보 같았다. 하지만 현재에게 그런 소리를 듣는 건 왠지 화가 났다.

"누, 누가 바보라는 거야!"

"너 말고 여기 또 누가 있어? 눈물 콧물이 다 같이 친목 도모라도 하냐, 왜 전부 뒤범벅되어 있는 거야?"

이안은 얼굴이 새빨개지며 소리쳤다.

"빨리 이거나 풀어줘!"

그러자 현재는 나무 막대로 그녀의 몸을 쿡쿡 찔렀다. 이안이 사납게 눈을 흘기자 그는 히죽 웃었다.

"그 기세라면 마물도 퇴치하고 남겠는걸?"

그러면서 그는 계속 나무 막대로 파테미나를 떼어냈다. 이안은 그의 비인간적인 행위에 열이 받았다. 몸이 자유롭게만 되면 아무리 최현재라도 만신창이를 만들어 버리겠다고 마음속으로 다짐했다. 한번 열받은 그녀에게는 뵈는 게 없었다.

하지만 잠시 후 이안은 현재가 하는 행동을 이해했다. 그녀가 칼로 공격했을 때 맹렬하게 덤벼들던 파테미나들은 현재가 나무 막대로 건드리자 그것에 몸을 휘감았다. 잠시 후 파테미나들은 모두 나무 막대에 옮겨 붙었다.

"못 일어나겠냐?"

나무 막대를 모닥불에 던져 뒤처리까지 깨끗하게 끝낸 현재는 이안에게 손을 내밀어주었다. 마디가 가늘고 긴 것이 그림 같은 손이었다. 미운 짓만 골라서 하는 녀석이었지만 마음이 떨리는 것은 어쩔 수 없었다. 이안은 고개를 외면하며 그 손을 붙잡았다. 보기보다 매우 따뜻하고 단단한 손이었다.

"어때? 내 손잡으니까 기분이 좋지?"

픽!

결국 매를 자초한 까닭에 현재는 펀치를 얻어맞았다. 그를 때려눕힌 후 이안은 그냥 혼자 힘으로 일어섰다. 아까까지만 해도 다리가 풀려 있는데 옥신각신하는 사이에 금방 원기를 회복한 것이었다.

그사이 좀비를 처단한 제이디는 노인의 목에 검을 겨누고 있었다.

"마기를 차단하는 가죽 안에 마물을 숨기고 계셨을 줄은 몰랐군요. 그걸 이리 내놓으시지요."

제이디의 검에는 푸른 검기가 불꽃처럼 일렁이고 있었다. 노인은 그 검기에 겁을 먹어 움찔거리면서도 피리를 곱게 내놓으려 하지 않았다.

"단지 난 그냥 이 아이들에게 신기한 걸 보여주고 싶었던 것뿐이야……."

제이디는 양미간에 주름을 접었다. 그의 푸른 눈동자는 섬뜩할 정도로 싸늘했다.

"마지막 경고입니다. 그걸 이리 내놓으시지요."

"미안하구나. 이제 장난은 그만 칠 테니 한 번만 봐다오."

제이디는 한숨을 내쉬었다.

"깜박했습니다, 당신이 마리로슈의 부하라는 사실을. 당신으로 인해 게일은 지금쯤 곤경에 빠져 있겠죠?"

그러자 노인은 두 눈을 빛내며 웃었다.

"그래, 그가 마신 술은 독주가 분명했지. 그분께서 손수 주신 거라 놈도 알아차리지 못한 거다."

"역시 그랬군요. 그것 역시 마리로슈가 준 것이겠죠? 파테미나들을 조종하라고."

"흥! 어리석은 것들, 감히 그분께 대적하려 들다……."

슈칵!

노인의 말이 끊어지더니 곧 바닥에 목이 떨어졌다. 현재의 도움으로 이제 막 파테미나의 올가미에서 벗어나던 헤라는 파랗게 질려 비명조차 지르지 못했다. 이곳에 오는 동안 별난 경험들을 다 해봤지만 지금처럼 그녀의 정신 세계에 영향을 가져올 만큼 충격적인 사건은 없었다. 그토록 친절하고 다정하던 제이디가 눈 하나 깜박 않고 사람을 죽여 버린 것이다. 믿을 수 없다는 듯 한동안 바라보던 그녀는 드디어…….

"꺄아아악!"

동굴 안에는 헤라의 기다란 비명이 메아리처럼 울려 퍼졌다. 그러나 제이디는 그런 비명 따위는 안중에도 없었다. 그는 게일이 사라졌던 블랙홀 안쪽으로 미친 듯 달려가고 있었다.

싸일러프라스나무와 장미 10

"커…… 커헉!"

게일은 시커먼 피를 토하며 동굴 바닥에 나뒹굴었다. 그의 발 아래 있던 이끼들은 금방 피로 물들더니 불과 10초도 안 돼 누렇게 말라 죽었다.

"제길… 역시 독하단 말야……."

게일은 끊어질 것 같은 창자를 움켜쥐며 중얼거렸다. 그는 자기가 지금 왜 이런 상황에 처해 있는지를 잘 알고 있었다. 노인이 권한 술 때문이었다. 술에 파테민의 알이 들어 있었던 것이다.

파테민들은 소리에 무척 민감한 생물이다. 게일의 영지에서도 히시아몬 농사를 짓는 농부들은 유독 시끄러웠다. 그 이유는 파테민을 쫓기 위해서였다.

그러니 파테민들이 파테미나로 변이되는 것도 소리를 가진 마물들에 의해서였다. 마기가 깃든 악기는 파테미나로 만들기도 하고 그것들을 조종할 수도 있었다. 노인 역시 마기가 깃든 악기를 연주한 것이 틀림없었다. 조금 전 그가 있는 쪽에서 마기가 나타났다가 사라진 이후로 게일은 이런 끔찍한 고통에 시달리고 있었다.

지금쯤 게일의 뱃속에서는 파테미나들이 그의 내장들을 모두 먹어치우고 있을 것이다. 하지만 그는 누구도 원망하지 않았다. 이렇게 될 줄 알면서도 일부러 마신 것이었으니. 그 술이 그녀로부터 나온 것임을 알았기 때문이다.

"후아… 후아……."

가물가물해지는 정신을 겨우 가다듬으며 게일은 옷소매에서 무언가를 꺼냈다. 옥수수 수염 같은 가는 줄기에 흙이 잔뜩 묻은 것이 어떤 식물의 뿌리인 것 같았다. 게일은 뿌리에 묻은 흙을 털지도 않은 채 이빨로 우적우적 씹었다. 그리고 무릎으로 엉금엉금 기어갔다. 다리가 떨려 제대로 일어설 수조차 없었던 것이다.

동굴 바닥에 튀어나온 돌들이 그의 무릎을 찢었지만 아픔도 느끼지 못했다. 내장이 갈가리 파헤쳐지는 고통 때문에 다른 아픔은 아무것도 느낄 수 없었던 것이다.

"우웩!"

몇 걸음 못 가 그는 또다시 시커먼 피를 한 움큼 쏟아냈다. 피를 너무 많이 쏟아낸 탓에 의식마저 흐릿해졌다. 하지만 그는 눈앞에 있는 한 점의 빛에 온갖 정신을 집중하며 걸었다. 그곳에 싸일러프라스 나무가 있을 것이 틀림없다고 생각하며. 그리고…….

"그녀는 나무 아래 잠들어 있다……."

라는 원혼들의 예언이 맞다면 그 나무 아래 그녀가… 있을 것이었다.

게일은 그 어느 때보다 흉흉하게 눈을 빛내며 옥수수 수염 같은 뿌리를 씹고 또 씹었다. 그것은 히시아몬의 뿌리였다. 파테민은 히시아몬의 잎을 먹이로 삼지만, 그들에게 그 뿌리는 극약이었다.

"그래, 조금만… 조금만 기다려라. 네놈들을 모두 죽여줄 테니."

뿌리의 효과가 있었는지 드디어 게일의 콧속으로 연초록의 꼬물거리는 벌레들이 튀어나왔다. 귀로도 놈들이 기어나왔다. 하지만 게일도 계속 핏덩이들을 토해내야만 했다. 맹독을 흡수하는 히시아몬의 뿌리는 파테미나뿐 아니라 사람에게도 극한 독약이었기 때문이다. 걸을 때마다 쏟아낸 핏덩이들이 그가 걸어온 길의 자취를 만들었다.

"크헉……!"

드디어 동굴이 끝나며 환한 빛이 그를 에워쌌다. 게일은 너무 눈이 부셔 손등으로 눈을 가렸다.

사방은 온통 꽃밭이었다. 숨 막힐 듯한 향기를 뿜어내며 꽃잎들이 조용히 시야를 떠나쳤다. 일사병에 걸린 사람처럼 어지러움증을 느끼며 게일은 결국 꽃밭에 쓰러졌다. 그러자 곧 그의 몸에서 나온 파테미나들이 연초록 빛을 내며 그를 에워쌌다.

게일은 끔찍하던 육체의 고통이 어느덧 씻은 듯이 사라진 것을 느꼈다. 그는 지금 천국과도 같이 아름다운 곳에 있었다. 아니, 그곳은 천국보다 더 근사한 곳이다. 바로 고향…… 고향이란 이름의 낙원과도 같은 곳.

환영이었다. 그는 자기가 파테미나가 보여주는 환영 속에 들어와 있다는 사실을 선명히 자각하고 있었다.

'정신 차려야 해! 놈들에게 현혹돼선 안 돼!'

마음속으로 그렇게 외치면서도 그는 또 한 편으로 충만한 행복감을 느꼈다. 조금만 더 그곳에 머물고 싶은 간절한 마음도 그의 것이었다.

멀리 싸일러프라스 나무가 보인다. 그의 영지를 상징하는 것이었으며 영지민들의 생명과도 같은 것이었다. 거대한 나무에서 두 개의 굵은 줄기가 갈라져 아래로 늘어진 독특한 모양. 이 모양을 두고 어떤 이들은 자궁의 형상이라고도 했다. 그 때문인지 게일의 영지에서는 무엇이든 풍요롭게 자랐다.

싸일러프라스 나무를 중심으로 넓게 히시아몬의 밭이 펼쳐져 있다. 바람이 불자 히시아몬의 잎들이 파도처럼 출렁인다. 드넓은 히시아몬의 바다 위로 연초록의 빛을 내며 파테민들이 날아다닌다.

어른들은 이곳의 지질이 위험하다고 아이들을 절대 들어오지 못하게 했다. 하지만 게일 또래의 아이들에게는 이곳만큼 스릴있고 이곳만큼 비밀스러운 놀이터가 없었다.

게일은 어느새 열서넛의 사내아이가 되어 있다. 허리엔 13세의 생일날 아버지에게서 받은 검을 차고 있었다. 광택이 나는 새하얀 새틴 블라우스를 입은 그는 또래의 사내아이들 중 제일 앞에서 소리치며 달린다. 햇볕에 반짝이는 그의 눈동자는 페타민이 뿜어내는 빛과도 같은, 또한 히시아몬의 싱그러운 잎과도 같은 맑은 초록색.

게일을 따르는 사내아이들은 동네의 여느 꼬마들과는 다르다. 평민들이라면 죽을 때까지 입어볼 엄두도 못 낼 값비싼 옷과 장신구들로 치장하고 있었다. 허리에는 게일과 마찬가지로 생일날 부모들에게 받았을 검이 한 자루씩 차여져 있다. 햇볕 아래 달리는 사내아이들의 얼굴은 모두 백자처럼 희고 깨끗했으며 손가락은 곱고 보드라웠다. 태양 아래서 흙 한번 제대로 만져 본 적이 없는 피부다.

게일이 뭐라 외치자 사내아이들은 너나 할 것 없이 히시아몬 밭으로 숨어들기 시작했다. 그러자 또 대여섯 명의 사내아이들이 그들을 향해 덮쳐든다.

게일보다는 두어 살 나이가 많아 보이는 집단이다. 나이 많은 사내아이들 중 대장 격인 소년이 화가 난 듯 뭐라 외친다. 곧 두 패의 아이들은 뒤얽혀 싸우기 시작한다.

전쟁이 시작된 것이다. 비싼 장신구들이 떨어져 히시아몬의 밭으로 굴러가고 실크로 만든 옷자락은 사정없이 찢겨져 나갔지만 사내아이들은 누구도 아랑곳하지 않는다.

대장 격인 소년과 뒤엉켜 언덕을 구르고, 치고 받느라 게일의 얼굴은 엉망이 됐다. 그러다 싸움이 격해졌나 보다. 소년이 검을 뽑아 든다. 기다렸다는 듯 게일도 검을 뽑았다. 생일날 받은 검은 태양 아래서 자태를 뽐내듯 찬란하게 빛났다.

누구부터였는지 모른다. 그들이 정신을 차렸을 때 두 사람은 상처를 입으며 싸우고 있었다. 그때 소년들 사이로 한 어린 소녀가 나타난다. 새까만 머리카락 외에는 어느 한 군데도 닮지 않은 게일의 누이다.

나이 많은 소년이 게일의 누이에게 검을 들이댄다. 구경하던 사내아이들은 그의 비열함을 힐난했다. 그러나 게일은 오히려 웃고 있다. 소년이 당황해서 뭐라 떠들어댄다. 게일은 작은 악마같이 눈을 빛내며 히시아몬의 밭으로 걸어 들어갔다. 그는 잠시 후 파테민의 알이 붙은 히시아몬의 잎사귀를 뜯어 들고 돌아왔다. 그리고 주저하지 않고 그

잎을 자신의 누이에게 먹인다. 기겁을 하는 사내아이들의 얼굴이 하나 둘 스쳐 지나간다.

잠시 후 게일은 싸일러프라스 나무 앞에 그와 그의 누이만 남은 것을 알게 되었다. 누이의 붉은 입술 사이에서는 시커먼 피가 쉴 새 없이 흐르고 있다. 어린 소녀는 곧 힘없이 앞으로 고꾸라진다. 게일은 원인 모를 가슴의 통증을 느낀다.

'이건 환영이야. 빨리 놈들에게서 벗어나야 해!'

게일은 파테미나의 환영에서 벗어나기 위해 발버둥 쳤다. 하지만 그는 여전히 어린 소년의 모습 그대로였다.

소년인 그는 재빨리 히시아몬의 뿌리를 뜯어 그녀의 입에 처넣는다. 그러나 의식을 잃은 소녀는 아무것도 삼키지 못한다. 게일은 그 뿌리를 자신이 씹기 시작한다.

그동안에도 소녀의 입에선 울컥울컥 피가 솟구쳤다. 게일은 그녀가 토해내는·피를 빨아 바닥에 뱉어내고 잘게 씹은 뿌리를 먹인다. 그녀의 입 안은 타는 것처럼 뜨겁다. 게일은 심장이 터질 것만 같다. 그는 소녀와 호흡을 같이하며 수백 번 이상이나 그 일을 반복했다. 쓰디쓴 히시아몬 뿌리의 즙과 비릿한 피 냄새로 게일의 감각 기관은 이제 마비되었다. 하지만 그녀의 입 안 어느 한구석에서 퍼져 나오는 달콤한 향기는 그의 뇌리에 깊이깊이 각인되었다.

시간이 지나자 보드라운 입술 사이로 호흡이 차츰 돌아왔다. 게일은 그제야 모든 팔다리의 힘이 빠져나가는 것만 같아 풀밭에 쓰러지듯 눕는다. 은은한 꽃 향기가 바람에 실려온다. 그러나 게일은 이미 비릿하고도 쌉싸름하고, 또 달콤한 그 향기에 취해 아무것도 느낄 수 없었다.

아마도 그것이 그의 첫 번째 입맞춤… 이었을 것이다. 그녀를 좋아하고 있다는 것을 처음으로 깨달은.

"슈슈……."

게일은 이제 더 이상 파테미나의 환영에서 깨어나고 싶어하지 않았다. 그냥 이대로 고통없이 생을 마감하는 것도 괜찮을 듯싶었다. 이 안락함이 그를 점차 무뎌지게 만든 것이다.

그때였다.

케에에에!

게일을 둘러싸고 있던 연초록 빛이 갑자기 괴성을 내지르며 사라져 버렸다. 그러자 파테미나에게 살을 뜯겨 만신창이가 된 게일이 꽃밭 한가운데에 누워 있었다.

정신을 차린 그는 손가락으로 가만히 자신의 입술을 만져 보았다. 누군가의 체온이 닿았던 것만 같았다. 그리고 장미를 닮은 아득하고 그리운 잔향이 입술에 머물러 있었다.

"……!"

게일은 두 눈을 부릅뜨며 웨일 소드를 불러냈다. 그러나 아무리 긴장하고 주위를 둘러보아도 있는 것은 그저 만발한 꽃과 히시아몬의 밭뿐이었다. 웨일 소드조차도 마기에 대해 아무런 반응이 없었다.

"여긴……!"

게일은 문득 자신이 환영 속에서 보았던 고향에 와 있다는 것을 깨달았다. 다른 것이라곤 그가 열서넛의 사내아이가 아니라는 것, 그리고 파테민의 알로 인해 피를 흘리는 것은 그녀가 아닌 자신이라는 것이었다.

다행히 히시아몬의 뿌리는 약효가 있었는지 더 이상 끔찍한 고통도 없었다. 하지만 이미 손상된 내장 기관 때문에 시커먼 핏덩이들이 계속해서 쏟아져 나왔다. 그리고 파테미나에게 뜯어 먹힌 살갗에서도 피가 흘러나오고 있었다.

게일은 이제 자기 목숨이 얼마 남지 않았다는 걸 알았다. 하지만 상관없다. 그전에 마리로슈를 만날 수만 있다면, 그녀를 자기 손으로 해치울 수만 있다면 그는 오히려 지금껏 믿어본 적 없는 신께 감사라도 드릴 것이다.

"하…… 그래, 저쪽에 신전이 있었고 저 아래에는 마상 시합장이 있었지……."

게일은 오랜만에 고향으로 돌아온 노인처럼 회한에 젖어 사방을 둘러보았다. 시내와 방앗간, 우물, 심지어 자기가 소에 받쳐 넘어졌던 장소까지 다 찾아보았다.

이제 그의 표정이 미세하게 떨리기 시작했다. 그는 마지막까지 아끼고 풀지 못했던 선물 꾸러미를 푸는 어린아이의 심정으로 천천히, 그리고 조심스레 고개를 들며 중얼거렸다.

"그리고 저 언덕 위에 싸일러프라스 나무가 있었어……."

떨리던 얼굴이 창백해졌다. 완만한 구릉지 위에는 정말로 세상에 하나밖에 없다고 생각했던 싸일러프라스 나무가 서 있었다. 자궁을 닮은 독특한 모양. 뿌리의 반쯤이 지표 밖으로 나와 있는 것도 그의 마을에서 본 모양 그대로였다.

'꿈일 거야… 그래, 이건 꿈이야…….'

게일은 마음속으로 중얼거렸다. 이 나무를 찾아 여기까지 왔는데도 막상 눈앞에 나타나니 쉽게 믿어지지 않았다. 사고는 정지되고 몸은 굳어진 것만 같았다. 그는 무엇을 해야 할지 모르는 사람처럼 한동안

망연하게 나무 앞에 서 있었다. 자신이 지금껏 무엇 때문에 살아왔는지 그 목적마저도 잊어버린 것 같았다. 그의 머리 속에는 수십 가지의 악몽들이 떠올랐다. 수많은 상념과 갈등으로 그는 매우 복잡한 표정이었다.

드디어 결심을 한 듯 게일은 입가에 흘러내린 피를 손등으로 훔쳐냈다. 그는 빠른 걸음으로 나무를 향해 걷기 시작했다. 아니, 전력을 다해 달리고 있었다.

"이야아아압!"

그는 웨일 소드로 싸일러프라스 나무뿌리를 잘라냈다. 단단한 뿌리는 나무 주위에서 이십 미터 이상 뻗어 나와 담장 구실을 하고 있었던 것이다. 나무에게 좀 더 가까이 가기 위해서는 뿌리부터 잘라내지 않으면 안 됐다.

픽! 픽!

게일은 있는 힘을 다해 검을 후려쳤다. 그러나 이미 체력이 바닥난 상태였기 때문에 뿌리는 좀처럼 잘라지지 않았다. 그는 이를 악물고 점점 희미해지려는 정신을 가다듬었다.

'아직, 아직이야!'

게일이 벤 뿌리에서는 진득한 하얀 액체가 흘러나왔다. 싸일러프라스는 원래 살아 있는 생명이 나무로 변한 것이라고 했다. 그러니 나무가 피를 흘리고 있는 건지도 모른다. 그는 뿌리를 쳐내는 데 집중하느라 그 하얀 액체가 거품을 내며 땅속으로 스며드는 것도 몰랐다. 그 땅이 생명을 얻으며 꿈틀대고 있다는 사실도.

갑자기 발 아래가 스펀지라도 밟은 것처럼 푹신해졌다. 그 순간 게일의 발이 흙 속으로 푸욱 빠져 들어갔다. 늪과 같았다. 빼내려 발버둥

을 쳤지만 그럴수록 오히려 몸 전체가 흙 속으로 야금야금 먹혀 들어
갈 뿐이었다.

"게일!"

그의 몸이 거의 다 먹혀 들어가고 얼굴만 반쯤 남았을 때였다. 구릉
지 위를 달려오는 낯익은 얼굴들이 보였다. 그들은 울상이 되어 손을
내밀었지만 게일은 그 손을 붙잡을 손조차 없었다. 곧 그의 눈마저 흙
속으로 잠겨 버렸다.

게일은 왠지 마음이 편안했다. 생을 마감하기 직전에 갖는 평안함이
아니라 무언가 해야 할 일을 하고 난 것 같은 홀가분함이었다. 그는 이
것이 끝이 아니라고 확신했다. 마리로슈, 그녀를 잘 알기 때문이다. 그
는 이 순간 어이없게도 그녀를 믿고 있었다.

그녀라면 자신을 이런 곳에서 어이없이 죽게 하지는 않을 거라
고……

쿵!

게일의 몸은 단단한 바닥 위로 떨어졌다. 무방비 상태였던 그는 보기 흉하게 엉덩방아를 찧고 말았다. 하지만 기쁜 얼굴로 일어섰다. 마리로슈에 대한 원혼들의 예언이 맞았기 때문이다. 나무 아래에 이런 장소가 있으리라고 누가 생각이나 했겠는가?

정말 놀라웠다. 그가 있는 곳은 도저히 나무 아래라고는 생각할 수 없었다. 거대한 괴물의 몸속에 들어와 있다면 오히려 믿을 것이다. 천장과 벽은 온통 붉은 점액질의 조직으로 둘러싸여 있는 데다 중간중간에 튀어나온 뿌리들은 마치 생물의 혈관처럼 보였다.

그 이상한 공간을 헤매던 게일의 두 눈이 심상치 않게 번뜩였다. 공간의 한가운데에 작은 산이 솟아나 있었는데 꼭대기가 분화구처럼 움푹 패여 있었던 것이다. 붉은색의 반투명한 엷은 막이 그 분화구를 감싸듯 둥그렇게 에워싼 모습이었다. 무수한 나무뿌리들이 그 반투명 막을 향해 뻗어 있는 것은 마치 양분이라도 공급하려는 것처럼 보였다.

"결국은 만나게 되는구나……."

게일은 엷은 막 안쪽으로 보이는 거무스름한 물체를 향해 이를 드러내며 웃었다. 웨일 소드를 쥔 손에는 땀이 축축하게 배어 나왔다.

그는 떨리는 마음으로 그곳을 향해 갔다. 어디선가 달콤하고도 유혹적인 장미 향기가 짙게 풍겨 나와 게일의 몸을 감쌌다. 오랜만에 맡게되는 그 향기 때문인지, 아니면 이미 기능을 상실했을 그의 내장 기관 때문인지 게일은 가슴이 울렁거려 참을 수가 없었다.

그는 앞가슴이 피로 홍건하게 젖는 것도 모른 채 계속 걸었다. 작은 산은 드디어 손에 닿을 듯 가까워졌다.

지이이이이잉…….

그 순간 손에 들려 있던 웨일 소드가 새파랗게 빛을 뿜어내며 비명처럼 울부짖었다. 상당한 마기가 게일의 몸을 감싸왔다.

퍽!

그는 갑자기 뭔가에 세차게 부딪치며 넘어졌다. 아픈 머리를 흔들며 일어서자 뿌리 중 일부분이 스르르 움직였다. 그것은 곧 검은 로브로 머리부터 발끝까지 감싼 사람의 형상으로 변했다. 후드를 깊이 눌러쓰고 있어 두 눈에서 뿜어내는 기괴한 안광 외에는 아무것도 볼 수가 없었다. 그러나 게일은 눈앞에 있는 자가 자신이 찾는 그녀가 아니라는 것은 충분히 느낄 수 있었다.

"흐응… 그렇겠지. 여신의 안식을 지키는 사자가 없다면 말이 안 되는 법."

그는 오히려 투지를 느끼는 듯 검을 앞으로 세웠다. 그사이 똑같은 검은 로브 복장의 사내들이 네 명이나 더 늘어나 게일을 에워쌌다.

"너희들은 아미탄트의 결사대인가? 아니면 닉스의 사제들?"

그들에게서는 아무 대답이 없었다. 로브로 온몸을 뒤집어쓴 채 기괴한 안광만 흘리는 그들에게선 어쩐지 살아 있는 인간의 느낌이 전해져 오지 않았다.

"하긴, 좀비면 어떻고 골렘인들 무슨 상관이겠어. 곧 죽을 녀석들의 신원 따위 알 필요 없지."

게일은 턱 아래로 흐르는 피를 닦으며 웃었다. 지금 그의 상태라면 군이 싸우지 않아도 조만간 쓰러질 것만 같았다. 그런데도 그는 허세 좋게 지껄여 댔다.

"우…… 우우……."

로브를 쓴 그들이 드디어 입을 열었다. 하지만 그 입에서 나온 것은 어떤 말도 아닌 길게 늘인 한 음절의 언어였다. 낮게 읊조리며 반복하는 목소리는 주문이라도 외우는 것 같았다. 그러면서 그들은 게일을 향해 한 걸음씩 가까이 다가왔다.

"컥… 커헉!"

게일은 숨이 막혀 가슴을 움켜쥐었다. 그들은 계속해서 주술 같은 소리를 읊조리며 한 걸음 한 걸음 게일을 조여 들어왔다.

"우웩!"

게일은 드디어 참지 못하고 주저앉아 핏덩이를 토해냈다. 잠잠해졌던 통증들이 일제히 규탄대회라도 여는지 다시 극심하게 몰려왔다. 파테미나에게 뜯어 먹혔던 살에서는 분수처럼 피가 뿜어져 나왔다. 뿐만 아니다.

"우와아아악!"

그는 한쪽 눈을 움켜쥐며 비명을 질러댔다. 오른쪽 눈꺼풀 위에서 아래까지 길게 찢어지며 피가 쏟아져 나왔던 것이다. 믿을 수 없게도 원래의 육체에 있던 상처가 지금의 그에게 나타난 것이었다. 그날의 일을 다시 떠올리도록 끔찍한 고통 또한 그를 엄습해 왔다.

"제길……!"

게일은 비틀거리며 웨일 소드를 들어 올렸다.

"…이건… 마리로슈를 위해… 남겨놓았던 건… 데…… 영광인 줄 알라구. 크헉! 형씨들……!"

게일은 검으로 원을 크게 그리며 목청이 터져라 소리쳤다.

"어둠에서 생성된 사물이여… 네 악한 힘을 정화의 바람으로 단죄하노라. 가이위일……!"

그의 외침이 끝나기 무섭게 주위에 눈부신 푸른 빛이 생겨났다. 그 빛은 곧 회오리처럼 휘돌며 사방으로 크게 퍼져 나갔다. 그 기세가 어찌나 매섭던지 게일을 둘러싸고 있던 사람들의 로브는 조각조각 찢겨졌다. 그리고 곧 회오리에 휘말리더니 흔적도 없이 바스라져 버렸다.

놀랍게도 로브 안에는 작은 돌 같은 결정체 이외에는 아무것도 들어 있지 않았다. 그들이 사라지고 나자 정화의 바람은 금방 잠잠해지고 새파랗게 달구어졌던 웨일 소드도 본래의 시커먼 몸체로 되돌아왔다.

"헤…… 겨우 이런 녀석들이 널 지키는 사자란 말이지?"

모든 힘을 다 소진해 버린 게일은 바닥에 뻗어 있으면서도 치기 섞인 소리를 했다.

"그나저나 큰일이군. 녀석을 만나면 줄 선물이 없으니 말야."

그는 이제 스스로 일어설 힘도 없어 웨일 소드를 지팡이처럼 짚고 일어나야 했다. 그렇게 비틀대며 산을 기어 올라가기 시작했다. 산을 에워싼 나무뿌리들이 발판을 대신하고 있어 산을 오르는 일은 그다지 어렵지 않았다. 오히려 더 힘든 것은 몸을 추스르는 일이었다. 지금의 그에게는 허리에 찬 상록의 검마저도 버거웠다.

이제 산 위의 분화구가 손만 뻗으면 닿을 만큼 가까워졌다. 분화구를 보호하고 있던 반투명한 막은 붉은 액체 같은 것으로 채워져 있었다. 그 안에 사람의 형상을 한 검은 물체가 보였다. 그리고 장미 향이 아까보다 훨씬 짙게 퍼져 나왔다. 그녀의 체취를 닮은 그 향기가……

"자, 이제 일어날 시간이다, 마리로슈!"

땀과 피로 범벅된 게일은 씨익 이를 드러내며 웃었다. 그리고 있는 힘을 다해 검을 쑤셔 넣었다.

푸싯! 꾸르르륵……

막은 손쉽게 찢어지며 바람 빠지는 소리를 냈다. 찢어진 가운데로 뜨뜻하고 끈적끈적한 액체가 흐르며 게일의 머리를 적셨다. 그는 몸이 온통 젖는 것도 상관하지 않고 찢어진 막을 헤집어 안으로 들어갔다.

"……!"

안으로 들어간 게일은 갑자기 돌이라도 된 것처럼 제자리에서 움직일 줄을 몰랐다.

"게일, 괜찮으십니까?"

제이디의 목소리가 들려왔다. 그는 게일과 같은 방법으로 이곳에 들어온 것이다. 게일은 아무 대답도 하지 않았다. 그러나 제이디는 금방 그를 찾아냈다. 게일이 넋 놓고 바라보는 물건을 본 그는 인상을 찡그리며 코를 막았다.

"이건 내장들이로군요. 모양으로 봐서 사람의 것이 분명한데……"

"박제된 상록의 가족들 거겠지."

게일이 보았던 검은 형체는 마리로슈가 아니라 이것이었다. 이곳에 그녀는 없었다. 바닥에 흐르는 붉은 액체에서 짙은 장미 향기가 풍겨 나오고 있었다. 게일은 그 향기에 속았던 것이다. 그것이 그녀의 체취라고만 생각했던 것이다. 하기야 그녀를 지키는 사자들이 너무 손쉽게 쓰러질 때부터 뭔가 이상했다.

게일은 갑자기 다리에 힘이 빠져 비틀거렸다. 제이디가 붙잡지 않았다면 그대로 쓰러질 뻔했다.

"우…… 끔찍하군!"

뒤늦게 나타난 또 한 사람은 현재였다.

"어떻게 너까지?"

"뭐, 제자니까 하는 수 없잖아."

현재는 오기 싫었지만 어쩔 수 없었다는 듯 대답했다. 솔직하지 못한 그를 게일은 지그시 노려봐 주었다.

"그런데 왜 박제된 사람들의 내장이 여기 있는 거야?"

잔뜩 궁금해하는 현재를 위해 제이디는 간략하게 설명했다.

"마리로슈는 지금 어떤 의식을 치르려고 하는데 그러기 위해서는 많은 제물들이 필요하기 때문입니다."

"그 어떤 의식이란 건 카하바나의 검인가 뭔가를 깨운다는 걸 얘기하는 거지? 아하, 그래서 상록이 사람들을 죽이도록 조종한 거였구나."

현재가 모든 걸 다 알고 있는 것처럼 얘기하자 제이디는 물론이고 게일마저 놀랐다. 그러자 현재는 대수롭지 않다는 듯 어깨를 으쓱했다.

"내 귀는 액세서리가 아니라고. 관심있으면 그 정도쯤은 당연히 추리할 수 있지."

게일은 희미하게 웃었다.

"생각보다 바보는 아니었군, 꼬마."

"홍, 차라리 칭찬하는 게 익숙하지 못하다고 솔직히 시인하시지."

"누가 칭찬을 한다는 거냐!"

"자자, 그만들 하십시오."

제이디는 옥신각신하는 두 사람을 말렸다. 게일의 이런 원색적인 반응은 그로서는 약간 질투나는 것이었다. 하지만 현재 덕분에 분위기가 가벼워진 것은 다행이었다.

"그래도 한시름 놓았습니다. 그녀가 제물들을 필요로 한다는 건 아직 카하바나의 검을 깨우지 못했다는 얘기니까요."

게일은 음울한 목소리로 대꾸했다.

"그래, 앞으로 더 많은 제물들이 필요하다는 얘기이기도 하지."

"더 많은 사람들이라면 도대체 얼마나 많은 사람들인 거지?"

궁금한 듯 두 눈을 반짝이는 현재를 보며 게일은 피식 웃음을 흘렸다.

"카하바나의 검은 피를 무척 좋아하지. 십여 년 전쯤 한 마을에서 이백 명 제물들의 피를 마신 이후 그것은 지금껏 계속 제물들을 필요로 했다. 하지만 아직도 더 많은 피를 원하고 있는 거야. 자신이 깨어나기 충분한 양의……."

그 말을 하는 게일의 얼굴이 무척 고통스럽게 일그러졌다. 그런 얼굴을 보여주기 싫었던지 그는 먼저 분화구 안에서 나와 산을 내려갔다. 하지만 몇 걸음 걷지 못해 힘없이 앞으로 고꾸라졌다.

"게일!"

제이디와 현재가 소리치며 뛰어갔다. 그는 마치 썩은 나무토막처럼 맥없이 비탈길을 굴러 떨어지고 있었다.

"이런……! 어쩌다 이렇게!"

제이디는 자신이 치료했던 상록의 가슴이 다시 썩어 있는 것을 보고 기겁했다. 하지만 그보다 심각한 문제는 이미 그의 내장 기관들이 모두 손상됐다는 데 있었다. 제이디의 팔에 안긴 게일은 울컥울컥 시커먼 핏덩이들을 토해냈다. 간신히 그를 지탱해 오던 목적이 사라지고 나자 그는 이제 생명의 끈을 놓아버릴 것만 같았다.

"뭐야! 당신은 아직 마리로슈도 못 만났잖아! 그래 놓고 벌써 죽으려는 거야!"

"죽긴 누가 죽는다고 그래."

게일은 울먹이는 현재의 뺨을 주먹으로 가볍게 쳤다.

"그런데 왜 죽을 것 같은 얼굴을 하냔 말야!"

"멍청한 녀석, 잠깐 쉬는 거다. 네 녀석들이 실컷 자는 동안 한숨도 못 잤으니까."

"됐습니다, 게일. 말하지 마세요. 태양이 떠오르는 대로 제가 어떻게든 손을 써보겠습니다."

제이디는 안타까워 그의 말을 막았다. 그러나 게일은 히죽 웃었다.

"흐응, 날이 밝으면 너부터 손을 써야겠다. 네 녀석이야말로 죽을상을 하고 있으니."

"물론 저부터 치유를 하고 난 다음에 당신도 치유할 겁니다. 제 능력으로 그 정도는 아무것도 아니니까요."

제이디는 자신있게 말했지만 그의 푸른 두 눈은 이미 촉촉하게 젖어 있었다. 자기 힘으로도 고치기 힘들다는 것을 알고 있었던 것이다.

"체, 잘난 체하긴. 당연히 그렇게 해야지. 이건 전적으로 약한 육체를 넘겨준 네 잘못이니까."

"하…… 죄송합니다."

제이디는 웃었지만 금방이라도 울 것 같은 얼굴이었다. 그의 온몸은 이미 게일이 흘린 피로 붉게 물들어 있었다.

"그때까지 눈 좀 붙일 테니 깨우지 마라."

게일은 드디어 눈을 감았다. 현재는 왠지 그가 눈을 감으면 이대로 영영 뜨지 못할 것 같아 두려워졌다. 그는 게일의 어깨를 잡아 흔들었다. 성질 고약한 게일이라면 웨일 소드를 휘두를 법한 행동이었다. 현재는 오히려 그래 주길 바랐다. 이렇게 약한 그를 보고 싶지 않았다.

"씨바…… 잠은 집에 가서 자란 말야!"

소리치는 현재의 입술 사이로 찝찔한 액체가 흘러 들어왔다. 자기도 모르는 사이에 어느덧 울고 있었던 것이다.

"그런데 이건 뭐죠?"

망연자실하게 게일을 안고 있던 제이디는 문득 그의 가슴속에 손을 집어넣었다. 게일의 가슴 근처에서 뭔가가 화끈거렸던 것이다. 꺼내보니 빨간 비단 주머니였다. 산속의 오두막에서 해골 남자가 준 것이다.

주머니는 불이라도 붙은 것처럼 붉은 빛을 내며 열을 발산하고 있었다. 뭔가 심상치 않은 기분이 들어 열어보자 작은 알약이 들어 있었다. 마치 게일의 목숨을 살리기 위해 자기의 존재를 알렸던 것 같았다. 그래서 제이디는 알약 하나를 꺼내 게일에게 먹였다.

"꿀꺽."

게일은 단전에서부터 따뜻한 기운이 몸 안으로 밀려드는 것을 느꼈다. 안온하고 편안한 느낌이 온몸을 감쌌다. 육체를 지배하던 고통이 점차 사라져 갔다.

"괜찮습니까, 게일?"

눈을 뜨자 제이디와 현재가 걱정스럽게 쳐다보고 있었다. 죽음의 문턱에서 간신히 살아 돌아온 게일은 낯익은 얼굴을 보자 울컥 목이 메이는 기분이 들었다. 하지만 입에서 나오는 말은…….

"괜찮지. 그럼 내가 설마 죽기라도 할 줄 알았냐? 그건 그렇고 답답하니 이 손이나 좀 치워."

그는 자기를 안고 있던 제이디의 손을 뿌리치며 자리를 털고 일어섰다. 제멋대로이며 건방진 성격이 되돌아온 것을 보고 현재와 제이디는 안도의 한숨을 쉬었다.

'쳇, 그래도 걱정해 준 사람한테 너무하잖아.'

현재는 속으로 투덜대며 게일의 뒤를 쫓아갔다. 그런데 먼저 앞서 가던 게일이 바닥에서 무언가를 주워 들었다. 붉고 납작한 물건이었는데, 그것을 집어 들자 갑자기 짙은 장미 향기가 풍겨 나왔다.

'장미 과자……?'

현재는 언젠가 태일에게서 들은 얘기를 떠올렸다. 그에게 마물을 넘겨준 사람이 장미 향이 나는 과자를 먹고 있었다고 했다. 그 과자와 마리로슈는 깊은 관계가 있는 것이 틀림없었다.

"그녀가 떠난 지 얼마 안 됐군요. 이렇게 짙은 향기가 나는 걸 보니."

제이디의 말에 게일은 고개를 끄덕였다.

"그래, 어쩌면 만났을지도 모르지."

"네?"

제이디가 놀란 듯 눈을 크게 뜨자 그는 씁쓸하게 웃었다.

"어쩌면 꿈일지도 모르고."

게일의 목소리는 매우 안타깝고 어두웠다. 자신이 보았던 환영, 그것은 어쩌면 그녀가 만들어준 것일지도 몰랐다. 입술에 머물렀던 그 체온까지도……

그는 장미로 만든 과자 옆에 까만 돌이 뒹구는 것도 보았다. 그것은 아까 후드를 쓴 이들이 사라지면서 나온 것이었다. 유난히 까맣고 반짝거리는 것이 마치 보석의 원석덩어리 같았다. 그 돌 하나를 주워 들자 놀랍게도 똑같은 크기의 네 개의 돌들이 날아와 달라붙었다. 게일과 싸웠던 이들도 모두 다섯이었던 것이다.

슈우우우……

그러자 돌들이 달라붙으며 생겨난 틈 사이로 바람 소리가 들려왔다. 모두들 경계의 눈으로 쳐다보는데 그 소리는 게일의 주위를 맴돌았다. 현재와 제이디에게는 아직도 바람 소리로 들렸지만 게일은 곧 익숙한 목소리를 들었다. 귓가에 속삭이는 듯한 신비롭고 청아한 노랫소리.

나 이제 그대를 기다리며 나무 아래에 잠들어 있네.
그대는 내 가슴을 찢어놓은 살육자.
그 뿌리가 나를 먹어치우기 전에
경건한 그대의 검으로 제발 나를 사라지게 해줘요,
나의 사랑이여.

"슈슈……"

게일은 열에 들뜬 목소리로 중얼거렸다. 수년 만에 처음으로 불러보는 그 달콤한 이름……

노랫소리는 분명 그녀의 목소리였다.

"어디 다친 데 없어요?"

"제이디, 괜찮아요?"

이안과 혜라는 늪 속에 빠졌다가 무사히 살아 나온 세 남자들을 보자 걱정스러운 얼굴로 달려왔다. 그녀들은 싸일러프라스 나무 아래서 가슴을 졸이며 기다리고 있었던 것이다. 세 사람은 옷이 더러워지고 많이 찢어져 있었지만 다행히 모두 크게 다친 것 같지는 않았다.

"수선 떨긴. 저까짓 나무 아래로 좀 떨어졌다고 어떻게 될 리 없잖아."

게일은 대수롭지 않다는 듯 대답했다. 그 모습을 본 현재는 웃음이 나오려는 것을 억지로 참았다. 조금 전까지만 해도 그가 꼼짝없이 죽는 줄 알았던 것이다. 그래서 제이디도 자기도, 심지어 게일까지 숙연한 분위기였지 않은가? 다행히 그가 가지고 있던 기적의 알약으로 겨우 목숨을 건져 놓고 큰소리라니. 그 약의 일부는 제이디도 먹었다. 그러자 그의 몸에 있던 크고 작은 상처들도 모두 사라져 지금은 원래의 말끔한 모습으로 되돌아와 있었다.

"뭘 그렇게 히죽대는 거야?"

게일은 피식피식 웃는 현재를 못마땅한 눈으로 쳐다보았다. 하지만 그런 행동이 어쩐지 허세를 부리는 것 같아 귀엽게 여겨졌다.

"그런데 지금 밤이었나?"

게일은 문득 깨달았다는 듯 하늘을 쳐다보았다. 현재의 시계는 아침 여섯 시를 가리키고 있었다. 해가 뜨려면 좀 더 기다려야 할 시간이라 하늘은 아직 캄캄했다.

"네, 아직 날이 밝지 않았습니다."

제이디의 대답에 게일은 얼굴을 찡그리며 입맛을 다셨다.

동굴 밖으로 나오면서부터 보았던 장면들은 모두 환영이었던 것이다. 그가 서 있는 곳은 그냥 평범한 언덕에 불과했다. 히시아몬의 밭도, 개울도 없었고, 마상 시합장도 없었다. 그는 고개를 돌려 싸일러프라스 나무를 바라보았다. 그 나무만은 실존해 있었다. 그러나 게일의 영지에 있는 것과는 비교도 안 될 만큼 아담하고 작았다.

푸른 하늘과 히시아몬으로 가득한 고향 땅은 마리로슈가 만든 환영이었던 것이다. 그녀라면 파테미나보다 더 완벽한 환영을 만들어낼 수 있었을 테니까. 웨일 소드가 그 마기를 감지하지 못한 것도 당연했다. 바인더인 게일조차 환영인 줄 알지 못했으니까.

어딘가 허탈해하는 게일에게 제이디는 한숨을 쉬듯 나직하게 중얼거렸다.

"그녀는 당신이 올 줄 이미 알고 있었던 것 같습니다. 결국 저는 그녀를 찾는 데 아무 도움이 못 됐군요. 죄송합니다."

그러나 게일은 피식 웃음을 흘렸다.

"네 도움은 생각 이상이었다. 처음부터 네게 아무 기대도 하지 않았으니까."

"너무하시는군요."

제이디가 약간 뾰루퉁하자 게일은 그의 어깨를 와락 끌어안았다.

"고맙다."

그의 말은 아주 간결했다. 제이디는 잘못 들은 게 아닐까 싶어 게일을 쳐다보았다. 그에게 사과보다 더 듣기 힘든 것이 감사의 말이었다. 그것도 마음속에서 우러나는 감사의 말. 제이디가 계속 빤히 보자 게일은 멋쩍은 듯 얼굴을 붉혔다.

"네 덕분이다, 마리로슈가 이렇게 가까이 있었다는 걸 알게 된 건. 환영을 쫓지 않았다는 걸 확인하게 되어 난 지금 어느 때보다 가슴이 두근거려. 그리고 조만간 그녀를 내 손으로 없앨 수 있을 것 같은 예감이 든다."

그는 제이디의 어깨를 가볍게 두드린 후 성큼성큼 앞서 갔다. 그의 어깨는 단단하고 믿음직스러웠다. 하지만 제이디에게는 매우 안타깝게 보였다. 마치 자신의 생의 의미를 찾아 방황하고 있는 것만 같아서.

'게일, 당신이 지금 쫓는 건 마리로슈입니까? 슈슈입니까? 그것도 아니면… 당신 자신인 겁니까?'

제이디는 그의 등 뒤에 대고 가볍게 목례를 했다.

'어쨌거나 다음번에 뵐 때는 지금보다 좀 더 행복한 모습이기를……'

제8화

혼자 꾸는 꿈

하늘에 떠 있는 별을 사랑하고 계신가요?
그 별을 영원히 당신의 것으로 만들어 드리죠.
대가는 그 별의 죽음입니다.
동의하신다면 그곳에 서명하십시오.
네, 우리의 계약은 이제 이루어진 것입니다.
부디… 행복한 꿈꾸시기를…….

혼자 꾸는 꿈 1

"으악! 정말이야?!"

토요일 오후, 게일은 햇볕이 잘 드는 거실 소파에 앉아 독서를 하는 중이었다. 하지만 '우아하다' 든지 '고상하다' 든지 하는 단어들과는 거리가 먼 행위였다. 그는 두꺼운 책을 손에 쥐고 앉아 잔뜩 노려보고 있었다. 그러다가 이안의 고함 소리에 인상을 쓰며 책에서 시선을 뗐다.

하지만 그의 험악한 인상에도 아랑곳 않고 이안은 TV 화면에 코를 박고 있었다. 그렇지 않아도 커다란 눈을 최대한 크게 뜬 상태라 튀어나오지나 않을까 걱정될 정도였다. TV라는 기계를 별로 좋아하지 않는 게일이었지만 그 표정이 하도 심상치 않아 흘끗 화면에 시선을 주었다.

화면에는 이안 또래의 학생들이 수백 명이나 모여 있는 장면이 나오고 있었다. 그들은 패닉 상태에 빠진 것 같았다. 얼굴을 가리고 오열하거나 쓰러져 들것에 실려가는 학생들도 있었다.

"무슨 일이 생긴 거야?"

게일은 양미간을 잔뜩 찡그리며 물었다. 심상치 않은 사건이 벌어진 게 틀림없었다.

"죽었대요……."

이안 역시도 TV 속의 학생들처럼 반쯤 넋을 잃고 대답했다.

"누가 뭣 때문에 죽었다는 거야?"

"B.K의 유키가 죽은 지 사흘 만에 발견됐대요. 흑흑, 그렇게 미인박명이라더니."

질문에 대한 대답은 들었지만 그것만 가지고 게일은 사건에 대해 이해하기가 힘들었다.

"그러니까 B.K라는 단체에 소속되어 있던 유키라는 사람이 죽은 거란 말이로군. 그런데 B.K라는 단체가 뭘 하는 곳인데? 유키라면 이 나라 사람은 아닌 것 같은데 왜 어린 학생들까지 저렇게 슬퍼하는 거지?"

그 순간 이안은 게일과 이 문제에 대한 얘기를 하려면 수많은 장벽을 넘어야 한다는 것을 깨달았다.

"저기… B.K는 단체 같은 게 아니고 그룹이에요. 댄스 그룹! 그러니까 댄스 그룹이 뭐냐면 TV에 나와서 춤추고 노래 부르는 사람들 있잖아요. 저 학생들은 그 그룹을 좋아하는 팬들이고요. 그리고 유키는 우리 나라 사람인데 그냥 이미지를 위해서 가명을 쓴 거예요. 원래 이름은 김천봉이었던가… 아마 그럴 거예요."

유키의 잘생긴 얼굴에 그 촌스러운 이름이 매치되는 순간 이안은 자기도 모르게 웃음이 나왔다. 부모님들도 너무하셨지…….

"그렇다면 B.K는 일종의 가무단 이름이란 얘기로군."

"푸훗! 가무단이요?"

드디어 참지 못하고 웃음을 터뜨린 이안은 인상을 쓰는 게일과 눈이 마주치자 웃음을 멈췄다.

"그럼 저 학생들은 유키라는 사람과 전혀 인척 관계가 없다는 얘긴가?"

"당연하죠."

"정말 이해할 수 없군. 인척 관계도 없는 사람들이 저토록 죽음을 애도하다니……. B.K라는 가무단은 대단한 지도력이나 능력을 가졌나 보지?"

게일이 아까부터 잔뜩 인상을 찡그리고 있었던 것은 이해할 수 없는 일을 이해하려 고심하는 중이었기 때문이다.

록센 왕국에서도 이와 비슷한 일은 있었다. 하지만 그것은 뛰어난 능력을 가진 신관이나 탁월한 지도력을 가진 정치가들이 죽었을 때 백성들이 그 죽음을 애도하기 위해 장례 미사에 참석해 명복을 비는 정도였다.

"그건 아니에요. 하지만 B.K는 팬들에게 많은 사랑을 받는 그룹이었거든요. 그중에서도 유키의 인기가 제일 많았어요. 그래서 유키를 사랑하는 팬들이 저렇게 슬퍼하는 거예요."

게일은 턱을 긁적거렸다. 철저한 계급 사회였던 록센에선 가무단원들은 가장 지위가 낮은 하층민들로 구성되어 있었다. 그래서 아무리 인기있는 가무단원이라 해도 그들의 죽음은 그저 짧은 얘깃거리로 지나치는 것이 고작이었다. 그래서 게일로서는 이 일들을 잘 이해할 수 없었다.

"흠, 어쨌든 이곳에서 가무단원이란 좋은 직업인 것 같군. 그런데 레이디도 유키를 좋아해?"

이안은 방긋 웃으며 고개를 끄덕였다.

"호오, 그럼 현재 녀석한테는 잘된 일이로군. 라이벌이 사라졌으니."

"현재를 좋아하는 거랑은 다른 거란 말이에요!"

그녀가 강하게 부인하자 게일은 약간 열받은 표정이었다.

"그쯤은 나도 안다고. 현재를 좋아하는 건 사랑이고 유키를 좋아하는 건 동경이란 걸. 누굴 바보로 아는 거야?"

갑자기 사랑이라는 말을 게일의 입으로 듣자 이안은 얼굴을 붉혔다. 그렇다. 그녀는 현재를 사랑하고 있었던 것이다. 이름만 들어도 가슴이 두근거릴 정도로.

"하, 하지만 유키를 정말로 사랑하는 사람들도 있다고요. 아영이라는 친구가 한 명 있었는데 걔는 정말 유키가 없으면 못사는 애였어요. 저도 걔 덕분에 유키를 좋아하게 된 거고. 맞아, 아영이한테 연락이라도 해봐야겠다."

"흥, 보나마나 번듯한 외형만 보고 열광하는 거겠지. 가끔 그런 레이디들이 있긴 하더군."

이렇게 말한 게일은 다시 읽던 책을 들여다보았다. 그러나 시간이 갈수록 표정이 점점 험상궂게 변해갔다. 독서는 정말이지 그의 취미에 맞지 않았다.

"저기요, 게일……."

고개를 들자 이안은 잔뜩 겁에 질려 커다란 눈을 깜박이고 있었다.

"너무 무서워요."

"뭐가?"

그녀는 손거울을 들어 게일의 얼굴에 들이댔다. 거울에 비친 자신의 얼굴을 보는 순간 그는 씁쓸하게 입맛을 다셨다. 자기가 봐도 너무 험상궂은 표정이었다. 책을 지독히도 싫어하는 그였으니 책과 싸움이라도 할 것처럼 잔뜩 눈에 힘을 주고 있었던 것이다.

"어려운 책인가 보죠?"

게일이 들고 있는 책에는 이안이 읽을 수도 없는 글자들이 깨알같이 적혀 있었다. 대륙의 공용 문자였으니 그녀로서는 못 읽는 게 당연했다. 그러나 대륙 공용 언어를 마스터한 사람이라면 그다지 어렵지도 않은 책이었다.

"난 그저 독서하는 행위를 귀찮아하고 있을 뿐이야."

"그런데 그 책은 무슨 내용을 담고 있는 거예요? 왠지 성서 같아 보이기도 하고……."

게일이 들고 있는 책은 테두리가 붉게 칠해져 있었다. 그래서인지 왠지 성경책의 이미지가 떠올랐다.

"성서는 아니지만 신전에서 준 책이니 고리타분하다는 점에서는 성서와 다를 게 하나 없지."

투덜대던 게일은 더 이상 독서를 포기했는지 책을 아무렇게나 집어던졌다. 책은 활짝 펼쳐진 상태로 소파에 나뒹굴었는데 이상하게도 펼쳐진 면은 아무 글자도 없는 텅 빈 백지였다.

"어, 그 책 파본인가 봐요. 아무 내용도 없어요."

게일은 파본이란 뜻은 잘 몰랐지만 책이 텅 비어 있는 것에 대해서라면 그 이유를 알고 있었다.

"이건 메신저 북이야. 두 권으로 이루어진 건데 다른 한 권에 내용을 기술하면 그 내용들이 모두 이 책에 옮겨지는 거지."

이안은 고개를 갸웃했다.

"설마 자동적으로요?"

"그래. 여기 이 그림 보이지?"

그러면서 게일은 책의 표지 왼쪽 끝에 있는 무늬를 가리켰다. 반 정도가 잘려진 그림이었는데 한 여자가 날개를 펼치듯 팔을 벌리고 서 있었다. 그녀의 발 아래는 또 다른 여자가 누워 있었다. 그 그림의 나머지 반도 똑같은 것이라면 완전한 하나의 그림은 '土' 형태를 이루고 있을 것 같았다.

"이것의 나머지 반쪽 그림이 있는 책은 내가 사는 세계의 신전 안에 있어. 그 책에는 오른쪽 끝에 이 그림이 있겠지. 그 책에 내용을 적은 후 기도를 올리면 이 책에도 자연스럽게 그 내용이 적히는 거야. 저쪽 세계에서 이쪽으로 메시지를 보낼 때 유용하게 쓰이지."

"와아~"

이안은 마냥 신기해하며 성경책처럼 생긴 메신저 북을 쳐다보았다. 제이디의 바인딩 북만큼이나 신기한 책이었다. 그러자 게일은 책의 한 면을 펼쳐 그녀 앞에 내밀어주었다.

그곳에는 반쪽 정도 글씨가 적혀 있었고 나머지 반쪽은 빈 페이지 그대로였다. 글씨가 적힌 부분은 아마 가장 최근에 자동으로 기술된 부분일 것이다. 그런데 보통 잉크로 쓴 것과 별로 달라 보이지 않았다.

"신전에서 지금은 필기를 안 하나 보죠?"

투명인간이 글씨를 쓰듯 저절로 글씨가 적혀지고 있을 거라 생각했던 이안은 약간 실망스러웠다.

"쯧쯧, 이건 완전히 기도력으로 기술되는 거라구. 저쪽에서 내용을 다 적은 후 기도를 해야만 이곳에 옮겨지는 거지. 그러니까 분량이 너무 많아도 안 되고 내용은 기도문의 형식을 빌어야 된다는 조건이 필요해. 그리고 이 책의 무엇보다 큰 단점은 신전 측에서만 일방적인 메시지를 보낼 수 있다는 거지. 제길, 제이디 녀석! 이따위 귀찮은 물건이나 넘기고 가버리다니……."

제풀에 못 이긴 듯 부르르 몸을 떠는 게일을 보며 이안은 조심스레 물었다.

"그런데 제이디는 이제 정말 안 오는 거예요?"

"두말하면 잔소리! 이 메신저 북이 있는데 녀석이 메신저로 다시 이곳에 올 이유가 없지."

"아… 그렇구나. 인사도 제대로 못했는데……."

이안은 아쉬운 얼굴로 혼잣말처럼 중얼거렸다.

향루 계곡에서 가까스로 나와 보니 마을은 산에 붙은 불을 끄기 위해 온통 아수라장이었다. 그 아수라장 틈에서 일행들은 조용히 마을을 빠져나올 수 있었다. 그리고 돌아오는 차에 엉덩이를 붙이자마자 모두 깊은 잠에 곯아떨어져 버렸던 것이다. 그리고 다시 눈을 떴을 때 제이디는 사라지고 없었다.

그가 사라지자 제일 아쉬워한 것은 현재였다. 은근히 경쟁심을 느끼며 시기하던 그였지만 그런 만큼 정이 들었었던 모양이다. 그리고 헤라는… 아무런 반응도 없었다. 그녀는 자기가 왜 이곳을 여행을 하고 있는지도 모른다는 반응이었다.

제이디가 사라진 충격이 너무 커서라고 생각하던 이안은 뒤늦게 게일로부터 그 이유를 들을 수 있었다. 제이디가 떠나면서 헤라의 기억을 일부분 지워 버렸던 것이다. 그녀의 반응을 봐서는 여행을 떠나기 직전부터 제이디가 사라지기 전까지인 것 같았다. 향루산과 마을에 대한 기억을 모두 잊어버린 것이다. 혜라가 제이디를 얼마나 좋아했는지 알고 있었기에 측은한 생각마저 들었다.

"훗, 인사라… 그런 걸 하고 안 하고 뭐가 달라진다는 거지?"

비웃듯 말하는 게일을 이안은 섬뜩하게 노려보았다.

"게일! 만약 아저씨도 아무 인사 없이 사라져 버리면 가만 안 둘 거예요! 기억을 지워 버려도 소용없어요. 전부 기록해 둘 테니까!"

"아저씨라니?! 난 아직 혼인도 하지 않은 몸이야!"

"시끄러워요! 아저씨도 분명 소리 소문 없이 사라질 생각이었죠? 그랬다간 아저씨네 나라 사람들을 전부 예의없는 파렴치한으로 간주하는 것은 물론이고 죽을 때까지 욕하고 저주할 거예요! 언령의 힘이 얼마나 무서운지 아저씨도 잘 알죠? 평생 되는 일 없을 테니 그런 줄 알아요!"

이안의 박력에 눌렸기 때문인지 게일은 할 말을 잃고 멍하니 쳐다보았다. 이 소녀는 가끔 묘한 데서 강압적으로 나오는 경우가 있었다.

게일은 쳇! 이라며 말싸움을 피했다.

그는 자기도 언젠가 이 괴상한 세계에서 자취도 남기지 않고 떠나게 될 것임을 알고 있었다. 제이디처럼 아무 인사도 남기지 않고, 아무 감정도 남기지 않고. 이 귀여운 소녀와도, 그녀가 짝사랑하는 소년과도 헤어질 때는 아무 감정 없이 훌쩍 떠날 수 있을 거라고. 그는 어제까지의 동료, 심지어는 혈육과도 이별하는 것에 매우 익숙했으니까.

"아앗! 뭔가 써지고 있어요."

이안은 흥분하며 게일의 메신저 북을 가리켰다. 조금 전까지 백지였던 페이지에 얼룩 같은 것이 생기더니 그것은 점차 뚜렷해졌다. 그리고 얼마 후에는 완전한 글씨가 되어 나타났다.

"뭐라고 써졌어요?"

이안은 내용이 너무 궁금해서 게일을 졸랐다. 게일은 귀찮다는 듯 얼굴을 한번 찡그렸지만 못내 항복하고는 흠흠 목소리를 가다듬은 후 책을 읽기 시작했다.

"세상에 빛을 가져오시고 이 대지 위에 풍요와 낙원의 축복을 내리신 지고의 여신 가이아의 이름을 찬양하옵니다. 제길, 꼭 이렇다니까! 거룩하신 가이아 여신의 능력을 입고 이 땅에 내려와 왕을 지혜로 다스리시고 어리석은 백성을 깨우치시는 존귀한 성황 폐하의 이름에 영광이 함께하기를 비옵니다. 흥! 성황의 이름 따위……."

장문의 찬양 문구를 읽으며 게일은 목소리가 점차 험악하게 변해갔고, 잔뜩 기대하고 있던 이안은 지루한 듯 소파에 턱을 괴고 앉았다. 게일이 그 책을 들여다보며 인상을 썼던 이유를 이제 이해할 수 있을 것 같았다. 그 뒤로도 대여섯 구절의 기나긴 찬양 문구가 읊어지고 비로소 본론이 나오기 시작했다.

"성황 폐하의 명을 받들어 다른 세계로 어둠의 세력을 치러 간 용사의 용기에 탄복하오며…… 쳇, 당신들이 억지로 등 떠밀었잖아! 이에 우리 종들은 성스럽고 정의로운 용사의 업적이 더욱 빛나도록 주야로 기도를 올리옵니다. 이로 인해 영광되게도 가이아 여신이 보살피시어 어둠의 사도들과 맞서 싸워 이기게 하시고, 그들에게서 능력의 돌을 빼앗았으니 용사의 힘이 더욱 강건해질 것을 믿습니다…… 가만, 능력의 돌이라고?"

책의 내용을 읽다 말고 게일은 싸일러프라스 나무에서 주운 돌을 꺼내 이리저리 살펴보기 시작했다. 다섯 개의 검은색 돌은 그날 서로 달라붙은 후부터 떨어지지 않고 있었다. 그리고 마리로슈의 노래를 들려준 이후로 아무런 반응도 없었다. 돌에서는 마기도, 다른 어떤 힘도 느껴지지 않았다. 용도를 알아보기 위해 게일은 이것저것 시험도 해봤지만 허사였다. 그래서 지금까지 그 돌의 정체에 대해 상당히 궁금해하던 중이었다.

그런데 성황청으로 돌아간 제이디가 그 돌에 대한 보고를 올렸나 보다. 나이 많은 신관들 중에서는 그 돌에 대해 아는 사람이 있었을 것이다. 그런데 '능력의 돌'이라고?

'제길! 그건 너무 막연하잖아.'

게일은 양미간을 찌푸리며 머리를 긁적거렸다. 돌에 대해서는 '능력의 돌'이라는 것 외에 어떤 능력을 가지고 있는지 아무런 언급조차 없었다. 아무래도 신관들조차도 잘 모르는 것이 분명했다. 정말이지 매사에 도움이 안 되는 인간들이었다.

"흠, 정말 그 돌이 능력의 돌이란 말이죠? 그런데 무슨 능력이 있는 거죠?"

이안은 얼굴을 가까이 들이대고 돌 뭉치를 유심히 바라보았다. 심각하게 반짝이는 까만 눈동자가 그 돌을 닮았다. 그리고 게일이 기억하고 있던 한 소녀의 눈동자를 떠올리게 했다. 천진하게 올려다보며 아무것도 할 수 없게 만들던 눈동자. 게일은 갑자기 숨이 막힐 것만 같아 자리에서 일어섰다.

"자, 난 다시 독서를 해야겠으니 이제 그만 레이디의 볼일을 보라구. 레이디도 다른 사람들처럼 죽은 녀석을 위해 슬퍼해야 하는 거 아냐?"

"슬퍼하긴요. 좀 놀랍고 당황스럽긴 하지만 그 정도는 아니에요."

"하긴 멀대 같은 녀석과 잘 진행되고 있는데 슬퍼할 이유가 없지."

"자, 잘되긴요! 따, 딱 한 번 만나는 것뿐이라구요!"

이안은 아닌 척 발뺌을 했지만 그녀의 뺨이 붉게 물들어 버린 것만은 어쩔 수 없었다. 그리고 후닥닥 자기 방으로 뛰어 올라가 버렸다.

"참나……."

이안과 같은 몸을 썼던 게일은 그녀가 현재를 얼마큼 좋아하는지 잘 알았다. 하기야 그런 경험을 하지 않았더라도 조금만 관심이 있다면 누구라도 알아챘을 것이다. 며칠 전 현재에게 데이트 신청을 받고 나서 그녀가 얼마나 좋아했었던가?

그런데 새삼 뭘 저렇게 숨기려는 건지……. 게일은 그 심리를 이해할 수 없다는 듯 혀를 차며 소파에 길게 누웠다.

그는 다시 한 번 돌을 들여다보다가 창문으로 들어오는 햇볕에 비춰 보았다. 다섯 개나 되는 돌들은 서로 달라붙어 있었지만 표면이 울퉁불퉁해서 중간중간 틈이 있었다. 그 틈 사이로 길고 가느다란 햇볕이 파고들어 와 그의 눈을 찔렀다. 게일은 조용히 눈을 감았다.

그 돌은 마리로슈가 일부러 넘겨준 것이 틀림없었다. 그녀는 왜 이 돌을 자신에게 준 걸까? 지금은 서로 원수가 되어버린 상태였지만 자신을 해하기 위한 것 같지는 않았다. 그렇다면 왜……?

기분 탓이었을까? 차가운 돌이었음에도 온기가 느껴지는 것 같았다.

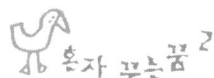
혼자 꾸는 꿈²

"오라버니… 눈 좀 떠봐요."

그리운 호칭 소리에 게일은 아득한 기분을 느끼며 고개를 들었다. 순백의 흰자위에 까만 눈동자가 내려다보고 있었다. 무구한 눈빛은 게일의 전신을 꿰뚫어 보는 것만 같았다.

"슈슈……!"

게일은 황급히 몸을 일으키며 눈앞에 있는 사람의 손목을 거칠게 붙잡았다. 다시는 놓치기 싫다는 듯 손아귀에는 잔뜩 힘이 들어가 있었다.

"아파요."

일순 미묘한 열기를 띠던 눈동자가 다시 차갑게 변하며 게일은 이안의 손을 놓았다. 그의 행동에 놀랐는지 이안은 소파에 주저앉아 동그랗게 눈을 뜨고 있었다.

"다시는 그 딴 호칭으로 부르지 마!"

"아저씨라고 부르지 말라면서요! 오빠라고 하면 우리 오빠들이랑 헷갈리잖아요!"

잠시 겁을 먹었던 이안은 부당한 처사에 발끈하며 덤벼들었다. 화가 날 때의 버릇처럼 그녀는 지금 볼이 잔뜩 부풀어 오른 상태였다.

"차라리 아저씨라고 불러."

게일은 귀찮다는 듯 대꾸했다.

"정말 아저씨는 변덕쟁이라니까!"

"……."

게일이 노려보자 이안도 지지 않고 노려보았다. 하지만 내심 긴장했는지 입술이 파르르 떨리고 있었다. 연약한 살갗이 감싸고 있는 붉은 입술은 매우 촉촉하고 보드라워 보였다. 게일은 저런 입술의 감촉을 잘 알고 있었다. 달콤하고 알싸한 피 냄새가 배어 나오던 입술. 그 사이로 유영하듯 미끄러져 들어가면…….

게일은 갑자기 목이 말라 침을 삼켰다.

"쳇, 꼬마 주제에 너무 덤비지 말라구."

그가 몸을 돌려 버리자 이안은 자신을 무시했다고 생각했는지 화를 내며 덤볐다.

"꼬마라뇨! 그런 꼬마를 레이디로 섬기는 아저씨는 그럼 뭐죠?"

"나야 세상에서 제일 비참한 나이트지. 그런데 도대체 왜 자는 사람을 깨운 거야?"

그제야 이안은 생각났다는 듯 얼굴을 붉혔다. 그녀는 집 안에서 입고 있던 츄리닝을 벗고 체크 무늬 스커트에 새하얀 털이 보송보송한 코트를 걸치고 있었다. A라인으로 디자인된 롱코트는 순백의 색깔이라 왠지 이브닝 드레스를 연상시켰다. 그래서인지 마치 다른 사람처럼 보였다.

"……!"

게일이 한참 동안 아무 말도 없자 이안은 우물쭈물하며 물었다.

"이상해요?"

외출도 이만저만한 외출이 아닌 듯싶었다. 여자가 저렇게 공들이고 나서는 외출이란 뻔한 것이다.

"호오, 오늘이 바로 그 데이트?"

그러자 조금 전 화를 내던 것도 잊었는지 이안은 금방 쑥스러운 듯 머리를 긁적였다.

"너무… 화려해 보이죠?"

게일은 이안을 유심히 쳐다보았다. 그녀의 모습에서 계속 다른 사람의 환영이 보였다. 조금 전 그녀의 까만 눈동자가 그 누군가와 닮았다고 생각했기 때문일까? 게다가 새까만 눈동자에 새하얀 드레스는 게일의 기억 속에 한 사람의 이미지로 굳어져 있었다. 언제나 아무 장식도 없는 흰 드레스를 입고서 사람들의 눈에 뜨이지 않는 장소에 서 있던 소녀. 하지만 누구보다 게일의 눈에 잘 띄던 그녀.

게일이 잠시 동안 말이 없자 이안은 더듬거리며 말을 보충했다.

"무, 물론 제가 화려하다는 게 아니라 옷 말예요. …알았어요. 역시 별로죠? 아빠가 주신 선물이라 그냥 한번 입어봤는데 아무래도 벗어야겠어요. 너무 신경 쓴 티가 나기도 하고."

그러자 게일이 시니컬하게 대꾸했다.

"잘 생각했어. 너한테는 안 어울려."

"뭐예요?!"

코트를 벗으려던 이안은 도끼눈을 뜨며 게일을 노려보았다. 아무리 이상하더라도 그런 소리까지 들을 정도는 아니지 않은가. 방에서 입어 봤을 때는 썩 잘 어울린다고도 생각했던 그녀였다.

이안도 오기라는 게 있는 인간이었다. 이렇게 되면 오히려 벗고 싶지 않아졌다.

"생각이 바뀌었어요. 그냥 입을래요."

"벗어. 안 어울려."

"흥! 잘만 어울리네요."

그렇게 이안은 입어야겠다고 하고 게일은 벗으라고 하다 보니 서로 옥신각신하게 되었다. 이안의 코트는 반쯤 벗겨진 채 두 사람은 이제 열을 올리며 싸우고 있었다. 그래서 집 안에 들어오는 사람에 대해서는 전혀 신경 쓰지 않았다.

"벗어."

"싫어요. 입을래요!"

"그냥 벗는 게 나을 텐데."

"흥, 누구 좋으라고 벗어요!"

"쳇, 그럼 맘대로 해. 입든지 벗든지."

"아아아아압!"

게일이 결국 포기하고 돌아서는데 누군가 두 사람의 사이로 고함을 지르며 뛰어들었다. 그는 이 집안의 차남이자 이안의 웬수 같은 둘째 오빠 세규였다.

"두 사람, 당장 떨어지지 못해?!"

그렇지 않아도 각자 돌아서던 이안과 게일이라 순순히 떨어졌다. 그러자 전력 질주 하며 뛰어들던 세규는 그만 둘 사이에 엎어지고 말았다. 하지만 금방 꿋꿋하게 옷을 털고 일어섰다.

"다 지켜보고 있었다! 네 녀석, 이 백주대낮에 지금 무슨 짓을 하려는 거냐!"

"후우……."

세규가 눈을 희번덕거리며 노려보자 이안은 한숨을 내쉬었다. 다 지켜보긴 뭘 지켜봤다는 거야? 정말로 다 지켜봤다면 이런 오해 따윈 하지 않았을 거라구!

"옵빠아— 으이구! 이러니 내가 제 명에 못 살고 죽을 게 확실해. 괜한 오해 하지 말고 그럴 시간 있으면 방 청소나 하시지. 화생방 연습이라도 하는 거야 뭐야! 빨래 가지러 들어갔다가 냄새에 질식해 죽는 줄만 알았다구!"

그렇게 세규에게 고함을 지른 이안은 화를 내며 밖으로 나가 버렸다. 화가 난 그녀는 조금 전까지 코트를 입을까 벗을까 고민하던 일은 아예 잊어버린 것 같았다.

그녀의 서슬 퍼런 태도에 놀란 듯 세규는 한동안 할 말을 못 찾고 멍하니 서 있었다. 게일은 어쩐지 그가 불쌍하단 생각이 들어 그대로 놔두기로 했다. 그렇지 않았더라면 그의 성격상 세규는 초주검이 됐으리라.

"뭔가 오해하는 모양인데 난 저런 젖비란내나는 레이디 따윈 전혀 관심 없다구."

하지만 여동생만 무서운 줄 아는 세규는 불신에 가득 찬 눈으로 게일을 쏘아보았다.

"흥! 그런 말 따위로 날 속일 순 없을걸? 난 다 알고 있어. 처음부터 계획적으로 우리 이안이에게 접근했다는 걸 말야. 당신에게선 어딘가 수상쩍은 냄새가 난다구."

게일은 이안의 집에 하숙을 한다는 명목으로 얹혀 있는 중이었다.

집안에 허락을 받기 위해서 이안은 약간의 시나리오를 짜야 했는데, '차에 치일 뻔한 걸 게일이 목숨 걸고 구해주었다'. 대충 그런 식의 각본이었다. 그리고 게일은 이안이 시킨 대로 '시골에서 상경해 묵을 만한 집을 찾고 있던 중인데 여의치 않더라' 라고 했다.

딸(동생)의 목숨을 구해주었다고 생각한 아버지와 세현은 선뜻 이 집에 묵으라고 권했고, 그 다음은 지금과 같은 전개였다. 하지만 평소 심령 과학과 음모 이론에 심취해 있던 세규는 항상 의심의 눈초리로 게일을 탐색했다. 물론 그런다고 게일이 눈치를 보거나 행동에 제약을 받는 일은 없었다.

"쯧쯧, 너같이 덜 떨어진 꼬마랑은 상대하고 싶은 마음조차 없다. 그러니까 이쯤에서 조용히 사라져 주길 권하고 싶군."

"꼬마라니……! 나도 이제 몇 달 안 있으면 스무 살이라구! 그래 봐야 당신이나 나나 서른 안 된 건 마찬가지잖아!"

'레이디의 오빠라서 봐주려 했더니 안 되겠군.'

게일은 차가운 눈으로 쳐다보았다. 그의 매서운 기세에 세규는 움찔 놀라는 것 같았지만 그렇다고 물러서지는 않았다.

"스무 살이라… 300년 이상을 살아온 내게는 까마득한 시절이로군."

"뭐, 300년? 거짓말 마!"

하지만 세규가 반신반의한다는 것을 게일은 알 수 있었다. 그는 천연덕스럽게 말했다.

"사실 말하고 싶지 않았지만 난 300년 동안 산속에서 수련을 마치고 내려온 거다. 그리고 너희 집 안에 마물의 기운이 깃들어 있는 것을 보고 이 집에 묵기로 한 거지. 네 동생이 사고를 당할 뻔한 것 역시 마물의 소행이었다. 그리고 내 눈엔 지금 네 등 뒤에 버티고 있는 마물 또

한 아주 잘 보이지. 네게도 저 뒤의 검은 그림자가 혹시 보이나?"

게일은 손가락으로 세규의 등 뒤를 가리켰다.

"사, 사기꾼……."

세규는 믿지 않는다는 듯 인상을 썼지만 자기도 모르게 흘끗 뒤를 돌아보았다. 왠지 다른 때보다 등 뒤가 더 서늘하고 컴컴한 것 같아서였다.

"뭐, 믿지 않는다면 어쩔 수 없지. 하지만 저 마물이 내게 이렇게 말하는군. 얼마 전 네가 여동생이 자는 방에 들어와 책상 서랍 뒤에 감춰놓은 돈을 몰래 가지고 나갔다고. 여동생이 의심하자 딱 잡아뗐었다지 아마? 흐응, 그건 도둑질과 다름없는 행위인데……."

"넘겨짚지 마!"

게일은 한층 더 엄격한 얼굴로 말했다.

"글쎄, 그 마물이 다시 이렇게 말하는군. 동생에게서 가지고 간 돈으로 이상한 그림이 담겨 있는 거울 같은 걸 샀다고. 요즘엔 그런 걸 시디라고 한다던가?"

"헉! 다, 다시 돌려주려고 했단 말야!"

세규의 얼굴이 창백해졌다. 새 게임을 예약했는데 마침 용돈이 떨어졌던 터라 이안의 용돈을 잠깐 빌렸던(?) 것이다. 금방 쓰고 가져다 놓으려고 했지만 그녀가 득달같이 알아차리고 추궁하는 바람에 모른다고 잡아뗐었다. 그러자 이안은 결국 자기가 돈을 쓰고 기억하지 못하는 것으로 넘어갔다.

'그 귀신도 모를 정도로 감쪽같던 일을 어떻게…….'

하지만 귀신은 모를지 몰라도 그 당시 이안의 주위에서 유령처럼 돌아다니던 게일이 모를 수는 없는 일이었다.

"자, 이래도 네 등 뒤에 마물이 없다고 할 수 있을까?"

"정말 300년을 살았어… 요?"

세규는 귀신이라도 만난 것처럼 게일을 보았다. 어느새 존댓말을 쓰는 걸 보니 그를 믿는 눈치였다. 웃음이 나오려는 것을 게일은 간신히 참았다. 그리고 좀 더 완벽하게 사기를 치기 위해 웨일 소드를 불러냈다. 시커먼 검이 갑자기 그의 손에 쥐어지자 세규는 움찔 뒤로 물러섰다.

"무, 무슨 짓이에요!"

게일은 조용히 하라는 듯 입술 위에 손가락을 댔다. 그리고 은밀하게 말했다.

"사실 이건 아무에게나 보여주지 않는 건데 특별히 네게만 보여주지. 이 검에 흐르는 기운이 느껴지지?"

"예에……."

이번엔 지레 겁먹은 것이 아니라 세규는 정말로 검기라는 것을 느낄 수 있었다. 검 주위에 알 수 없는 기운이 일렁였는데 그 때문에 등골이 오싹해지며 머리가 주뼛 일어서는 것이었다. 가까이만 다가가도 단숨에 두 동강이 나버릴 것 같아 세규는 움찔 뒤로 물러섰다.

"이건 내가 300년 수련 끝에 개발해 낸 기술이지. 몸속의 에너지를 응축시켜 놓았다가 이렇게 검으로 불러낼 수 있는 거야. 마물들과는 이 검으로 싸우는 거지."

잔뜩 놀라 고개를 끄덕이는 세규는 이제 완전히 게일을 믿고 있었다. 의심도 많지만 그만큼 순진했던 것이다. 이 정도면 됐다 싶어 게일은 웨일 소드를 치웠다. 그 순간이었다.

두두두두…….

탁자 위에 올려놓았던 돌이 갑자기 진동하기 시작했다. 그 진동에 의해 견고하게 붙어 있던 돌들은 점점 사이가 벌어지더니 이내 허공으로 떠올랐다.

슈우우욱!

돌들은 진이라도 형성하듯 게일의 손에 들려 있는 검 주위를 맴돌기 시작했다. 그러자 웨일 소드에 흐르던 검기가 그 돌 속으로 빨려 들어가는 것 아닌가? 그것은 눈 깜짝할 사이의 일이었다.

"어버버……."

세규는 이제 너무 놀라 말도 제대로 할 수 없었다. 그러나 놀란 것은 게일도 마찬가지였다. 그 돌이 이런 식으로 반응할 줄은 전혀 생각지도 못했던 것이다. 검기를 흡수하는 돌이라니……. 게일의 놀란 얼굴은 곧 환희에 가까운 표정으로 변했다.

"호오~ 이런 거였군!"

그는 웨일 소드를 사라지게 한 후 다시 돌 뭉치로 돌아간 '능력의 돌'을 집어 들었다. 조금 전까지 아무 기운도 느껴지지 않던 돌은 웨일 소드에서 빨아들인 검기로 가득 차 있었다. 이제 보니 이 돌은 에너지의 저장 창고와 같은 것인 모양이다.

"저기……."

세규가 조심스럽게 말을 걸어왔다. 돌을 이리저리 들여다보며 연구하던 게일은 옆에 사람이 있다는 것을 까맣게 잊고 있었다. 그가 귀찮다는 표정으로 쳐다보자 세규는 느닷없이 무릎을 꿇고 주저앉았다.

"저를 제자로 받아주십시오!"

"뭐?"

"당신의 능력을 몰라뵙고 결례를 범한 점 용서해 주옵시고, 비록 미천한 인간이지만 당신을 사부로 모시고 싶습니다. 부디 사제의 연을

맺게 해주신다면 가문의 영광으로 삼겠나이다!"

게일은 그 순간 괜한 일을 벌였다는 생각에 후회가 막급이었다. 현재로도 모자라 이 덜떨어진 녀석까지 제자라고? 이것이 이 동네의 전통인 모양이지? 세규의 얼굴을 보니 결연한 표정이 웬만해서는 뜻을 포기할 것 같지 않았다.

'제길! 성격 같아선 혼쭐이라도 내주고 싶은데 앞으로 안 볼 녀석도 아니고…… 이를 어쩐다?'

딩동! 딩동!

그때 요란하게 들려온 벨 소리는 게일에게 매우 반가운 것이었다. 하지만 엎친 데 덮친 격이라고 문이 열리자 나타난 사람은 혜라였다.

"안녕하세요."

그녀는 예의 바른 여학생의 모션으로 인사를 하며 들어왔다. 그러자 바닥에 꿇어앉아 있던 세규는 금방 자리에서 일어섰다.

"아, 이안이 친구…… 여긴 어쩐 일로?"

평소 능청스럽고 푼수기 다분하던 세규는 그 말도 매우 어렵게 꺼냈다. 게다가 얼굴에는 부끄러운 빗금선까지 그려져 있는 것이 아닌가. 마치 짝사랑하는 소녀를 만난 순진한 소년의 그것과 다름없는 모습이었다. 그러자 혜라는 환하게 웃으며 다가왔다. 평소 그녀의 본모습을 알고 있던 게일은 왠지 불안해졌다. 그것은 여자들이 자주 사용하는 가증스러운 미인계였기 때문이다.

"아, 오빠. 그리고 보니 오빠도 잘 아시겠네요."

생글생글 웃으며 혜라가 붙임성있게 오빠라고 부르자 세규는 거의 황홀 지경에 이르렀다. 그는 두 눈을 반짝이며 매우 성실한 표정으로 대답했다.

"그래, 뭘 알고 싶지? 뭐든 다 대답해 줄게, 물어봐."

그는 혜라가 알고 싶어하는 거라면 온 세계의 백과사전이라도 다 뒤져서 가르쳐 줄 것 같은 자세였다.

"제이디 말예요. 이안이 아버님의 친구 아들이라고 하니까 오빠도 잘 알겠네요. 그 제이디의 연락처라도 알고 싶은데……."

향루산의 기억을 삭제당한 혜라에게 이안은 제이디가 자기 집으로 돌아갔다고 거짓말을 했던 것이다. 하지만 혜라는 그 말을 믿지 않고 계속 그녀의 집을 염탐해 얼마 전에는 그가 없다는 사실을 확인했다. 하지만 여기서 포기할 혜라가 아니었다. 이안에게 제이디의 신상에 대해 캐묻다가 그것이 여의치 않으니 이렇게 주변을 공략한 것이다.

"제이디?"

하지만 그녀는 공략할 대상을 잘못 택했다. 이안의 집에 머무는 동안 제이디는 한 마리의 강아지 환영으로 존재했었으니 당연히 모를 수밖에.

"그만."

그때 게일이 무섭게 목소리를 깔며 혜라의 앞을 막아섰다. 그녀는 영문을 모르겠다는 얼굴로 쳐다보았다.

"제이디에 대해 사실대로 얘기해 주지. 잠깐 자네는 자리를 피해주었으면 좋겠군."

"아, 옛! 사부님!"

세규는 아쉬운 듯했지만 얼른 자리를 피했다. 왜냐면 사부의 명령이었으니까. 원래 제자는 사부의 말에 절대 복종해야 하는 법이다. 이로 인해 게일은 세규를 제자로 받아들이겠다고 허락한 것과 마찬가지의 상황이 되어버렸다. 제길…….

거실에 둘만 남게 되자 혜라는 매우 긴장한 표정이었다. 그토록 애가 타서 찾아 헤매던 그리운 님의 소식이 아니었던가.

"당신이 제이디에 대해 알고 있어요?"

"그래, 제이디는 사실……."

무릎 위에 올려놓았던 혜라의 양 주먹에 힘이 들어갔다. 그녀는 제이디를 진심으로 좋아했던 것이다. 눈곱만큼도 진실을 얘기해 줄 생각이 없는 게일은 양심에 조금 찔렸다. 진실을 말하지 않을 거면서 세규를 물러가게 한 것은 상황에 따라서는 그에게 했던 것과 또 다른 거짓말을 할 수도 있기 때문이었다.

"레이디 이안의 아버지 친구가 아니라 내 친구였지. 내가 부탁해서 그를 이 집에 묵게 한 거였어. 그러니 레이디 이안이나 다른 사람은 그에 대해 아무것도 모를 수밖에."

"그럼 당신은 제이디에 대해 잘 알고 있겠군요?"

게일이 고개를 끄덕이자 혜라의 얼굴이 환하게 밝아졌다.

"하지만 그는 이제 이곳에는 다시 돌아오지 않을 거야."

"그럼 연락처만이라도 가르쳐 줘요. 아니면 메일이라도 주고받게 메일 주소를 가르쳐 주든지."

"메일?"

"네, 제이디가 간 곳에 인터넷은 있을 거 아니에요."

"흐음… 인터넷이라……."

게일은 난처하게 머리를 긁적였다. 유령 시절 가끔 이안의 수업 시간에 참가한 적이 있던 그는 인터넷이라는 것에 대해 어렴풋이 짐작할 수 있었다. 네모난 단추를 누르면 화면에 글씨가 써지는 그것을 얘기하는 모양이었다(사실 그건 컴퓨터였지만). 그러나 록센에 그런 기계가 있을 리 없지 않은가.

"이봐, 레이디. 사실 제이디는 말이지… 300살도 넘은 노인네라구."

게일은 조금 전 세규에게 했던 거짓말을 다시 되풀이하기로 했다. 믿어지지 않는다는 듯 혜라가 눈을 동그랗게 떴다.

"그 복장이나 행동들이 매우 이상하다고 생각했었을 거야. 그건 그가 노인네였기 때문에 어쩔 수 없는 거지. 나 역시 그와 비슷한 나이이고. 우리는 특수한 힘을 지니고 있기 때문에 그토록 나이를 먹어도 늙지 않은 모습으로 살 수 있는 거야. 하지만 이제는 수명이 다 되어 제이디도 나도 조만간 죽을 날이 오겠지."

게일이 이렇게 거짓말을 술술 해낼 수 있었던 건 이것이 그가 알고 있는 어떤 부족의 이야기였기 때문이다. 데이린이 속해 있던 부족이었는데 그곳 사람들은 대부분의 수명이 300년 이상이었다. 그들은 자기들이 가진 특수한 능력에 따라 모습을 현 상태로 유지시킬 수 있었다.

하지만 수명도 정지되는 것은 아니었다. 300년 정도의 수명이 다해 능력이 떨어지면 그들은 순식간에 빠르게 늙어가며 죽는 것이다. 하지만 데이린은 특수한 능력을 지닌 것도 모자라 마물로 변해 버렸으니 그 수명을 짐작하기 어려웠다.

혜라는 눈물을 글썽이더니 잠시 후 홀가분한 얼굴로 자리에서 일어섰다. 역시… 제이디를 포기할 모양인가 보다. 이렇게 뒤끝없다는 점에서만은 이안보다 혜라가 더 마음에 들었다. 그도 후련한 마음으로 같이 자리를 털고 일어섰다.

"같이 가줘요."

"엉?"

혜라는 결심을 굳힌 듯 비장한 얼굴이었다.

"그러니까 제이디는 지금 혼자서 쓸쓸히 죽어가고 있을지도 모른단 얘기잖아요."

이, 이봐… 누가 언제 '혼자서 쓸쓸히'라고 했단 말야? 게일은 황당해서 할 말조차 잃어버렸다. 그가 잠시 멈칫하는 사이 혜라는 숭고하기까지 한 표정으로 자신의 뜻을 좀 더 확고하게 이야기했다.

"역시 그래서 말없이 떠났던 거군요. 바보 같은 사람, 난 괜찮은데……."

'괜찮긴 뭐가 괜찮다는 거야?'

"제이디를 처음 봤을 때부터 이미 그가 보통 사람들과는 다르다고 생각했어요. 지금 당신에게 그런 얘기를 듣고 나니 오히려 제 마음은 더 확고해졌어요. 전 그가 어떤 사람이든지 다 받아들일 거예요."

게일은 성질 같아선 윽박질러서 쫓아버리고 싶었다. 그러나 그랬다간 이안에게 잔소리를 들을 것 같기도 하고 일이 오히려 더 복잡해질 것 같아 참기로 했다.

'그나저나 이렇게 막무가내니 어떻게 단념을 시킨다?'

혜라도 과거엔 제이디 못지 않은 바람둥이였지만 지금은 바람둥이 제이디에게 홀딱 빠져 버린 것이다. 게일은 그런 혜라가 조금 안돼 보이기도 했다. 그리고 한편으론 이런 귀찮은 문제를 떠넘기고 속 편히 돌아가 버린 제이디가 괘씸해졌다. 게다가 메신저 북 따위를 넘겨주기나 하고. 좋아, 제이디, 어디 너도 좀 당해봐라.

"아니, 레이디로서는 제이디의 모든 것을 받아들이기 힘들 거야. 그에 대해서 중요한 사실을 한 가지 말하지 못한 게 있거든. 그는 말이지……."

게일은 조금 난처한 얼굴로 망설였고 혜라는 잔뜩 긴장하며 귀를 기울였다.

"그는 사실… 여자를 좋아하지 않아."

"네? 그게 무슨 말……?"

"그러니까 그가 사귀는 여자가 없다고 했다면 그 말은 사실이란 얘기지."

혜라가 활짝 웃자 게일은 일말의 양심의 가책을 느끼며 다음 말을 이었다.

"왜냐면 여자보다는 남자를 더 좋아하기 때문이야. 그에게는 수십 명의 남자 애인들이 있지. 레이디에겐 고통스러운 얘기겠지만 사실이야. 정말 이런 말은 마지막까지 하고 싶지 않았는데……."

그러면서 게일은 그 말의 진실성을 더욱더 살리기 위해 깊게 한숨을 내쉬었다.

"아마 그가 돌아간 곳에도 수많은 애인들이 기다리고 있을 거야. 그는 죽기 전까지 그 많은 애인들과 다 작별 인사를 나눌 시간조차 부족하겠지. 휴우, 생각해 보면 정말 불쌍한 녀석이야. 이렇게 아름다운 레이디를 사랑할 수도 없다니……."

"거짓말……."

"나 역시 거짓말이라면 좋겠군. 하지만 레이디처럼 완벽한 여성에게 아무런 고백도 하지 않은 걸 보면 알잖아."

"그만 해요!"

혜라는 신경질적으로 소리쳤다. 턱이 바들바들 떨리는 것을 보니 거짓말이 제대로 먹힌 모양이었다. 그 순간 게일은 마음속으로 쾌재를 불렀고 메신저 북의 어느 한 면에는 그를 원망하는 제이디의 기도문이 올라오고 있었다.

"불쾌해요! 더 이상 제이디의 얘기는 꺼내지도 말아요!"

"하하, 그렇다고 불쾌하다고 할 것까진……."

그러나 자기가 엉뚱한 번지수에 가서 작업을 했다는 생각만으로도 혜라는 자존심이 상해 죽고 싶을 정도였다. 역시 이 세상에는 현재만 한 킹카가 흔하지 않은 것이다. 이안에게 그런 킹카를 빼앗기다니……. 새삼스럽게 이안이 또다시 미워지려 했다.

"이만 가겠어요."

"왜, 벌써 가려구?"

아쉬운 듯 혜라를 붙잡는 목소리는 게일의 것이 아니었다. 세규가 차를 내오며 그녀의 앞을 막아섰던 것이다. 게일은 도움이 안 되는 제자에게 투덜거렸지만 그녀에게 핑크 빛 필이 꽂힌 세규에게는 느껴질 리 없었다.

"네, 잘 놀았어요."

"이안이가 없어서 그렇구나. 걔는 왜 하필 오늘 같은 날 나가 가지고……."

"이안이는 집에 없나 보죠?"

혜라는 비로소 여기가 학교 친구 정이안의 집이었으며 자기는 공식적으로 친구의 집을 방문하고 있었다는 사실을 떠올렸다.

"응, 중요한 약속인가 봐. 아주 신경을 많이 쓰고 나가더라고. 하하하! 주말이니 데이트라도 하려는 거겠지."

그 순간 혜라의 눈동자가 질투로 파르르 떨렸다.

'정이안… 정이안! 도대체 내가 어디가 너보다 빠진다는 거야!'

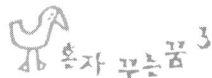 혼자 꾸는 꿈 3

"푸헤취!"

"감기?"

"아니, 갑자기 귀랑 코가 근질근질해져서…… 누가 내 얘기를 하나
봐."

"그러게 죄짓고 살지 말아야지."

"어, 나 사람들한테 잘못한 거 별로 없는데…….'"

이안이 진지하게 대꾸하자 현재는 할 말을 잃어버렸다. 자기 딴에는
농담이었는데 그녀에겐 안 통했던 것이다.

이안은 지금 상당히 긴장해 있었다. 평소엔 현재의 장난에 곧잘 반
응하더니 오늘은 그게 무슨 뜻인지 알아차리지도 못했다. 그건 경직된
얼굴로도 알 수 있었지만, 무엇보다 같은 방향으로 흔들리는 팔다리가
증명하고 있었다. 그 사실을 지적해 줄까 하다가 현재는 짓궂게도 좀

더 지켜보기로 했다.

"저기… 추우면 어디라도 좀 들어갈까?"

"나, 난 괜찮은데. 아직 배도 안 고프고."

이안은 입술이 파랗게 얼었으면서도 고개를 흔들었다.

"흐음, 그럼 하루 종일 이렇게 걷기만 할 거야? 난 슬슬 다리가 아파지려고 하는데."

이안은 비로소 현재와 만난 지 20분이 지났지만 거리를 걷는 것 외에 아무것도 하지 않았다는 사실을 깨달았다. 그동안 나눈 대화라고는 고작 밥 먹었니? 날씨 춥지? 아니면 게일에 대한 이야기가 전부였다.

그래도 걷는다는 목적(?)이 있었으므로 대화의 부재를 그다지 신경 쓸 필요는 없었다. 하지만 어디 들어가서 둘이 마주 앉아 있게 되면 그때는 무슨 말이든지 계속해야만 할 것이다. 안 그러면 굉장히 서먹서먹한 분위기가 될 테니까.

그런데 도대체 무슨 얘기를 해야 할지 난감했다. 명색이 데이트가 아니었던가? 드라마에서 보면 연인들끼리 얘기할 땐 잘만 웃고 떠들던데 지금으로써는 그런 분위기를 상상조차 할 수 없었다. 현재는 평소와 똑같이 심드렁했고 이안은 지금 잔뜩 긴장해 있었으니까. 이건 정말이지 상상할 수 없을 정도로 무미건조한 데이트였다.

이안은 쉴 새 없이 떠들며 두 사람 곁을 지나는 다른 연인들이 갑자기 존경스러워졌다.

"다른 사람들은 왜 자꾸 쳐다보는 거야?"

이안은 화들짝 놀라 고개를 돌렸다. 매사에 시큰둥한 주제에 눈치 하나는 정말 끝내주게 빠른 녀석이다.

"앉아서 얘기나 하는 것보단 차라리 놀이공원이라도 가는 게 낫겠지? 네 생각은 어때?"

현재가 드디어 뭔가 의견을 제시하자 이안은 반색을 하며 찬성했다.

"그, 그거 좋겠다!"

도대체 왜 지금까지 그런 생각을 못 했을까? 안도하는 그녀를 보며 현재는 그럴 줄 알았다는 듯 피식 웃었다. 그는 누가 뭐래도 연애에 도가 튼 사람이 아니었던가?

"그런데 말야, 너······."

현재가 문득 걸음을 멈췄다. 시원스러운 갈색 눈동자가 조용히 내려다보았다. 그는 뭔가 말하기를 망설이는 것 같았다. 굉장히 중요한 얘기 같아서 이안은 긴장이 되었다.

"하, 할 말 있으면 해."

"팔다리 말인데… 좀 더 자연스럽게 흔들 수는 없는 거야?"

이안은 현재가 가리키고 있는 자신의 팔다리를 쳐다보았다. 그 순간 오른쪽 팔과 다리가 한꺼번에 앞으로 뻗어 나오고 있었다.

"사실은 아까부터 얘기하고 싶었는데 네가 너무 긴장한 것 같아 말을 꺼낼 수가 없더라고."

현재의 말은 얼핏 들으면 상대를 배려하는 것 같았다. 하지만 그의 입매에 떠오른 미소는 놀리고 있다는 것을 충분히 설명해 주었다. 아무리 긴장하고 있던 이안이라도 그 정도쯤은 눈치 챌 수 있었다. 이안이 두 눈을 치켜뜨자 현재는 히죽히죽 웃으며 달아났다.

"긴장 풀라고. 설마 내가 너 잡아먹기야 하겠냐?"

"······!"

이안은 생각보다 파이터 기질이 다분했다. 한번 시동이 걸리면 때와 장소를 가리지 않고 덤벼드는 것이 그녀의 특징이었다.

투다다다…….

두 사람은 잔뜩 언 보도블록 위를 질주하며 필사적으로 쫓고 쫓았다. 토요일 오후의 시내 거리는 사람들로 만원이었다. 두 사람이 전력 질주해 오는 것을 보자 북적대던 사람들은 놀라서 길가로 붙어섰다. 그러자 두 사람이 지나간 자리는 금방 뻥 뚫리며 길이 생겨 버렸다.

그사이 이안의 팔다리는 정상적으로 교차되며 움직이게 되었다. 하지만 그녀의 교차되는 팔다리에는 점점 가속도가 붙었고 급기야 장애물을 만나도 컨트롤을 할 수 없을 지경에 이르렀다.

휘익― 쿵!

그녀는 결국 빙판을 밟고 사람들의 한가운데서 큰대 자로 엎어진 후에야 폭주를 멈췄다. 저만큼 달아났던 현재가 다시 뛰어왔다.

"괜찮아?"

하지만 이안은 대답 대신 자리에서 벌떡 일어나 걸어가 버렸다. 꽤 아플 텐데 씩씩하게 걷는 걸 보니 다치진 않은 모양이다. 그러나 대답도 안 하는 걸 보면 화가 많이 난 것 같았다. 현재는 자기가 좀 너무했다고 생각했다. 골목으로 들어간 그녀를 쫓아갔다.

골목 안에서 이안은 웅크리고 앉아 무릎 사이에 얼굴을 파묻고 있었다. 우는가 보다. 양심의 가책을 느낀 현재가 조심스레 물었다.

"많이 아퍼?"

이안은 그렁그렁 맺혀 있는 눈물을 손바닥으로 슥슥 닦았다.

"아픈 거보다, 씨이…… 쪽팔려 죽겠잖아!"

"푸훗!"

안 되는 줄 알면서도 현재는 터져 나오려는 웃음을 참을 수가 없었다. 코끝이 빨개져서 울먹거리는 얼굴이 마치 어린 꼬마아이 같았다.

계속 웃는 현재를 이안은 도끼눈을 뜨고 노려보았지만 무섭기는커녕
더 귀엽기만 했다.

그가 웃거나 말거나 내버려 두고 이안은 무릎을 들여다보았다. 쪽팔
림이 어느 정도 가라앉자 통증이 자각된 것이다. 모처럼 입고 나온 스
커트 덕분에 무릎은 깨져서 피가 흐르고 있었다. 이안은 가방을 뒤적
거렸다. 하지만 손수건이나 화장지 따위를 챙기는 여성스러움과는 거
리가 먼 그녀였다. 커다란 가방 안에 잡동사니는 많았으나 피를 닦을
마땅한 물건이 없었다.

"이리 내봐."

현재는 손수건을 꺼내 이안의 무릎에 흐르는 피를 닦아주었다.

"돼, 됐어. 내가 할게."

"가만있어 봐! 내 어깨 잡아. 아마 좀 아플 거야."

현재는 아예 주저앉아 가방에서 뒤적뒤적 뭔가를 꺼내기 시작했다.

"아—!"

이안이 얼굴을 찡그리며 짧게 비명을 질렀다. 상처에 소독약이 부어
진 것이다. 소독약이 상처에 하얀 거품을 일으키자 불붙는 것 같은 통
증이 따라왔다. 현재는 상처 위에 조심스럽게 입김을 불었다.

"후우… 후우……."

입김을 불 때마다 그의 어깨가 들썩였다. 이안이 붙잡고 있는 어깨
는 말랐지만 매우 튼튼했다. 자신이나 친구들에게서는 느낄 수 없는
단단함이었다. 이안은 숨죽이고 그가 하는 것을 바라보았다. 좁은 골
목 안에는 그가 입김을 부는 소리만 조용히 울려 퍼지고 있었다. 쓰라
림이 점차 가라앉기 시작했다.

"아직도 아프니?"

반창고로 마무리를 한 후 현재가 고개를 들자 이안은 놀라서 시선을 피했다. 그와 눈이 마주치는 순간 심장이 터질 듯 두근거렸던 것이다.

"고, 고마워. 그런데 소, 소독약이랑 반창고를 갖고 다닐 줄은 몰랐어."

이안은 아무렇지 않은 척 바닥에 내려놓았던 가방의 흙을 털고 어깨에 멨다. 조금 말을 더듬긴 했지만 의연하게 대처한 자신이 자랑스러웠다.

"축구할 때 갖고 다니던 게 버릇이 돼서. 그땐 밤낮 깨지고 찢어지는 게 일이었으니까. 그건 그렇고… 나 할 말이 있는데 말야……."

"뭐, 뭔데?'

그의 목소리가 어딘지 은밀해서 이안은 바싹 긴장했다. 혹시 고백이라도 하려는 건가? 아직 마음의 준비도 못했는데……. 이안이 고민하는 동안 현재는 조용히 그녀의 어깨에 손을 올려놓았다. 양어깨를 붙잡힌 이안의 심장은 이제 펄떡대며 밖으로 튀어나올 것만 같았다.

'어떡하지? 어떡해? 이대로 키스라도 해버리면……!'

이안은 입술을 잘근 깨물었다. 그러자 그녀를 물끄러미 내려다보던 현재가 심각한 표정으로 말했다.

"네가 멘 그 가방 내 거야."

말을 마친 현재는 이안의 어깨에서 가방을 벗겼다. 그리고 바닥에 떨어져 있던 그녀의 가방을 건네주었다. 홍당무로 변한 이안의 얼굴을 보고 그는 큭큭대며 웃었다.

"하하하하! 하하!"

"뭐, 뭐가 웃겨!"

현재는 배를 잡은 채 말했다.

"사실대로 말해 봐. 네가 좋아한다는 사람이 바로 나 맞지?"

"몇 번 말해야 돼! 싫어한다고 했잖아! 이 왕자병 같으니. 정말 너 따위 싫어!"

"그럼 오늘 왜 나온 거야?"

"그, 그야…… 네가 만나자고 했으니까."

급소를 찔린 이안은 쭈뼛대며 변명했다. 그러자 현재는 갑자기 정색을 했다.

"솔직히 말할게. 나 너 좋아해."

"그래, 당연히 나를 좋아…… 에?"

이안은 자기 귀를 의심했다. 그가 이번에도 빈정거리는 말을 한 줄만 알았는데 그게 아닌 것이다. 하지만 그의 말을 곧이곧대로 믿어야 할지 말아야 할지 몰랐다. 저 녀석 설마 또 무슨 장난을 하려는 거지?

"저, 정말이야?"

고개를 끄덕인 현재는 다시 진지하게 말했다.

"하지만 그건 사랑한다는 얘기랑 다른 뜻인 거 알지?"

"으… 응……."

"나 너를 친구로서 좋아하고 있어. 조금은 특별한 친구라고나 할까? 그러니까 앞으로 네가 어떻게 노력하느냐에 따라 라이크가 러브로 바뀔 수도 있다는 얘기야. 물론 나도 노력하겠지만."

이안은 눈을 가늘게 뜨고 현재를 노려보았다. 역시나 왕자병 말기에 있는 녀석다운 발언이었다. 하지만 그 말이 싫지는 않았다. 중학교부터 지금까지 추종하는 사람들은 많았어도 친구 하나 변변히 없는 현재였다. 그러니 좋아하는 친구라는 것만으로도 그에겐 가장 가까운 사람이 된 것이다.

이안은 날아갈 것처럼 기분이 좋았다.

"헤…… 알았어. 앞으로 노력해 볼게."

현재가 솔직해지자 이안도 솔직해지기로 했다. 여자의 자존심을 버린 대사라는 것 따위는 신경 쓰지 않기로 했다. 내숭 떠는 것보다 그것이 차라리 이안에게는 더 편했다.

새로운 관계를 시작하는 의미에서 두 사람은 악수를 했다. 모든 페어 플레이한 경기가 악수로 시작하듯이.

띠리리리리… 띠리리리……

한창 좋은 분위기를 깬 건 현재의 핸드폰 벨소리였다. 그는 주책없이 울린 핸드폰을 무시하고 받지 않으려 했다.

"받아봐. 급한 전화일지도 모르잖아."

"별로. 나한테 올 급한 전화가 어디 있어."

시큰둥하게 대꾸한 현재는 액정 위에 찍힌 번호를 흘끗 보았다. 그순간 지금껏 유들유들하던 얼굴이 굳어지는 것을 이안은 똑똑히 볼 수있었다. 처음이었다, 그가 저렇게 동요하는 것은.

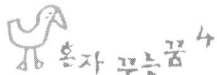
혼자 꾸는 꿈 4

위이이잉…….

이안이 현재를 따라 도착한 곳은 폐공장 앞이었다. 넓은 공터 앞에는 쓰레기 더미가 잔뜩 쌓여 있었고, 녹슨 철제 드럼통이 아무렇게나 쓰러져 뒹굴고 있었다. 주위에는 바람을 막아줄 건물조차 하나 없어 사방에서 겨울바람이 매섭게 불어댔다. 결투라도 벌어지면 딱 좋을 황량하고 을씨년스러운 장소였다.

이안은 의심스러운 눈초리로 사방을 둘러보았다.

"이런 데서 촬영하는 거야?"

현재가 받은 핸드폰은 그의 친구에게서 걸려온 전화였다. CF 모델을 하는 친구라고 했는데, 오늘 촬영이 끝나고 뭔가 할 얘기가 있다는 것 같았다. 현재는 선약이 있다며 거절하려 했다. 하지만 이안은 자기 때문이라면 괜찮으니 가보라고 했다. 그래서 결국 두 사람은 같이 촬영장에 오는 것으로 공평하게 타협을 보았다.

"실내 세트는 대부분 이런 데다 만들어. 그래야 제작비도 덜 들고 높은 조명들도 들어갈 수 있거든."

공터에 대여섯 대의 대형 장비 차량들이 서 있는 것으로 보아 제작 규모는 적지 않은 것 같았다. 게다가 이안이 좋아하는 브랜드의 아이 스크림 차량도 서 있었다. 아마 아이스크림 CF를 촬영하는 모양이다. 하지만 CF 촬영이라기에 내심 화려한 분위기를 기대했었는데 조금은 실망이었다.

쿵!

이안과 현재가 폐공장의 문을 여는 순간 한 남자가 문 안에서 쓰러 지듯 나왔다. 안경을 쓰고 빼빼한 인상의 남자였는데, 그의 뒤로 덩치 큰 두 남자가 쫓아 나왔다. 덩치 큰 남자 중 한 명이 빼빼한 남자의 목 덜미를 움켜쥐었다.

"이 자식, 오늘 운 좋은 줄 알아! 다음에 또 그러면 그땐 끝장날 줄 알아!"

그러자 한 남자는 카메라에서 필름을 꺼내 길게 잡아 뽑았다. 그리 고 빼빼한 남자에게 빈 카메라를 집어 던졌다.

"무슨 일이에요?"

현재가 물었지만 그들은 빼빼한 남자를 노려보기만 할 뿐 아무 대답 이 없었다. 빼빼한 남자가 카메라를 챙기며 우물쭈물하자 그들은 위협 하듯 버럭 소리를 질렀다.

"얼른 꺼지지 못해!"

그 사나운 기세에 괜히 이안까지 겁을 먹었다. 빼빼한 남자가 사라 지자 그들은 이번엔 이안과 현재를 쳐다보았다. 이안은 자기들도 쫓겨

나는 건 아닐까 싶어 조금 긴장했다. 그런데 두 남자들은 금방 부드러운 표정으로 변했다.

"어떻게 오셨죠?"

"재경 씨 친구인데 만나기로 약속했어요."

"아, 그렇지 않아도 얘기 들었어요. 들어와요. 날씨가 좀 춥죠?"

두 남자들은 친절하게 현재와 이안을 맞이했다. 조금 전까지 험상궂다고만 생각했는데 웃는 모습을 보니 보통의 아저씨들이었다.

"그런데 아까 그 사람 누구예요?"

이안이 묻자 그들은 다시 화를 내며 말했다.

"그 자식… 재경 씨의 탈의실에 몰래 들어가 사진을 찍었거든요. 일찍 발견했기에 다행이지……."

"그런 나쁜 짓을! 그분 많이 놀랐겠네요."

이안은 조금 전 빼빼 마른 남자를 동정했던 마음을 싹 비워 버렸다. 이제 보니 변태였던 것이다.

"그런 일이 자주 있나요?"

현재는 조금 심각한 얼굴로 물었다. 그러고 보니 재경은 현재의 친구라고 했으니 걱정이 많이 되는 모양이었다. 이안은 사실 현재가 친구를 만난다기에 남자 친구라고만 생각했었다.

"요즘에 워낙 재경 씨 인기가 좋으니 극성 팬들이 좀 많이 생겼죠."

현재가 만난다는 친구는 인기 좋은 여자 CF 모델이었던 것이다. 그제야 이안도 재경이라는 이름을 어디선가 많이 들어본 것 같았다.

"여기야!"

안으로 들어가자 촬영 장면을 모니터하고 있던 여자가 활짝 웃으며 손을 흔들었다. 화려한 드레스에 머리에는 왕관까지 쓰고 있었다. 이국적인 외모 때문에 마치 중세의 무도장에서 방금 빠져나온 것처럼 보였다.

"저 사람 혹시… 이재경 아냐?"

이안은 두근거리는 마음으로 현재에게 물었다. 어째 이름이 귀에 익더라 했더니…….

이재경이라면 최근 급부상하고 있는 아이돌이었다. 남자들한테도 물론 인기가 좋았지만 보이시한 매력 때문에 여자 팬들도 은근히 많은 편이었다. 여기서 이런 초특급 스타를 만나게 될 줄은 상상도 못한 일이었다. 하지만 더 놀라운 건…….

"안녕하세요, 이재경이에요. 정이안 씨죠?"

그녀가 먼저 다가와 인사를 건넸다는 것이며, 더구나 이안의 이름을 알고 있다는 사실이었다.

"아, 네… 만나서 무척 반가워요."

이안은 그녀의 갸름한 손을 잡고 악수를 했다. 그녀에게선 무척이나 세련된 향수 냄새가 나고 있었다. 화면 속에서 본 그녀도 예뻤지만 이렇게 실제로 본 그녀는 다른 사람들과는 어딘가 다른 인종처럼 느껴졌다. 당당한 태도며 자신감에 찬 눈빛이 왠지 사람을 압도했다.

"현재에게 얘기 많이 들었어요, 귀여운 여자 친구라고. 한번 좀 보여 달라니까 어찌나 아끼고 안 보여주던지……. 그런데 생각했던 것보다 더 귀여운 연인이시네요."

그러면서 재경은 활짝 웃었다. 그녀의 웃음은 이안마저도 가슴이 떨릴 정도로 아름다웠다.

"아니에요! 저랑 현재는 그냥 친구 사이일 뿐인걸요. 이런 멋진 친구 분이 있다는 걸 알게 돼서 너무 기뻐요."

"저도 현재 옆에 이안 씨같이 좋은 사람이 있어서 안심했어요. 우리 앞으로도 좀 더 친하게 지내요."

이안은 기분 좋게 고개를 끄덕였다.

"아참, 사인 한 장 해주실래요? 학교 가서 자랑하게요."

재경은 흔쾌히 사인을 해주었다. 사인이 예쁘다고 했더니 장난스럽게 그거 만드느라 며칠 고생했다고 대답했다. 그녀는 인기 많은 아이돌답지 않게 소탈하고 상냥했다. 예쁘면 혜라같이 자의식 과잉인 사람만 보아왔던 이안은 그래서 재경이 참 마음에 들었다.

"촬영 시작한대. 어서 가봐."

두 여자들에게서 한 걸음 물러서 있던 현재가 끼어들었다.

"후반 작업 중이라 곧 끝날 테니 기다려. 네 얘길 했더니 널 만나고 싶어하는 감독님이 있거든."

"생각없다고 했잖아."

그러자 재경은 아이를 다루듯 양손으로 현재의 뺨을 살짝 어루만졌다.

"내 말 들어. 우리 같은 사람들은 절대 평범하게 살 수 없는 운명을 타고난 거야. 심지어는 길을 지나다녀도 사람들의 시선을 끌게 마련이지. 그럴 바엔 모든 사람들의 눈에 띄는 곳에 있는 게 좋잖아."

그렇게 말하는 재경은 조금 전 이안과 얘기를 주고받던 때와는 또 다른 모습이었다. 묘한 선민 의식에 사로잡혀 있는 것 같았지만, 얼굴을 맞대고 서 있는 현재와 재경이 하나의 그림이 되는 것은 사실이었다. 그들 주위에만 다른 공기가 떠돌며 후광이 비추는 것 같았다. 그래서 이안에게 재경의 말은 어딘가 설득력있게 들렸다.

"그럼 나중에 또 봐요, 이안 씨."

재경은 정중하게 인사를 하고 세트장을 향해 걸어갔다. 그러자 메이크업과 코디가 금방 따라붙어 의상과 화장을 고쳤다. 그녀가 자리에 앉기 무섭게 일제히 조명이 켜지고 카메라가 돌기 시작했다. 수많은 스텝들은 모두 그녀 뒤에 숨어 나뭇가지를 흔들기도 했고 세트로 만든 풍차를 돌리기도 했다. 이곳에서 주인공은 오직 그녀 혼자뿐이었다.

"너도 아이스크림 먹을래?"

숨죽이고 촬영을 지켜보던 이안은 현재가 불쑥 내민 아이스크림을 쳐다보았다. 세트에 진열되고 남은 아이스크림이 한쪽에 잔뜩 쌓여 있었던 것이다. 밖은 매우 추웠지만 세트장 안은 조명 열로 인해 후끈거렸다. 그래서 촬영에 관계없는 사람들은 모두 하나씩 아이스크림을 손에 들고 있었다.

"자네가 최현재지?"

입 안 가득 아이스크림을 물고 있던 현재는 시큰둥하게 고개를 돌렸다. 뒤에는 머리를 올백으로 넘겨 하나로 묶은 나이 지긋한 남자가 서 있었다.

"맞는데 왜요?"

현재는 아이스크림을 연성 먹으며 남자의 아래위를 훑어보았다. 무척이나 버릇없는 태도였지만 장발의 남자는 마음씨 좋게 웃으며 명함을 내밀었다. 감독 강대철이라고 적혀 있었다.

대철은 현재를 차에 태워 근처의 카페로 데려왔다. 같이 있던 이안도 얼떨결에 따라오긴 했는데 자기가 올 자리가 아니었다는 것은 금방 알 수 있었다.

대철은 새로 제작하는 영화의 주연 배우로 현재를 기용하려는 것 같았다. 현재는 별 반응 없이 듣고 있었지만 그의 성격으로는 꽤 관심있다는 표현이었다.

잠시 후 촬영을 끝낸 재경마저 테이블에 합세했다. 그녀는 감독과 함께 현재에게 영화에 대한 이야기를 늘어놓았다. 주연 여배우로는 그녀가 이미 캐스팅된 모양이었다.

현재와 재경이 주인공이라면 내용이야 어떻든 일단 눈은 즐거울 것 같았다. 재경의 말대로 그들은 남들에게 보여지기 위해 태어난 사람들인 것이다. 보는 것만으로 다른 사람을 즐겁게 만드는 재능을 지닌.

이안은 그들이 좀 더 편하게 얘기할 수 있도록 자리를 피해 밖으로 나왔다. 아니, 사실은 조금 우울해진 기분을 달래기 위해서였다.

"후우……."

카페는 강가 옆에 자리하고 있었다. 강 어귀에는 오리 모양의 배들이 정박해 있었지만 타는 사람들은 아무도 없었다. 강물이 반쯤 얼어 있었던 것이다. 그 주위로 연인들이 다정히 걷는 것이 보였다. 모두들 행복하고 자연스러운 모습이다. 이안처럼 데이트를 하면서 얼어 있거나 안절부절못하는 것 같은 사람은 아무도 없었다. 역시 자기와 현재는 너무 안 맞는 것 같았다.

"어? 너, 정이안이지?"

그때였다. 카페 계단에 앉아서 한숨을 내쉬던 이안은 정말 뜻밖의 인물을 만났다.

"넌 김아영……?"

"뭐야! 벌써 얼굴도 잊어버린 거야!"

"우와~ 너무 변해서 못 알아봤어. 너, 살 진짜 많이 빠졌다."

"후후, 중학교 졸업하고 처음이지?"

두 소녀들은 기뻐서 손을 맞잡고 방방 뛰었다. 한때는 꽤 친한 사이였는데 졸업하고 연락이 뜸해지다 보니 못 만났던 것이다.

"근데 여긴 어쩐 일이야?"

아영은 푸훗 웃음을 터뜨리더니 무척이나 행복하게 웃었다.

"데이트 중."

"와아! 남자 친구 생겼구나?"

"응."

고개를 끄덕이는 아영은 얼굴을 붉히며 수줍게 웃었다.

"다행이다. 난 유키가 죽었다는 소식 듣고 네 걱정 많이 했는데. 너, 유키 무척 좋아했었잖아."

그녀는 바로 이안에게도 유키를 좋아하게 만든 유키의 골수 팬이었다. 그 순간 아영의 얼굴이 창백하게 굳어졌다. 남자 친구가 생겼기에 유키에 대해선 무뎌진 줄 알았는데 그렇지 않은가 보다.

난처해하던 이안은 그녀에게서 약간 떨어진 곳에 있는 한 남자를 발견했다. 계속 이쪽을 바라보는 것이 아영의 남자 친구인 것 같았다.

"저 사람이야?"

굳이 대답을 들을 필요도 없었다. 아영과 시선이 마주친 남자는 손을 흔들며 활짝 웃었다. 모자와 선글라스까지 쓰고 있어 얼굴은 자세히 볼 수 없었지만 가지런한 치아를 드러내며 웃는 모습이 무척 시원스러웠다. 게다가 서 있는 것만으로도 뭔가 그림이 되는 남자였다.

"저런 멋진 남자 친구를 사귀느라 그동안 연락을 안 했었구나. 소개 안 시켜줄 거야?"

"나, 나중에……."

"어?"

이안이 남자를 보며 고개를 갸웃하자 아영은 조금 불안한 표정이 되었다. 그러고 보니 아영은 중학교 때와 비교해 살만 빠진 것이 아니라 얼굴도 창백해지고 어딘지 병약해 보였다. 너무 무리한 다이어트를 해서 그런가?

"왜 그래?"

"…네 남자 친구 왠지 유키랑 비슷한 것 같아서. 모자랑 선글라스를 벗으면 어떨지 모르겠지만."

"그, 글쎄… 난 잘 모르겠는데. 미안해, 친구를 너무 오래 기다리게 해서 가봐야 할 것 같아."

"그래. 참, 네 연락처 좀 가르쳐 줄…… 벌써 가버렸네."

이안은 머쓱해져 아영의 뒷모습만 쳐다보았다. 그녀는 어느새 남자 친구가 있는 곳으로 달려가 팔짱을 끼며 자리를 떠나고 있었다.

"너무하네. 남자 친구 있다고 옛날 친구는 찬밥 취급이라니……."

이안은 배신감을 느끼며 혼자서 투덜거렸다. 하지만 그녀의 출현에 힘을 얻은 것은 사실이었다.

아영과 그녀의 남자 친구도 이안과 현재만큼이나 어울리지 않았던 것이다. 아영은 뚱뚱한 체격에 마음씨 좋게 생긴 얼굴이었으며 촌스럽기로 따지자면 이안보다도 한 수 위였다. 그러나 그녀의 남자 친구는 현재 못지 않게 멋진 사람이었다. 하지만 다정스럽게 팔짱을 끼고 걸어가는 모습이 하나도 어색하거나 이상해 보이지 않았다. 왜냐면 누가 뭐래도 그들은 사랑하는 연인들인 것이다. 누군가와 사랑에 빠진 모습은 그저 행복하고 보기 좋을 뿐이었다.

'맞아, 나랑 현재도 내가 너무 의식하는 거야!'

이안 스스로가 괜히 소심하게 자격지심을 가진 것이다. 현재 역시 자기를 특별하게 좋은 친구라고 하지 않았던가? 그는 절대 빈말 따위를 할 성격이 아니었다. 이안은 상처받은 마음을 금방 회복하고 다시 카페 안으로 들어갔다.

"레이디, 여기 있었던 거야?"

그 순간 이안은 귀에 익은 목소리에 고개를 돌렸다. 게일이 조금 의외라는 표정으로 눈앞에 서 있었다. 하지만 그가 이런 곳에 와 있다는 것이 이안에겐 더 황당한 일이었다. 그는 춥지도 않은지 여전히 도복 하나만 입고 있었다. 그 위에 무릎까지 오는 장화를 신고 있어 굉장히 눈에 뜨이는 차림이었다. 하지만 게일은 이 복장을 매우 마음에 들어 했다. 집에서도 줄곧 이 차림이었다.

"게일이야말로 여긴 무슨 일이에요?"

"마기를 쫓아왔지."

"그럼 이 근처에 마물이 있다는 거예요?"

"글쎄, 너무 미약해서 겨우 따라오긴 했는데… 제길! 이 근처에서 사라진 것 같군. 아무래도 놈이 활동하길 좀 더 기다려야 할 것 같아. 한데 레이디는 왜 여기 혼자 나와 있는 거야? 데이트하는 거 아니었어?"

"헤헤, 잠깐 바람 좀 쐬려구요. 이제 바람도 다 쐬었으니 들어가 봐야죠."

이안은 얼른 자리에서 일어섰다. 만약 게일이 현재와 재경이 나란히 앉아 있는 걸 보고 오해라도 했다가는 굉장히 소란스러워질 것이다. 하지만 이안의 우려는 이미 늦은 후였다. 관찰력이 좋은 그는 현재가 있는 테이블을 금방 발견했고, 벌써 그곳을 향해 걸어가는 중이었다.

"네 녀석, 실망이군."

게일은 양해도 없이 빈 의자에 팔짱을 끼고 앉았다. 갑자기 나타난 게일이 자기를 노려보자 현재는 당혹스러워했다.

"그게 무슨 말이야?"

"레이디를 부른 건 네 녀석이었지? 그런데 다른 레이디랑 놀아나다니……."

"다른 레이디?"

현재는 옆에 있는 재경을 쳐다보았다. 그리고 재미있다는 듯 배를 잡고 웃었다.

"아하하! 오해야. 우린 지금 일 얘기를 하는 중이었거든. 그렇잖아도 따분해서 이제 이안이랑 놀 생각이었다구."

"맞아, 나도 현재가 일 끝날 때까지 기다리고 있었던 거야."

이안까지 나서서 말리자 게일은 수긍하는 눈치였다.

"내가 오해를 했던 모양이군. 하지만 만에 하나! 레이디에게 실수라도 하면 용서하지 않을 거야. 나이트로서 보고 있지만은 않을 테니까."

"예에, 알아모시죠."

현재가 넉살 좋게 대꾸했다.

"소개해 주지 않을래요?"

그들의 대화에 끼어든 것은 재경이었다. 게일이 못마땅한 표정으로 바라보자 그녀는 생긋 웃었다. 순간 게일은 그녀에게서 뭔지 모를 위험을 느꼈다. 마기를 내뿜는 것도 아니고 특별히 사악한 기운이 느껴지는 것도 아니었다. 하지만 잘 달련된 그의 육감은 그녀가 절대로 예사롭지 않은 인물이라고 경고하고 있었다.

"나도 알고 싶은데? 참 매력적인 마스크와 분위기를 지닌 친구로군."

"뭐야, 이 느끼하게 생긴 녀석은?"

대철을 흘끗 쳐다본 게일은 인상을 찡그렸다. 현재의 버릇없는 태도는 그에 비하면 양반이었던 것이다. 하지만 대철은 역시나 마음씨 좋게 빙그레 웃었다. 저것이 비즈니스 스마일이라면 그는 실로 엄청난 인내심의 소유자인 것이다. 이안은 내심 존경하지 않을 수 없었다.

"이번 영화를 제작하려는데 파격적인 신인들을 고용할 생각이네. 그중에서도 자네처럼 다듬어지지 않은 매력을 가진 배우가 필요하던 중이었지. 마스크도 시원스럽고 몸을 보니 운동도 꽤 많이 한 것 같은데…… 어떤가? 한번 와서 오디션을 볼 생각은 없나?"

대철은 전문가답게 빠른 속도로 게일의 얼굴과 몸을 뜯어보았다.

이것이 말로만 듣던 길거리 캐스팅인 것이다. 혜라는 그것을 노리고 유명한 카페와 거리를 자주 돌아다닌다고 했다. 혜라뿐 아니라 그것은 이안 또래의 대부분 학생들의 꿈이기도 했다. 하지만 게일에게는 전혀 관심 밖의 일이었다.

"이봐, 남의 몸을 함부로 더듬지 말라구."

게일은 잔뜩 인상을 쓰며 대철을 노려보았다. 현재와 이안은 그가 검이라도 휘두르는 건 아닐까 싶어 내심 긴장했다.

"흥분하지 마세요. 그럴수록 자신의 이미지를 강하게 어필하려는 것으로 보이니까."

"뭐……?"

그의 폭주를 저지한 것은 재경이었다. 그녀는 사람을 녹일 것처럼 눈웃음을 쳤다.

"당신은 독특한 매력을 가진 사람이군요. 멸종된 화석에게서나 느낄 수 있을 것 같은. 제가 한잔 사죠. 술 좋아하세요?"

"한 잔만 마시도록 하지."

게일은 못 이기는 척 의자에 깊숙이 몸을 파묻었다. 이렇게 되면 완전한 그의 패배였다.

게일은 그날 한 드럼 이상의 술을 마시고 현재와 이안에게 이끌려 집으로 돌아와야 했다. 술값을 계산하기로 한 재경은 아마도 그날 이후 파산했을지도 모를 일이었다.

혼자 꾸는 꿈 5

월요일 아침 이안의 교실.

"남자 손수건 아니니?"

"으응……."

이안은 화들짝 놀라 손에 쥐고 있던 손수건을 책상 서랍 안에 집어 넣었다. 현재가 무릎에서 나던 피를 닦아준 손수건이었다. 깨끗이 빨고 다림질까지 해서 가지고 오긴 왔는데 언제 전해줘야 하나 망설이고 있는 중이었다. 그에게 고백을 했으니 군이 새침을 떨 필요는 없었지만 그렇다고 교실까지 찾아가 손수건을 줄 만큼 뻔뻔스러운 성격도 못되는 그녀였다.

"혹시 최현재 손수건?"

"하하하! 그렇지 뭐……."

이안은 대수롭지 않게 보이기 위해 대충 웃음으로 넘기려 했다. 하지만 이미 그녀의 성격을 파악하고 있던 친구들은 절대로 대수롭게 넘어가려 하지 않았다. 그 손수건에 처음부터 관심을 보이던 수경이 그랬고, 과제물을 베끼느라 정신없던 민주까지 참견을 했다.

"주말에 무슨 썸씽이 있었던 거야? 다 실토해 보시지."

민주는 날카롭게 눈을 빛냈다. 이안은 저럴 때의 그녀가 제일 무서웠다. 웬만한 거짓말에는 속지도 않고―사실 이안은 거짓말에 워낙 서툴렀다―하이에나처럼 달려들어 모든 진실을 알아내야만 직성이 풀려 물러나는 그녀였다. 게다가 수경이까지 눈을 반짝반짝 빛내며 뭔가 얘기해주기를 기대하고 있었다.

"너, 정말 현재랑 사귀는 거 맞지?"

수경은 못 믿겠다는 듯 확인하려 들었다. 현재와의 스캔들이 학교 안에 퍼지긴 했지만 아무래도 두 사람은 너무 안 어울리는 조합이라 믿지 못하는 것 같았다. 하지만 이안은 그 사실에 대해서 이제 부정하지 않기로 했다.

"아직 사귀는 건 아니고… 일단 좋은 친구부터 시작하기로 했어."

"그럼 다 된 거네! 그 사교성 안 좋은 왕자님이 좋은 친구라고 했다면 그건 좋아한다는 거나 다름없지. 너희들, 뭔가 진전이 있긴 있었구나?"

단순 명쾌하게 결론을 내린 민주는 다시 본론으로 돌아왔다.

"그런데 그 손수건은 뭐야? 좋은 친구가 되자는 기념으로 받은 것 같진 않고……."

"아, 아무것도 아냐!"

이안은 정말 대수롭지 않게 넘어가려 했다. 하지만 현재가 상처를 싸매주던 일을 떠올리자 얼굴이 화끈거렸다. 그가 어깨를 잡았을 때는 정말 키스라도 하는 줄만 알았었다.

"그래? 말해 주기 싫으면 하지 마. 그런데 말야… 그럴수록 더 요상한 쪽으로 상상이 간다는 거 알지? 흐응, 무슨 일이 있었던 걸까? 우리 이안이가 저렇게 얼굴이 새빨간 홍당무가 될 만한 일이. 하긴 하룻밤도 같이 지낸 사이라니 더 이상 뭔 일이야 있었겠냐마는……."

"이민주, 너!"

자신의 도발이 제대로 먹혀들자 민주는 빙긋 웃었다. 두 사람의 실랑이를 지켜보던 수경도 흥미로워하며 슬쩍 이안을 부추겼다.

"그러니까 사실대로 얘기해 주면 되잖아."

결국 두 사람의 콤비플레이에 넘어간 이안은 토요일 날 있었던 사건을 이야기했다. 그리고 마지막엔 넘어져서 까진 무릎까지 내보여야 했다.

"호오, 이게 그 최현재의 손길이 닿은 영광의 상처란 말씀이지?"

"너, 자꾸 놀릴래?"

그렇게 민주와 옥신각신하던 이안은 문득 수경의 얼굴이 창백하게 변해 있는 것을 알아차렸다.

"수경아, 너 어디 아프니?"

"아, 아니… 갑자기 과제물을 안 한 게 생각나서. 1교시가 수학이었지?"

"내 프린트 빌려줄까? 빨리 베끼면 수업 시작 전에 끝낼 수 있을 거야."

"그래, 고마워."

이안의 프린트를 들고 일어서던 수경은 갑자기 앞에서 걸어오던 여학생과 부딪치며 넘어졌다.

"앗, 뜨거!"

"미안, 괜찮니?"

"나보다 네가 더 젖었잖아."

걸어오던 여학생은 놀라서 수경의 치마를 가리켰다. 그녀는 커피를 손에 들고 있었는데 넘어지면서 수경의 치마에 흘렸던 것이다. 수경은 자기 잘못이라며 괜찮다고 했다. 그 장면을 본 이안과 민주가 얼른 걸레를 가지고 와 쏟아진 커피를 닦았다.

"우…… 옷이 다 젖어서 축축해. 이안아, 미안하지만 손수건 같은 거 없니?"

수경은 교복 치마를 들어 올리며 난처한 표정을 지었다.

"없는데."

대답하고 나자 이안은 서랍 속에 있는 현재의 손수건이 떠올랐다. 하지만 자기 것이 아니라 함부로 빌려줘도 될까 망설여졌다. 그러자 수경이 머뭇거리며 어렵게 말을 꺼냈다.

"저기… 일단 현재 손수건이라도 좀 빌려줄래? 금방 빨아서 돌려줄게."

"아, 그러면 되겠구나."

망설이던 이안은 오히려 더 미안해하며 얼른 현재의 손수건을 넘겨주었다.

"그런데 너, 원래 수경이랑 친했어?"

수경이 커피가 묻은 교복을 빨기 위해 밖으로 나가자 민주가 조용히 물어왔다.

"그렇게 친한 건 아니지만 중학교 삼 년 내내 같은 반이었어."

이안은 아무 의심 없는 얼굴이었지만 민주는 뭔가 석연치 않은 표정이었다.

"손수건, 커피 묻으면 잘 안 지워질 텐데……."

"하는 수 없잖아. 정 안 지워지면 똑같은 걸로 사주지 뭐."

"오우~ 인심이 무척 후하시네. 수경이, 쟤도 참 이상하다. 뒤에 수건도 걸려 있는데 굳이 다른 사람 손수건까지 빌려갈 이유가 없잖아."

"저 걸레랑 구분이 안 가는 수건을 말하는 거라면 나라도 손수건을 빌려갔을 거야."

"아니야. 난 왠지 이상한 느낌이 들어. 평소엔 너랑 별로 친하지도 않았으면서 오늘따라 무척 가까운 척 굴더라. 넘어지는 것도 어딘가 부자연스러워 보이고. 여자의 직감으로 말하건대 뭔가 이상해."

"난 잘 모르겠는데?"

"너야 여자의 탈을 쓴 남자니까 그렇지."

민주는 눈썰미가 꽤 좋은 편이었다. 아니, 민주처럼 눈썰미가 좋지 못한 이안이라도 아까 수경이 넘어질 때는 왠지 좀 어색하게 보였다. 말로만 듣던 헐리웃 액션 같았던 것이다. 하지만 사람을 한번 의심하기 시작하면 한도 끝도 없는 것이다.

"그럼 현재의 손수건이 갖고 싶어서 그랬나 보지. 그 말이 하고 싶은 거였지?"

민주는 정곡을 찔린 듯 뜨끔한 표정을 지었다. 그러더니 눈을 가늘게 뜨며 노려보았다.

"많이 컸다, 너. 이제 현재의 손수건 한 장쯤은 아무렇지 않다는 거지? 얼마 전까지 스토킹만 하던 주제에. 왠지 재수없으려구 해."

"용서해 주라. 네 은공은 잊지 않고 있으니. 네가 필요하다면 현재의 속옷이라도 월담을 해서 가져다 바치마. 그런데 너, 과제물은 다 베낀 거야?"

"맞아! 과제물! 윽… 황금 같은 방학 때 보충이라니, 이게 웬 만행이야!"

민주는 고함을 지르며 손목시계를 들여다보았다. 1교시 시작 전까지 끝내려면 시간이 아슬아슬했다. 반쯤 이성을 잃고 책상에 코를 박은 그녀를 보며 이안은 피식 웃음을 흘렸다. 그런데 민주의 말을 듣고 나서인지 오늘 수경의 행동은 이상한 점이 많았다.

정말로 현재의 손수건이 갖고 싶어서 그랬던 걸까?

"참, 그런데 너, 유키가 다시 살아났다는 소문 들었어?"

겨우 과제물을 끝낸 민주가 다시 화제를 꺼냈다.

"응, 아침부터 그 일로 떠들썩하던걸."

"정말 유키가 죽은 게 맞긴 맞는 걸까? 아무 사인도 안 밝혀졌잖아. 수상한 점이 한두 군데가 아니라고."

"하지만 장례식에 참석한 사람들도 많았잖아."

"그거야 모르는 거지. 유키가 살아서 돌아다니는 걸 봤다는 목격자들도 많잖아."

그 순간 이안은 어째서인지 아영의 남자 친구가 떠올랐다. 선글라스와 모자를 쓰고 있긴 했지만 유키와 너무나도 흡사했었다.

이안이 집에 들어오자 가족들은 아무도 돌아와 있지 않았다. 수능이 끝난 세규는 한창 놀기에 바빴고, 세현은 원래 방학 때면 더 정신없이 공부하는 학구파였다. 그리고 아버지는 한 달에 대여섯 번 얼굴을 보기도 힘들었다.

보통 때라면 약간 쓸쓸해했을 이안이었지만 요즘은 그럴 겨를이 없었다. 불청객 게일이 있었기 때문이다. 아나나 다를까, 거실에는 게일이 혼자 라면을 먹으며 TV를 보고 있었다. 그의 육체는 상록의 것이었지만 그는 전혀 다른 세계에서 온 사람이었다. 그런데 라면을 먹으며 TV를 보는 모습은 이제 완전히 이곳 사람처럼 보였다. 미비한 점이라면 젓가락질이 서툴러 스파게티를 먹을 때처럼 포크를 사용한다는 것 정도였다.

이안은 왠지 대견스러운 생각마저 들었다. 라면 끓이는 법도 그녀가 가르쳐 주지 않았던가? 그것은 글자를 뗀 아들이 신문 읽는 걸 보는 엄마의 심정 같은 거랄까?

"라면 맛있어요? 이제 제법 이 세계에 익숙해졌나 보네요."

게일에게서는 대답이 없었다. 그는 TV 화면을 뚫어져라 쳐다보고 있었다. TV에서는 유키에 대한 화제가 나오고 있었다. 오늘 학교도 그의 죽음으로 떠들썩했었다. 쇼크로 병원에 입원해서, 혹은 장례식장에 따라가느라 출석을 안 한 열혈 팬들도 있었다. 그리고 또 한쪽에선 죽은 그를 목격했다는 얘기들로 술렁였다.

하루 종일 그에 대한 얘기를 나누고 돌아온 이안은 이제 그 화제라면 진력이 났다. 그래서 옷을 갈아입으러 방으로 들어가려는데 게일이 문득 입을 열었다.

"여긴 우리가 갔었던 곳이지?"

커다란 화면 가득히 토요일 이안이 갔던 카페의 강가가 나오고 있었다. 눈에 익은 장소라 이안은 흥미를 느끼며 게일의 옆에 앉았다.

"맞아요. 그런데 여기가 왜요?"

게일이 설명할 필요는 없었다. TV 속에서 리포터가 과장된 음성으로 설명을 해주고 있었으니까.

—네, 여기도 유키를 목격했다는 곳입니다. 모자와 선글라스를 쓰고 있었다는 것이 다른 목격자들의 증언과 일치하고 있습니다. 이 사건에 관해 유키의 유가족들은 현실을 받아들이지 않으려는 일부 극성 팬들에 의해 만들어진 유언비어라고 주장하고 있습니다. 유키의 장례를 주관했던 성당 측에서도 그의 시신을 목격했으며 더 이상 고인을 괴롭히는 행동들은 자제해 달라고 부탁하고 있습니다. 하지만 그를 목격했다고 증언하는 사람들 중에는 일부 십대 팬들뿐 아니라 성인 남녀들도 상당수 있어 혼란을 가져오고 있습니다. 그리고 놀랍게도 그와 함께 있었다는 소녀의 인상착의도 모두 일치했습니다. 만일 그 소녀가 이 프로그램을 보고 있다면 자발적으로 진상을 밝혀주었으면 하는 바람입니다. 유키는 정말 죽은 것일까요? 다른 곳에 잠적해 있는 것일까요? 아니면… 또 다른 그가 이 세상에 떠돌고 있는 것일까요?

흥미 본위의 프로그램이다 보니 리포터는 미스터리한 분위기를 풍기며 마지막 멘트를 남겼다. 그리고 TV는 다시 연예인들의 신변잡기에 대한 얘기를 늘어놓기 시작했다. 조금 전의 그 미스터리한 분위기와는 상관없이 여성 그룹이 나와 발랄하게 웃고 떠들어댔다. 하지만 그때까지도 이안은 떨리는 가슴을 진정시킬 수가 없었다.

"나도 유키를 본 것 같아……."

라면 국물을 마시던 게일이 이안을 쳐다보았다.

"하지만 아닐 거야. 그냥 닮은 사람이었겠지. 비슷하긴 했지만 사람들이 뭔가 착각한 걸 거야. 그럴 리 없잖아."

"글쎄, 그렇다면 모자와 선글라스라고 했던가? 그런 걸 쓴 게 수상하다고 생각지 않아? 더구나 그날은 날씨도 흐렸었지."

"그래도 죽은 사람이 살아 있다는 게 말이나 돼요? 무엇보다 그 사람은 아영이의 남자 친구였다고요!"

순간 게일의 눈이 번뜩였다.

"아영이라는 사람, 네가 아는 사람인가?"

이안이 고개를 끄덕이자 게일은 자리를 박차며 나갈 준비를 했다.

"잘됐군. 그녀의 집으로 가서 확인해 보면 되겠지."

"맞아, 왜 그 생각을 못했지! 집으로 갈 거 없이 전화로 확인해 볼게요. 가만… 졸업앨범이 어디 있었지?"

"그만둬. 그가 진짜 유키라면 대답해 줄 리 없잖아."

"하지만 오해한 거라면 자초지종을 들을 수도 있잖아요."

"이봐, 레이디. 내가 왜 거기까지 갔었는지 말하지 않았던가?"

"마기 때문이라고……."

"그래, 레이디는 날 만나기 전에 아영을 만났겠지? 그 뒤에 내가 도착하니까 마기는 그 장소에서 사라지고 없었어. 무슨 뜻인지 알겠어?"

"유키가 마물과 연관있다는 거군요! 맞아요. 아영이랑 헤어지고 얼마 안 있으니까 게일이 마기를 느꼈다며 저한테 왔어요!"

"뭐야, 그런 일이 있었는데 나한테는 아무 말도 안 해줬던 거야?"

현관문 앞에는 언제 들어왔는지 현재가 서 있었다. 남의 집에 허락도 없이 들어온 것이 실례인 줄은 아는 모양인지 그는 어깨를 으쓱하며 말을 덧붙였다.

"문이 열려 있더라고."

"냄새 하난 기가 막히게 잘 맡는 녀석이군."

"당연하지. 제자라면 그 정도 눈치쯤은 있어야지."

게일은 어쩔 수 없다는 듯 한숨을 내쉬었다. 그는 아이들을 좋아하지 않았다. 그리고 누군가를 데리고 다니는 것도 매우 귀찮아했다. 그러니 이 어린 아가들을 데리고 다녀야 할 생각을 하니 골치가 아팠다. 하지만 그의 마음속을 이미 간파한 이안은 어른스럽게 말했다.

"너무 귀찮아하지 말라고요. 우리 도움이 필요한 건 게일이니까."

"쳇!"

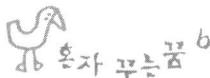

혼자 꾸는 꿈 6

아영의 집을 찾는 것은 생각보다 어렵지 않았다. 몇 번 그 집을 방문한 적이 있던 이안은 대충 위치를 잡을 수 있었고 복잡한 골목 안에 들어서자 게일이 마기로 방향을 찾았다.

그들이 도착한 곳은 축대 위에 서 있는 커다란 이층집이었다. 겨울을 나느라 잎이 마른 나무들이 빼곡히 담장을 둘러싸고 있어 황폐하고 을씨년스러운 분위기를 자아냈다. 한밤중이라 더 그랬을 것이다.

삼사 년 전에 와보긴 했지만 이안은 아영의 집이라는 것을 확신했다. 그때는 여름이라 저 나무들이 매우 울창했었던 기억이 난다. 하지만 이 집의 독특한 음산한 분위기는 그때나 지금이나 달라진 것이 없었다.

"왠지 기분 나쁜 집이네."

현재는 인상을 찡그렸다. 그의 집도 아영의 집 못지않게 넓긴 했지만 풍기는 분위기가 전혀 달랐다.

"아마 사람이 없어서 그럴 거야. 내 기억으론 아버지랑 둘이 살았던 거 같은데 얘네 아버지가 출장이 좀 많았던 것 같아."

아영의 생활 환경은 이안과 비슷한 점이 많았다. 어머니가 일찍 돌아가셨고 아버지는 일 때문에 바빠 거의 집에 들어오지 못했다. 하지만 근본적으로 이안과 다른 점은 그녀에게 형제가 한 명도 없다는 점이었다.

중학교 내내 그녀가 스타에게 광적일 정도로 집착했던 것은 그래서였을 것이다. 그런 아영을 꺼려하는 친구들도 많았지만 이안은 그녀와 친하게 지냈다. 여러 가지로 동질감을 느꼈기 때문이다. 사람이 그리웠던 아영은 이안에게 필요 이상으로 잘해주었다. 하지만 오히려 그것이 부담스러워 그녀와 멀어지는 계기가 되었던 것 같다. 그래, 그랬던 것 같다. 오래된 일이라 자세한 일들은 기억할 수 없었다.

현재가 벨을 눌러보았지만 인터폰에서는 아무 소리도 들리지 않았다.

"사람이 없는 거 아닐까?"

"사람은 없을지 몰라도 저 안에 마물은 있지. 마기가 느껴지거든."

이안의 말에 게일은 명쾌하게 대답했다. 그에게 중요한 것은 사람이 있고 없고가 아니라 마물을 어떻게 잡느냐는 것뿐이었다.

"아영이가 잘못된 건 아닐까요?"

이안은 갑자기 아영이 걱정되기 시작했다. 유키와 마물이 관련있다면 그와 함께 있는 아영이 무사하다고 할 수만은 없었다.

"그럼 담을 넘어 확인하는 수밖에 없겠네."

"좋은 생각이야."

현재의 말에 게일이 동의했다. 두 남자들이 모처럼 의기투합하자 왠지 큰일을 낼 것 같아 이안은 두려워졌다.

"잠깐만요! 이 집에는 경비 시스템이 갖춰져 있었단 말예요."

"상관없어. 경비 회사에서 나오기 전에 우린 벌써 일을 끝낼 테니까. 안 그래?"

"…우리라고?"

게일이 지그시 노려보았지만 현재는 천진난만하게 고개를 끄덕였다. 아주 당연하다는 듯이.

"그럼 내 발목 잡지 말고 잘 따라와 봐."

게일은 제자리에서 훌쩍 뛰어 담장의 모서리를 붙잡았다. 담장은 축대 높이까지 있어 거의 게일의 키 두 배 정도였다. 하지만 그는 고양이처럼 단숨에 넘어 들어갔다. 그가 담장 안쪽에 가볍게 착지하는 소리가 들렸다. 다행히 경비 시스템은 작동되지 않았다.

현재도 곧 그 뒤를 따라 담을 넘어 들어갔다. 그의 경우는 담장 옆에 있던 쓰레기 더미를 발판 삼아 기어 올라갔다. 게일보다는 방법이 복잡했지만 어쨌든 안으로 들어가는 데 성공했다. 그들은 마치 숙련된 밤손님 같았다.

'뭐야, 이 사람들. 지금 나 따돌린 거야?'

혼자 남겨진 이안은 높다란 담장을 올려다보고는 한숨을 쉬었다. 넘어 들어갈 수 있을 리가 없었다. 여기서 그저 두 사람이 일을 무사히 마치고 나올 때까지 기다릴 수밖에. 그래도 너무 의리없잖아!

철컹—

그때 대문이 열리며 현재가 얼굴을 내밀었다. 그 뒤에 게일도 서 있는 것이 보였다. 그들은 역시 이안을 버리지 않았던 것이다.

"뭐 해, 빨리 안 들어오고."

조금 감동해 있던 이안은 현재의 재촉에 냉큼 안으로 들어갔다.

"여기 사람 사는 집 맞어?"

현재는 발목에 휘감기는 풀을 걷어차며 주위를 둘러보았다. 넓은 정원은 폐허나 다름없었다. 여기저기 정원수들이 쓰러져 있기도 했고 풀들도 아무렇게나 자란 채로 말라 있었다. 겨울이 오기 전부터 아주 오랫동안 사람이 드나들지 않은 것 같았다.

예전에 이안이 방문했을 때는 잘 정리된 정원에 대문에서 현관까지 예쁜 포석이 깔려 있었다. 그런데 지금은 무성하게 마른 풀들 때문에 포석이 어디 있는지 찾을 수도 없었다. 담장 너머의 가로등이 비추고 있는 정원은 공동묘지같이 음산했다.

"왜… 이렇게 됐지?"

이안은 어쩌면 아영의 집이 이사를 갔을지도 모른다고 생각했다. 이런 곳에 사람이 살고 있다고는 생각하고 싶지 않았다. 차라리 허탕을 치더라도 그녀가 이사를 가버린 것이라면 좋을 것 같았다.

하지만 그동안에도 게일은 엉킨 풀들을 걷어차며 걷고 있었다. 그가 저렇게 열심히 움직이는 것을 보면 마물은 이곳에 있는 것이 분명했다. 그리고 그 마물과 함께 아영 역시도.

현관문은 잠겨 있었다. 게일은 웨일 소드를 불러냈다. 검으로 한 번 내려치자 쇠로 된 잠금쇠는 손쉽게 떨어져 나갔다. 잠금쇠가 떨어지며 꽤나 시끄러운 소리가 났는데도 안에서 사람은 나오지 않았다. 경보장치 역시 울리지 않았다.

집 안은 너무 컴컴했다. 이제 한층 더 대담해진 그들은 전등의 스위치를 올렸다. 하지만 불이 들어오지 않았다. 모든 전등이 전부 켜지지 않는 것을 보니 전기가 끊어진 것 같았다. 그러자 어둠 속에서 푸르스름한 빛이 나타났다.

"어, 그건?"

"레이디가 가지고 있어."

게일은 푸른 빛이 나는 돌을 이안에게 넘겨주었다. 능력의 돌이었다. 그 안에서 나오는 빛은 전등처럼 환하지 않았지만 실내의 형체들을 어느 정도 알아볼 수 있게 했다.

"그게 뭐야?"

현재가 작은 소리로 묻자 이안은 게일에게 들은 대로 간단하게 얘기해 주었다. 하지만 그때만 해도 그저 평범한 돌인 줄만 알았었다. 어떤 능력이 있는지 게일도 모르는 것 같았고. 그런데 능력의 돌이라는 건 설마 어둠을 밝히는 능력을 얘기하는 거였나?

"그 돌은 내 검의 기운을 흡수한 거야."

2층 계단을 오르며 게일이 짧게 말했다. 이안과 현재는 게일의 검이 마기를 감지할 때 푸른 빛을 낸다는 걸 알고 있었다. 그러니 돌에서 푸른 빛이 나는 건 마기를 감지했다는 신호인 것이다.

그들은 게일을 따라 2층으로 올라갔다. 1층과 마찬가지로 그곳도 불빛 하나 없이 캄캄했다. 이안이 돌을 앞으로 내밀자 내부 구조가 대충 눈에 들어왔다. 작은 거실이 가운데 있었고 둘레에 서너 개의 문들이 보였다. 사람은 살고 있지 않은지 거실에 있는 가구들은 마구 흐트러져 있었다. 벽에 걸린 액자도 유리가 깨지거나 비스듬하게 걸린 채였다. 그런데 이안은 어둠 속에서 두런두런 들려오는 얘기 소리를 들었다.

"무슨 소리 안 들려요?"

그녀보다 감각이 더 뛰어난 게일은 이미 베란다 옆의 문을 향해 가고 있었다. 가까이 다가가자 문틈 사이로 희미하게 빛이 새어 나오고 있었다. 얘기 소리도 좀 더 또렷하게 들려왔다. 그리고 간혹 가다 깔깔대는 웃음이 새어 나오기도 했다.

이안은 그 목소리가 아영의 것이라는 걸 단번에 알 수 있었다. 갑자기 온몸에 소름이 돋았다. 이런 곳에 살고 있는 아영이 측은하다기보다 왠지 섬뜩하게 느껴졌던 것이다. 게다가 저 목소리는 다소 흥분한 상태였지만 분명 즐거워하는 것이었다. 제정신일 리가 없는 것이다.

게일은 천천히 문 손잡이를 돌렸다.

"후후후… 봤죠? 그 애들 얼굴이 사색된 거."

한 뼘쯤 벌어진 문틈 사이로 얘기 소리가 새어 나왔다. 방 안은 촛불을 밝혀놓은 것 같았다. 커다란 그림자만 어물거릴 뿐 아영의 모습도, 그녀가 얘기하는 상대도 보이지 않았다.

"세상에 남자 친구는 자기들만 있는 줄 아는 애들이라니까요. 내가 유키 좋아하는 걸 보고 얼마나 비웃었는 줄 알아요? 그렇게 좋아해 봤자 내 이름조차 기억해 주지 못할 거라나. 그런데 유키가 내 남자 친구가 돼서 나타날 줄 상상이나 했겠어요? 하하하! 아까 걔네들 얼굴 생각만 해도 재밌어."

문밖에서 그 소리를 듣고 있던 게일은 씨익 웃었다.

"번지수를 제대로 찾은 것 같군."

아영과 함께 있던 남자는 역시 유키가 맞는 것이었다. 그런데 그가 죽었다는 얘기는 뭐고, 그는 왜 지금 아영의 곁에 있는 걸까? 게다가 이 마기는 도대체 어디서 발산되는 거지?

"저기… 아영이는 무사할 수 있는 거죠?"

이안은 방 안으로 들어가려는 게일의 팔을 붙잡았다. 하지만 그는 대답하지 않고 그대로 문을 열고 들어갔다.

 혼자 꾸는 꿈

방 안에서 제일 먼저 보인 것은 유키의 브로마이드 사진들이었다. 촛불이 밝혀져 있는 방은 그의 사진들로 가득했다. 그래서 유키가 의자에서 일어섰을 때 이안은 사진이 움직이는 줄만 알았다.

"유키?"

이안의 앞에 서 있는 사람은 정말로 유키였다. 모델처럼 잘 빠진 몸과 트레이드마크인 은색 머리, 그리고 소년처럼 어려 보이는 얼굴에 날카롭게 치켜 올라간 눈은 정말로 유키가 맞았다. 갑작스러운 침입자들에 놀랐는지 그는 당황한 얼굴로 이들을 바라보았다.

하지만 이안은 어렵게 만난 인기 아이돌 스타에게 넋을 빼앗길 수 없었다. 의자 옆에 기대앉은 아영이 금방이라도 숨을 거둘 것처럼 파리한 모습이었기 때문이다.

"아영아!"

그녀는 토요일과는 비교할 수 없을 정도로 말라 있었다. 그때도 병약해 보이긴 했지만 지금은 무덤에서 일어난 시체 같았다. 얼굴에는 광대뼈가 툭 불거져 나왔고, 낯빛은 창백하다 못해 푸른빛이 감돌았다. 이틀 만에 사람이 이렇게 변할 수 있다는 것이 믿어지지 않았다. 예전의 포동포동하던 그녀가 훨씬 더 사랑스러웠다.

"이안아, 네가 여긴 어떻게?"

아영은 이안의 출현에 놀라기도 했지만 반가워하는 기색이었다. 그러나 일어설 힘도 없는지 자리에 그대로 앉아만 있었다.

"너, 왜 이렇게 된 거야? 도대체 무슨 일이 있었던 거야!"

아영은 피식 웃더니 이안의 손을 꼭 붙잡았다.

"후훗, 지금 데이트 중이었어. 참, 너한테 내 남자 친구 소개시켜 줬던가? 미안, 아직은 안 되고 나중에 소개시켜 줄게."

아영은 초점없는 눈으로 예전에 했던 말을 되풀이했다. 이안은 아영의 뺨을 세차게 때렸다. 그녀의 목이 맥없이 돌아갔다.

"정신 차려! 저 사람이 왜 여기 와 있는 거야? 너희 아버지는 어디 가신 거고?"

아영은 눈썹을 약간 찡그리며 웅얼거리듯 말했다.

"우리 아빠? 아… 결혼하신 지 꽤 됐는데. 모르는구나…… 독일 여자랑 거기 계셔."

"그럼 넌 왜 여기……?"

"난 여기가 좋아. 유키가 있으니까. 그가 날 돌봐주거든. 그치, 유키? 앞으로도 날 돌봐줄 거지?"

아영은 손을 내밀며 애원하듯 유키를 쳐다보았다. 그는 고개를 끄덕이며 아영의 손등에 키스를 했다.

"후훗, 그래, 네가 있으면 난 혼자라도 상관없어."

파리한 손으로 유키의 목덜미를 끌어안는 아영은 가련하고도 행복해 보였다. 그들은 누가 보아도 다정한 연인이었다. 하지만 그래서 더 수상했다. 이안이 알고 있는 유키는 성격이 제멋대로이며 바람둥이 기질이 농후했다. 그래서 여자 연예인들과 스캔들이 끊이지 않았지만 한 달 이상 연애가 지속된 적도 없었다. 그런 유키가 아영 같은 평범한 여고생의 연인이 되었다는 것이 믿어지지 않았다. 마물의 힘이 작용했다고밖에 볼 수 없는 것이다.

그사이 게일은 웨일 소드를 꺼내 들었다.

지이이이잉…….

검은 울음소리와 함께 푸른빛을 발했다. 역시나 마물이 가까이 있다고 얘기해 주고 있었다.

"그런데 마물은 도대체 어디 있죠?"

하지만 이안의 눈에 마물처럼 보이는 것은 아무것도 없었다.

"최현재."

게일은 이안의 질문을 무시하고는 현재의 이름을 불렀다. 고개를 끄덕인 현재는 두 소녀들의 앞을 가로막았다. 이제껏 게일을 쫓아다니며 사건을 보아왔던 그는 곧 어떤 일이 벌어질지 알고 있었던 것이다.

게일의 웨일 소드가 천천히 유키에게로 겨눠졌다. 설마 유키가 마물이라는 건가?

"안 돼―!"

"미쳤어요? 유키는 사람이란 말예요!"

아영은 힘겹게 몸을 일으켰고 이안도 게일에게 뛰어들려 했다. 하지만 이미 현재가 앞을 막고 있어 뜻대로 할 수 없었다.

"비켜봐, 최현재!"

이안이 그를 밀쳐 내려 했지만 쉽지 않았다. 다리에 힘을 준 채 꿈쩍도 하지 않는 그는 마치 장벽 같았다. 매사가 심드렁하고 건들건들하던 현재에게 이렇게 완고한 면이 있는 줄은 미처 몰랐다. 하지만 이안도 한번 고집을 부리면 아무도 말릴 수 없었다.

"비키라니까!"

"쓸데없는 짓이야!"

두 사람이 실랑이를 벌이는 동안 게일은 유키를 향해 검을 휘둘렀다.

"안 돼, 유키―!"

아영은 목에서 피를 토해낼 것처럼 비명을 질렀다. 연인의 응원에 힘을 얻었는지 유키는 펄쩍 뛰어 게일의 등 뒤에 착지했다. 놀라울 정도로 민첩한 몸놀림이었다. 게일은 몸을 돌리며 그대로 수평으로 검을 휘둘렀다. 푸른 빛을 뿜어내는 그의 검이 긴 궤적을 그리며 움직였다.

우우우웅…….

그러나 유키는 또 한 번 민첩하게 피했다. 몸을 낮게 숙여 공격을 피한 그는 이번엔 사납게 게일의 품 안으로 뛰어들었다. 체중을 실어 덮치자 게일은 뒤로 넘어질 듯 비틀거렸다. 그사이 유키는 게일의 목줄기를 물어뜯었다.

"이잇!"

게일은 유키의 배를 힘껏 걷어찼다. 유키는 문 앞으로 나뒹굴었다. 그러나 얼른 다시 일어나 게일을 견제하며 주위를 맴돌았다.

유키가 싸우는 장면을 보고 있자니 이안은 그가 사람 같지 않다는 생각이 들었다. 뭐랄까? 마치 짐승 같은 움직임이라고 할까? 그 순간 주변이 어두워졌다. 방을 밝히던 촛불을 아영이 꺼버린 것이다.

"유키, 이때야! 물어버렷!"

고함 소리와 함께 아영은 게일의 머리를 향해 이불을 집어 던졌다. 그녀의 온 기력을 다 쏟아 부은 것이었다. 사방은 어두웠지만 두 사람의 호흡은 딱 맞아떨어졌다. 이불이 날아가는 것과 동시에 유키도 게일을 향해 달려들었다.

쿠당탕탕—!

잠시 후 두 사람의 몸이 바닥에 나뒹구는 소리가 요란하게 들렸다. 그 소리 때문에 다른 미세한 소리는 들을 수가 없었다. 이를테면 예리한 칼날이 피부 조직을 베어낼 때 나는 것 같은 소리 말이다. 하지만 이안과 현재는 어둠 속의 결전에서 누가 이겼는지 짐작할 수 있었다. 웨일 소드가 빠르게 궤적을 그리며 움직이더니 더 이상 푸른 빛을 뿜어내지 않았다. 마기가 사라진 것이다.

그들보다 조금 뒤늦게 아영은 심상치 않은 일이 벌어졌다는 것을 알아챘다. 사방이 캄캄한 가운데 피 냄새가 짙게 풍겨나고 있었으니까.

"유… 키……?"

아영의 목소리가 떨리고 있었다.

"대답해 봐. 괜찮니, 유키?"

이안은 옆에 있는 아영을 붙잡았다. 목소리뿐 아니라 온몸을 부들부들 떨고 있었다. 하지만 그녀는 이안의 손길조차 거추장스럽다는 듯 거칠게 쳐냈다. 그리고 엉금엉금 기어갔다.

"유키이—!"

무언가에 걸렸는지 아영은 쿠당탕 소리를 내며 넘어졌다.

"아영아, 괜찮아?"

캄캄했기 때문에 이안은 손을 더듬어 넘어진 아영을 일으켜 주었다. 하지만 아영은 계속해서 무릎으로 엉금엉금 기어 유키가 있는 곳을 향해 갔다. 이안은 능력의 돌을 비춰주려 했지만 마기가 사라지자 돌에서도 아무런 빛이 나지 않았다. 그때 현재가 양초에 불을 붙였다. 그러자 바닥을 시커멓게 물들인 피와 그리고…… 죽어 있는 한 마리의 개가 보였다.

이안은 놀란 눈으로 게일을 쳐다보았다.

"어떻게 된 일이죠?"

"저것이 녀석의 원래 모습이야. 레이디의 친구가 약해진 건 저 녀석이 그녀의 에너지, 이곳에선 기력이라고 하던가? 어쨌든 그것을 먹고 살았기 때문이지. 폴리모프, 모습을 변하게 하는 데는 원래 많은 에너지가 필요하니까."

"그럼 아영이는 저 개한테 속은 거군요!"

이안은 화가 나서 죽은 개를 노려보았다. 하지만 아영은 죽은 개를 끌어안고 서럽게 울고 있었다. 그녀에겐 아직도 개가 유키로 보이는 건지도 모른다.

"폴리모프시킨 건 아마도 레이디의 친구였겠지. 자기 에너지를 먹이로 주고 데리고 있었을 테니까."

게일의 말이 맞는 것도 같았다. 그래서 아영은 유키가 개의 모습으로 돌아와도 놀라지 않고 저렇게 슬퍼하는 걸 거다. 하지만 그의 말을 그대로 믿자니 미심쩍은 부분들이 많았다.

"그렇지만 아영이가 어떻게 개를 사람으로 변하게 할 수 있겠어요. 이 앤 평범한 애라구요!"

"그러니까 마물의 힘이 필요했던 거지. 자, 레이디. 이제 그만 친구를 쉬게 하는 게 좋겠군."

그 말에는 이안도 동감이었다. 죽은 개를 끌어안고 우는 아영에게는 무엇보다 휴식이 필요해 보였다. 가뜩이나 쇠약해져 있었는데 이러다 탈진이라도 할 것 같았다. 하지만 아영은 안간힘을 쓰며 개에게서 떨어지지 않으려 했다. 결국 현재가 안아서 침대에 눕혀야만 했다. 기력을 다 빼앗겨 버린 아영은 마네킹처럼 가뿐했다.

죽은 개는 덩치가 큰 잡종이었는데, 털이 지저분한 것을 보니 집에서 키우던 개는 아닌 것 같았다. 그 개를 가만히 쳐다보던 게일은 다시 검을 세웠다.

이안은 순간적으로 아영이 봐선 안 될 일이 벌어질 거라는 생각이 들었다. 그녀가 아영의 눈을 가린 것과 게일이 개의 배를 가른 것은 거의 동시였다. 이안도 그 장면은 보지 못하고 눈을 감았다.

"역시… 이것 때문이었군."

개의 뱃속을 뒤지던 게일은 피가 묻은 작은 반지 하나를 꺼냈다.

"설마 그게 마물?"

현재는 눈썹을 살짝 찌푸리며 물었다.

"아니, 이건 폴리모프하게 만든 매개체일 뿐이지. 남자 반지라… 아무래도 죽은 유키의 소지품 같군. 안 그래?"

그러면서 게일은 아영을 노려보았다. 그의 눈을 바라보고 있자니 이안마저도 목이 졸리는 듯한 위압감을 느꼈다. 그러니 몸이 약한 아영은 숨을 가쁘게 몰아쉬다가 앞으로 쓰러져 버렸다. 하지만 게일은 사정을 봐주지 않고 한 걸음 한 걸음 더 가까이 다가왔다.

"이봐, 레이디가 말하기 힘들다면 대신 정리해 주지. 레이디는 아마 어떤 경로를 통해 유키의 물건을 저 개에게 먹여 유키로 변하게 하는 방법을 알게 됐을 거야. 하지만 그렇게 되면 진짜 유키가 죽게 되는 거였겠지. 그래서 그는 사인도 모호하게 급사를 한 거고. 그렇게 해서 가짜 유키를 만들었지만 그를 움직이게 하려면 레이디의 에너지를 계속 먹이로 주어야 했겠지. 그래서 이렇게 쇠약해졌을 테고. 자, 그럼 이제 어떤 경로로 가짜 유키를 만들 수 있었는지 말해 보실까?"

"세상에! 그럼 유키가 죽은 건 아영이 때문……."

말을 하다 말고 이안은 자신의 입을 막았다. 아영의 얼굴이 처참하게 일그러지고 있었기 때문이다. 그녀가 유키를 얼마나 좋아했었던가? 그런데 자기가 죽게 만들었다면 누구보다 고통스러워하고 있을 것이다.

"유키가 정말 죽을 줄은 몰랐어……."

아영은 계속 몸을 떨며 말했다. 잘못하긴 했지만 그 모습이 너무 안쓰러웠다.

"그래… 유키는 아마 다른 이유 때문에 죽은 걸 거야. 네가 그의 반지를 개에게 먹였다고 해서 죽을 리 없잖아."

그러자 아영은 입술을 꼭 깨물었다.

"아니야, 그는 나 때문에 죽은 게 확실해. 그렇게까지 하지 않으려고 했었는데 그가 나를 때리는 바람에."

"때리다니! 유키가 널 때렸어?"

아영은 어두운 표정으로 한숨을 내쉬었다.

"B.K 콘서트가 끝나고 그의 집으로 찾아갔어. 피곤해 보이길래 좋은 선물을 주고 싶었어. 최근 내가 먹기 시작한 영양제 같은 게 있는데 약효가 너무 좋아서 그에게도 꼭 주고 싶었거든. 그런데 그는 새벽까지 나타나지 않는 거야. 갑자기 비도 내리고 해서 돌아갈까 하다가 얼굴이라도 보고 싶어 계속 기다렸어. 날이 밝을 무렵에서야 돌아오더라고. 차 안에는 여자 연예인도 몇 명 타고 있었고. 화가 났지만 그래도 약은 주고 가려 했어. 그런데 그는……."

아영은 생각만으로도 괴로운 표정을 지었다.

"무시를 하더라. 차 안에 있던 여자들은 조롱하듯 자기들끼리 웃고. 그래도 내가 고집을 부리자 그가 차에서 나오더니 나를 때렸어. 여자들은 계속 구경만 하고……. 그래서 집에 돌아온 나는 화가 나서… 그 이상한 주술을 써서……."

"주술이라고?"

게일과 현재가 동시에 물었다. 그들은 개를 유키로 바꾸게 만든 것이 바로 마물이라고 생각했다. 그럼 이번 마물은 주술이라는 건가? 아영은 고개를 끄덕였다.

"좋아하는 사람의 물건을 생명체에게 먹이고 그 주술대로 따라 하면 그 생명체는 좋아하는 사람으로 변하게 된대요. 그리고 자신을 사랑하게 될 거라고. 대신 원래의 그 사람은 죽게 된다고 했죠. 난 반신반의했지만 유키를 죽게 하고 싶지는 않았어요. 하지만 그날은 너무 화가 나서……. 아는 사람에게 유키의 반지를 사둔 것이 있었어요. 연예인들의 물건을 파는 오빠였는데, 그 오빠에게 산 반지를 이 녀석에게……."

아영은 배를 가른 채 쓰러져 있는 개를 슬픈 눈으로 바라보았다.

"언제부터인지 우리 집에는 집 없는 개들이 들어오곤 했어요. 가끔 먹이를 주고 돌봐줬는데 그중에서 이 녀석은 나를 굉장히 잘 따랐죠. 그래서 유키의 반지를 먹였던 거예요. 하지만 정말이에요. 이렇게 될 줄은 몰랐어……. 그저 난 유키를 좋아했을 뿐인데……."

아영은 지금 자신의 행위를 용서받고 싶어하는 것 같았다. 용서하는 대상이 누구라도 상관없이. 그러나 게일은 냉정했다.

"후회해도 이미 늦은 일이야."

그녀는 마지막 구원조차 받지 못한 사람처럼 슬픈 표정을 지었다.

"그래요. 이미 유키는 죽었고… 이제 곧 나도 죽게 될 거예요."

"멍청아! 네가 죽긴 왜 죽어! 병원에 가서 조금만 쉬면 될 텐데!"

울먹이며 소리치는 이안을 아영은 물끄러미 바라보다가 빙그레 웃었다.

"왜 난 너 같은 친구가 있다는 것을 잊어버렸을까? 다른 사람들이 모두 날 제정신이 아니라고 해도 너라면 내 편을 들어줬을 텐데. 조금만 빨리 널 떠올렸더라면 덜 힘들었을 텐데……."

"미안해… 미안해……."

이안은 아영의 가슴에 얼굴을 묻고 흐느껴 울었다. 그녀를 잊고 지낸 것이 모두 자기의 잘못인 것만 같았다. 아영은 그녀의 등을 토닥여주었다.

"요 며칠 동안은 마치 꿈 같은 시간들이었어. 지금껏 유키를 좋아했던 보상을 모두 받았으니까. 브로마이드 속에만 있던 유키가 나만의 유키가 돼주었으니까. 후훗, 그는 나만 바라봤지. 그리고 날 미쳤다고 하던 사람들도 전부 놀라게 해줬어."

"그래서 그 주술은 지금 어디 있지?"

게일은 아영의 말을 끊고 물었다. 개가 죽고 난 후에 웨일 소드가 더 이상 반응하지 않고 있었다. 그 정도의 주술은 스스로 마기를 감출 만큼 상급 마물도 아니었다. 그러니 주술은 이 근처에 없는 것이다.

"그건… 아는 사람에게 줬어요."

"그 녀석은 어디 있는데?"

게일은 다급하게 물었다. 그가 알게 된 이상 또다시 지금과 같은 일이 되풀이되는 걸 막아야 했다. 그것은 바인더로서의 자존심이 달린 문제였다. 하지만 아영은 게일을 한동안 응시하기만 했다.

"그런데 당신이 마리로슈를 죽이려는 사람인가요?"

"……!"

게일은 물론이고 이안과 현재까지도 소스라치게 놀라 아영을 쳐다보았다. 그러자 아영은 침착하게 말했다.

"역시 맞군요. 마리는 이곳에 며칠 머물다 갔어요. 그 답례로 내게 주술을 준 거예요. 그녀는 내가 이루어질 수 없는 사랑을 한다는 걸 알고 매우 슬퍼했죠. 자기도 그렇다면서 마리는 자기를 죽이려는 사람을 사랑한다고 했어요. 그래서 자꾸 도망쳐야만 한다고. 그가 자기를 추격하는 한 그는 자기를 잊어버리지 못할 거라고. 그래서 쉽게 잡혀줄 수도 없다고. 왠지 나보다 더 측은해 보였어요."

"그러면 그녀가 어디로 갔는지는 알아도 얘기해 주지 않겠군."

게일은 떨리는 목소리를 가까스로 진정시켰다. 마리라는 애칭을 부르는 것으로 보아 어느 정도 가까운 사이인 것 같았다. 그래서 그녀에 대해 얘기해 주지 않는다면 게일은 어떤 폭력적인 방법이라도 불사할 생각이었다. 하지만 아영은 진지하게 물었다.

"마리를 정말 죽일 건가요?"

게일의 눈빛이 차갑게 변했다. 그녀는 마리로슈가 있는 곳을 확실히 알고 있는 것이다.

"글쎄, 그녀가 뭐라 했는지 모르지만 그 애는 사실 내 동생이야. 그 애는 큰 죄를 짓고 도망 다니는 중이지. 워낙 큰 잘못을 저질렀으니 아마 내가 자기를 죽일 거라 생각한 모양이야. 하지만 사랑하는 가족을 죽일 수야 없지. 안 그래? 그러나 만일 이대로 계속 숨바꼭질을 하다

보면 나는 정말로 화가 나서 그 애를 죽이게 될지도 몰라."

게일은 안타깝다는 어조로 말했다. 하지만 눈빛은 얼음처럼 싸늘했다. 그는 얘기를 꾸며대고 있는 것이다. 이안도 현재도 그것을 단번에 알 수 있을 정도였다. 그러나 사고할 힘조차 부족해진 아영으로서는 그런 낌새를 알아차릴 수 없었다. 그녀는 안도한 듯 한숨을 내쉬었다.

"…그럼 그 사랑한다는 건 가족을 사랑한단 얘기였군요. 하지만 마리는 당신이 가족이라는 말은……."

"그 애는 너무 큰 잘못을 저질렀기 때문에 우리 가족에게 파면당했지. 그래서 가족이라는 얘길 차마 입에 담지 못하는 거야. 하지만 무작정 도망 다니는 것보다 만나서 해결하는 게 훨씬 현명한 일 아니겠어? 자, 이제 모든 걸 이해했겠지, 꼬마 아가씨? 우리를 빨리 만나게 하는 것이 그녀를 돕는 길이라고."

아영은 잠시 망설이다가 주위를 조심스레 둘러보았다. 굉장히 비밀스러운 얘기를 하려는 것 같았다. 그러고도 그녀는 목소리를 낮췄다.

"사실… 마리가 있는 곳을 알긴 알아요."

"어. 디. 지?"

게일은 감정의 동요를 감추려는 듯 입술을 깨물었다. 아영은 한층 작게 말했다.

"정말 그녀를 용서할 거죠? 사실 이건 말하면 안 되는 비밀인데……."

"마리를 돕고 싶겠지?"

그 말에 아영은 결심을 굳힌 것 같았다.

"마리는 원래 우리 단체의 지도자예요. 그녀는 여러 가지 활동을 하느라 여행을 자주 다녀요. 그래서 회원들은 돌아가면서 그녀가 지낼

만한 곳을 물색해 주죠. 지금은 아마……."

핏—!

그 순간이었다. 이안은 무언가가 귓전을 스치고 가는 느낌을 받았다. 그러면서 아주 짧고 가느다란 소리가 났고 그 후 귀 주위가 후끈후끈해졌다. 어느새 게일은 재빠르게 창가로 뛰어나가고 있었다.

"저격당한 거야."

어둠 속에서 현재의 가라앉은 음성이 들려왔다. 이안은 갑자기 '저격'이라는 단어의 뜻이 생각나지 않았다. 귀에 익으면서도 어딘가 매우 생소한 단어였다. 그래서 아영에게 물어보려 했는데 그녀는 침대 끝에 목을 늘어뜨린 채 쓰러져 있었다. 목 위의 머리는 반쯤밖에 남아 있지 않았다. 침대와 바닥에는 점차 붉은 피가 번지고 있었다.

"보지 마!"

현재는 멍청한 얼굴로 아영에게 다가가려는 이안을 붙잡았다. 이안은 그를 뿌리쳤다.

"놔봐! 아영이가 피를 많이 흘려……. 뭔가 응급 처치라도 해줘야지."

"이미 끝났어."

이안이 자꾸 아영에게 가려 하자 현재는 그녀를 끌어당겨 가슴에 안았다. 이안은 계속 그의 품에서 벗어나려 발버둥 쳤다.

"비켜! 아영이가 많이 아파하잖아!"

"그만 해! 정이안, 이 멍청아! 머리가 반이나 날아갔는데 살아 있는 사람이 어디 있어!"

현재는 안겨 있는 이안의 몸이 딱딱하게 굳는 것을 느꼈다. 이윽고 그녀가 흐느껴 울자 소매가 뜨듯하게 젖어들었다.

"이런 게 어디 있어! 마물이라고 했잖아. 총을 쏘는 마물이 어딨어……! 이건 반칙이야… 반칙이잖아……!"

이안을 끌어안고 달래긴 했지만 현재 역시도 겁이 났다. 총은 어둠 속에서 정확하게 아영의 머리를 노리고 날아온 것이다. 그것도 그녀가 마리로슈에 대해 말을 하려는 타이밍에 맞춰서.

그것은 총을 쏜 사람이 이 방 안에서 일어나는 일을 계속 주시하고 있었다는 얘기다. 그리고 그 저격수는 마리로슈를 찾아 헤매는 게일과 자신들에 대해서도 알고 있을 것이었다. 상황에 따라선 총에 맞고 머리가 날아간 사람이 자기가 될 수도 있었다. 그 저격수가 마음만 먹었더라면.

그 사실을 깨닫자 현재는 두려움으로 다리가 떨려왔다.

'도대체 마리로슈는 어떤 사람인 거지?'

그녀에 대해 알면 알수록 현재는 더 혼란스러워졌다.

처음엔 단순히 게일이 쫓는 마물 정도로 생각했다. 그런데 마리로슈는 여자였고, 게일의 사랑과 증오를 한 몸에 받는, 그를 존재하게 만드는 사람이란다. 그리고 마리로슈 역시 게일을 사랑하고 있는 것 같았다. 아까 아영에게 했던 말은 아마 그녀의 진심이었을 것이다. 어쩌면 아영의 입을 통해 자신의 마음을 전달하려는 계산이었을지도 몰랐다. 그렇지 않았다면 아영이 그녀의 얘기를 꺼내기 직전에 저격했어야 옳았다.

마리로슈는 그렇게 게일을 사랑하면서도 매번 그를 피하기만 했다. 정말로 그에게 잊혀지지 않기 위해서일까?

하지만 현재를 더 헷갈리게 하는 것은 그녀에 대한 상반된 이미지였다. 마리로슈를 만났던 사람들은 모두 그녀를 좋게 얘기하며 동정하거나 돕고 싶어했다. 그런데 정작 그녀가 벌이고 다니는 일들은 악랄하기 그지없었다. 사람들을 박제해 그 내장을 제물로 쓰지 않나, 자기의 거처를 알려주려 하자 아영을 죽이기까지 했다. 사람들에게 슬프고 아름다운 이미지로 기억되는 그녀와 끔찍하게 살인을 저지르는 그녀가 같은 사람인 것이다. 도저히 상상이 되지 않았다.

게다가 그녀는 어떤 단체의 지도자라고 했다. 총을 쏜 것도 그녀가 아니라 명령을 받은 수하들이 움직인 것이다. 그렇다면 게일이 상대해야 하는 사람은 그녀의 수하들까지 얼마나 많은 숫자인지 짐작도 할 수 없었다. 게일이 기척조차 느끼지 못할 정도로 뛰어난 부하들이 그녀의 수중에 얼마나 많은 걸까?

현재는 게일이 그녀에게 가까이 가면 갈수록 위험해질 거라고 생각했다.

"결국 여기서 모든 단서가 끊어져 버리고 마는군."

어느새 게일은 무사히 돌아와 창틀에 쭈그려 앉아 있었다. 저격수를 놓친 모양이다. 현재는 지금 당장 마리로슈 찾는 일을 그만두라고 하고 싶었다. 하지만 자기의 힘으로는 게일의 고집을 꺾을 수 없을 것이다. 이대로라면 언젠가 그가 잘못될 것만 같았다.

"어이, 뭘 멍하니 있는 거야? 어쨌든 일단은 레이디의 친구가 주술을 넘겨줬다는 사람부터 찾자고."

게일은 아영의 방을 뒤지기 시작했다. 현재는 그제야 자기들이 마물을 쫓던 중이라는 것을 기억했다. 죽은 아영은 신경도 쓰지 않는 게일의 비인간적인 모습이 못마땅하긴 했지만 한편으론 오히려 안심이 되었다. 그에겐 아직 이성이 남아 있었던 것이다. 언제까지나 계속 이렇게 이성적이길 바랄 뿐이다.

"게일, 당신 괜찮은 거지?"

현재의 물음에 게일은 기분 좋게 웃었다.

"당연하지. 마리로슈가 이렇게 가까이 있는데 괜찮지 않으면 안 되지. 후후후……"

역시 그의 머리 속에는 마리로슈에 대한 생각밖에 없었던 것이다.

일행들은 한참 동안 아영의 방을 뒤졌다. 그러나 아무리 뒤져도 그녀가 주술을 넘겨준 사람에 대한 단서를 찾을 수 없었다. 그녀의 방에는 유키의 사진 외에는 별다른 물건을 찾아볼 수조차 없었다.

"그렇다면 하는 수 없군, 이 방법을 쓰는 수밖에."

게일이 두 눈을 빛내며 말했다.

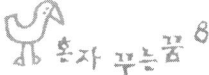

혼자 꾸는 꿈 8

"제길, 그 좋은 방법이란 게 이런 거였단 말야?"

현재는 잔뜩 인상을 쓰며 이안을 돌아보았다. 게일에게 하고 싶은 말이었지만 옆에는 이안밖에 없었으니 아쉬운 대로 그녀에게 화를 낸 것이다. 그러나 돌아온 반응은 엉뚱하게도,

"저, 정말 예쁘다……."

라는 반쯤 넋을 잃은 것 같은 이안의 찬사였다.

"제길! 그런 말 들어도 하나도 안 기뻐."

현재는 다시 고개를 돌리고 하던 일을 계속했다. 지금 그는 긴 머리 가발을 쓰고 그것도 모자라 여자 교복을 입고, 그리고 엷게 화장까지 하고 있었다. 화장을 하는 그의 손놀림은 과거가 의심스러울 정도로 아주 능숙했다.

"분장실에서 몇 번 본 대로 그냥 해보는 거야."

누가 묻지도 않았는데 현재는 변명하듯 말했다. 이안은 알았다는 듯 고개를 끄덕였지만 웃음이 나오는 것은 어쩔 수가 없었다.

"뭐가 그렇게 웃긴 거야!"

발끈하는 하는 현재의 볼은 발그스레 물들어 있었다. 그에게도 꽤나 귀여운 면이 있었다.

"아, 아니, 아무것도. 게일이 기다릴 테니 빨리 나가자."

이안은 겨우 웃음을 참으며 현재를 재촉했다. 그러나 현재는 계속 투덜거리며 아는 사람에게서 빌렸다는 화장품을 가방에 쑤셔 넣고 밖으로 나왔다.

현재와 이안이 나온 곳은 화장실 안이었다. 그것도 여자 화장실. 두 사람이 나온 걸 본 게일은 문 앞에 '청소 중'이라고 세워놓은 팻말을 슬그머니 치웠다.

"뭘 그렇게 꾸물……."

성격 급한 게일은 한마디 하려다 말고 현재를 뚫어지게 바라보았다. 교복 치마를 입고 있는 현재는 늘씬한 몸매에 긴 머리를 늘어뜨리고 있었다. 게다가 가무잡잡한 피부에 엷게 화장까지 한 모습은 영락없는 여자였는데, 어쩐지 요염하고 섹시한 느낌을 주었다.

"뭐 해, 빨리 서두르지 않고."

현재는 게일의 시선을 외면하며 서둘렀지만 팔짱을 끼고 지그시 바라보던 게일은 짧게 감상을 남겼다.

"흐응, 아쉽군. 네가 여자였더라면 틀림없이 반했을 텐데."

"그런 말 들어도 하나도 안 기쁘다니까!!"

드디어 현재는 간 크게도 게일에게 덤벼들며 소리쳤다. 하지만 게일은 오늘만은 그의 버릇없는 행동을 너그러이 봐주기로 한 것 같았다.

갑자기 성별이 바뀌게 되면 누구라도 성격이 예민해지는 것은 당연한 일 아닌가. 똑같은 생각을 한 이안과 게일은 서로 눈을 마주치며 고개를 끄덕였다.

"그런데 이러고 돌아다니면 더 눈에 띄는 거 아니야?"

현재가 마지막 희망이라도 걸듯 게일의 눈치를 살피며 말했다. 하지만 게일은 단호했다.

"됐어. 차라리 어느 정도 눈에 띄는 편이 더 좋아."

"뭐야! 저번이랑 말이 다르잖아!"

"그건 네가 남자였을 때 얘기지. 아영의 친구들은 모두 여자들뿐인데 너같이 눈에 띄는 녀석이 섞여 있으면 수상하게 생각할 게 뻔하잖아."

"체!"

현재는 매우 비협조적인 태도로 먼저 걸어가기 시작했다. 모습은 완전한 섹시 퀸인데 팔자걸음으로 성큼성큼 걷는 모습은 안타까울 정도로 부조화스러웠다. 하지만 그런 그의 모습에 신경 쓸 사람들은 많지 않았다. 그가 가는 곳은 1층 병원 로비에서 지하의 영안실로 내려가는 계단이었던 것이다. 지하에는 아영의 빈소가 마련되어 있었다.

그의 뒤를 곧 게일과 이안도 좇아 내려갔다. 세 사람이 이런 복장으로 문상을 가는 이유는 게일이 생각한 방법을 실행하기 위해서였다.

게일은 아영이 아는 사람에게 주술을 넘겨줬다고 했으니 그녀에게서 주술을 받은 사람도 이곳에 올 거라고 했다. 친분 때문이기도 하겠지만 무엇보다 그녀의 사인(死因)을 궁금해할 테니까.

공식적으로 아영의 죽음은 총기를 들고 침입한 강도에게 당한 거라고 밝혀졌다. 그러나 그녀가 유키와 같이 있는 걸 봤다는 증언들 때문에 아영의 죽음은 여러 가지 추측과 가설들을 불러왔다.

그중에서는 아영이 이상한 종교에 가담했었고 그 종교 의식으로 죽은 유키를 되살려냈으나 결국 좀비로 변한 유키에게 죽임을 당했다는 호러적인 가설도 나돌고 있었다. 어쨌거나 아영에게서 주술을 받은 사람이라면 이곳에 와서 진상을 알고 싶어할 것이 분명했다. 그녀의 죽음이 단순한 사고였는지 아닌지.

게일은 그럴 때 적당히 미끼를 흘려주면 범인이 스스로 모습을 드러낼 거라고 했다. 그의 말은 매우 타당하게 들렸고 현재와 이안은 동의했다. 하지만 게일이 그 방법을 얘기했을 때 현재는 이 계획에서 빠지겠다고 했다. 하지만 이미 그는 이 일에 너무 깊이 가담해 있었다.

"자, 어서 각자 맡은 일을 잘들하라고."

"각자 맡은 일이라구요?"

게일이 영안실 입구를 향해 등을 떠밀자 현재와 이안은 불만에 찬 목소리로 말했다. 이 일에서 가장 불공평한 점은 이 방법을 생각해 낸 장본인인 게일은 정작 아무 역할도 하지 않는다는 것이었다.

아영의 빈소가 마련된 영안실은 입구부터 시끌벅적했다. 대부분의 조문객들은 아영과 같은 또래의 여학생들이었다. 조문객들의 숫자는 꽤나 많았는데, 정작 그녀의 영정 앞에서 울고 있는 사람들은 거의 보이지 않았다. 상당수가 왜 이곳에 왔는지 이유도 모르는 것 같았다. 목소리를 낮추지 않고 늘어놓는 화제는 주로 유키에 대한 것이었다. 아영과 같은 팬클럽 멤버들이거나 유키와 아영의 미스터리한 관계에 흥미를 갖고 온 것 같았다.

"일단 유키의 팬들은 대상에서 제외하는 게 어떨까? 이미 유키는 죽었으니 주술을 넘겨받을 필요가 없었을 거 아냐."

현재가 이안의 귀에 대고 작게 이야기했다.

"하지만 유키를 좋아하면서 또 다른 스타를 좋아하는 사람일 수도 있잖아."

"말도 안 돼! 이런 쓸데없는 감정 낭비를 한 명도 아니고 여러 명에게 한단 말야?"

"왜, 이상해?"

"이해할 수 없어, 스타 따윌 좋아해서 어쩌겠다는 건지."

현재는 한심하다는 듯 고개를 저었다. 다분히 현실적이고 시니컬한 그로서는 도저히 이해 불가능한 일일 것이다. 누군가를 바라보는 것만으로도 가슴이 뛰고 숨이 막혀서 아무것도 할 수 없게 되는 일. 보는 것만으로도 그저 행복해서 계속 눈으로 쫓게 되는 일들 따위는.

"넌 당연히 모르겠지."

"그럼 너도 좋아하는 스타가 있어?"

이안은 입술을 삐죽 내밀었다.

"비밀."

두말할 필요가 있겠는가? 그녀에게 스타는 당연히 최현재라는 것을. 눈치 빠른 현재는 이안의 마음을 알아챘는지 피식 웃고는 크게 기지개를 켰다.

"그럼 여기서부터 작업을 한번 해볼까나?"

"나 떨려. 잘할 수 있을까?"

이안이 가슴에 손을 얹고 깊게 숨을 들이쉬자 현재가 갑자기 그녀의 양쪽 어깨를 잡았다. 그리고는 천연덕스럽게 말했다.

"잘할 수 있을 거야. 지금 내 기를 불어넣어 주고 있으니까. 느껴져?"

"느, 느껴지긴 뭐가 느껴져! 사기 치지 마!"

이안은 현재를 거칠게 밀어냈다. 하마터면 심장이 밖으로 튀어나올 뻔했던 것이다. 현재에게 도망치듯 자리를 옮기던 그녀는 어느새 영안실 문 앞에 모여 있는 유키의 팬들 사이에 들어와 있었다. 그러자 현재가 아까보다는 한결 가느다란 목소리로 이안에게 말을 걸었다.

"설마 너 때문에 아영이가 죽었다는 거니?"

그가 작업을 시작한 것이다. 외모는 완벽한 여자였는데 허스키한 목소리는 조금 무리가 있었다. 이안은 헛기침을 몇 번 하며 나오려는 웃음을 간신히 참았다.

"그래… 내가 주술을 제대로 알려주지 못했기 때문에……."

그러면서 이안은 고개를 떨구었다. 그러나 그 와중에도 주변 사람들의 반응을 재빨리 살폈다. 워낙 시끄럽게 떠들던 여학생들은 흘끗 쳐다만 볼 뿐 다시 자기들의 화제에 열중하고 있었다. 이안은 그들이 좀더 잘 들을 수 있도록 말했다.

"아영이한테 주술의 부작용을 피하는 방법까지 알려줬어야 했는데……."

현재도 주위 사람들의 반응을 살피더니 괜히 한번 가발을 손으로 쓸어 넘겼다. 그리고는 호들갑스럽게,

"어머머! 주술이라니 무슨 말도 안 되는 소리야? 요즘 같은 시대에."

이안은 아예 현재의 얼굴을 외면했다. 잘못하다간 웃음이 터져 나와 주체할 수 없을 것 같아서였다. 지금껏 가졌던 최현재에 대한 환상이 조금 깨지는 순간이라고나 할까? 저렇게 망가질 수도 있는 캐릭터였단 말인가?

"그럼 넌 아영이가 유키와 비슷한 사람이랑 같이 돌아다녔다는 얘기는 어떻게 생각해?"

"그, 그거야 그냥 비슷한 사람이었겠지."

이제 주변의 여학생들은 모두 두 사람을 쳐다보고 있었다. 과연 유키의 팬들답게 유키의 얘기가 화제에 오르니 신경을 곤두세우고 있는 것이다. 그녀들은 상당한 적의를 드러내고 있었다.

으~ 잘못하다 몰매 맞는 거 아냐? 이안은 각오를 하고 말했다.

"아니야, 아영이랑 같이 다니던 사람은 정말로 유키가 맞아. 우린 셋이서 만나기도 했는걸."

"거짓말!"

갑자기 앙칼진 목소리가 들려왔다. 고개를 돌리자 서너 명의 여학생들이 살기등등하게 이안과 현재를 노려보고 있었다. 금방이라도 덤벼들 것처럼 험악한 분위기였다.

"유키는 죽었어! 우리가 확인했어! 그는 죽어서 좀비 따위가 될 사람이 아니야!"

"맞아, 유키는 영혼까지 맑고 깨끗한 사람이야! 너희 같은 애들이 좀비가 됐다느니 하는 바람에 그는 편안하게 잠들지도 못하고 있어!"

"쩡나. 빨리 꺼져 버렷!"

팬들이 흥분하는 기분은 충분히 이해할 수 있었다. 하지만 유키에 대한 평가는 좀 아니라는 생각이 들었다. 영혼까지 맑고 깨끗했다니……. 그가 바람둥이에다 여기저기 트러블 메이커라는 건 이미 알 사람은 다 알고 있었다. 게다가 아영을 때리기까지 하지 않았는가? 그러나 여기서 조금만 더 유키를 나쁘게 얘기했다가는 정말로 몰매 맞을 것만 같았다.

현재와 이안이 곤란을 겪고 있는 동안에도 게일은 복도의 긴 의자에 다리를 뻗고 앉아만 있었다.

'제길, 누구 때문에 이 고생을 하는데…….'

현재는 분한 마음에 게일을 노려보았다. 그때 현재의 시야를 가리며 누군가가 앞으로 다가왔다.

나이가 서른 가까이 되는 남자였다. 남자는 팬들 사이에서 신망이 두터운 것 같았다. 그가 나타나자 주변을 에워싸고 있던 유키의 팬들은 자리를 비켜주었다.

그는 빼빼 마른 몸집에 며칠은 안 깎았는지 얼굴에 수염이 꺼칠했다. 안경을 쓰고 있었는데 그 뒤의 두 눈은 움푹 꺼져 있었다. 전형적인 오타쿠의 얼굴이었다. 이안은 이 추레한 남자가 왠지 낯이 익었다. 그렇다. 재경의 CF 촬영장에서 쫓겨나던 그 변태였다!

"지철 오빠, 얘네들한테 따끔하게 뭐라고 좀 해줘요."

어린 팬들이 하소연하듯 말하자 지철은 미소를 띠며 이안에게 다가왔다. 퀭한 두 눈에서는 안광 같은 것이 번쩍였다. 이 남자 어딘가 심상치 않아 보였다.

"그러니까 네가 아영이한테 주술을 넘겨줬단 말이지?"

"그, 그런데요."

"설마 그게 유키를 좀비로 환생시키거나 하는 주술이었다는 거냐?"

그러자 뒤에 있던 유키의 팬들이 다시 한 번 말도 안 된다며 야유를 보냈다. 하지만 그는 이안의 대답을 진지하게 기다렸다. 주술에 대해 상당히 관심이 있는 것 같았다. 설마 이 남자가? 현재 역시 같은 생각을 했는지 이안의 등 뒤로 바싹 다가왔다.

"좀비로 환생시키는 게 아니라 유키를 자기에게 불러오는 거죠. 어떤 매개체를 이용해서. 하지만 아영이가 가지고 있던 주술은 완벽한 게 아니었어요. 그래서 그 주술을 사용한 아영이는 부작용을 피하지 못하고 그만……."

말을 마친 이안은 지철의 표정이 어떻게 변하나 주의 깊게 살펴보았다. 그는 아무런 표정 없이 그저 조용히 고개를 끄덕일 뿐이었다.

"그렇다면 너는 그 주술을 사용해 보았나?"

"아, 아니요. 그 주술은 우연히 손에 넣게 된 건데 너무 무서워서 사용하지 못했어요. 그런데 아영이가 하도 졸라서 그냥 넘겨줬죠. 그때 주술의 부작용을 막는 방법까지는 미처 주지 못했어요. 나중에 주려 했지만 이미 늦은 후였죠."

이안은 거짓말을 술술 하고 있는 자신을 보며 놀랐다.

"말도 안 되는 얘기야. 그렇다면 완벽한 주술을 썼더라면 아영도 죽지 않았고 유키도 계속 살아 있을 거란 얘기인가?"

"그, 그랬겠죠……."

순간 안경 뒤의 지철의 눈이 맹수처럼 번뜩였다.

"넌 거짓말을 하고 있어! 그렇게 잘 알면서 왜 너는 사용해 보지 않은 거지? 게다가 여기 와서 그런 얘기를 떠드는 속셈이 뭐야?"

"그러게 저 애들 아까부터 재수없었다니까요."

"아우, 열라 짱나."

지철이 강하게 이야기하자 뒤에 서 있던 팬들까지 합세해서 이안을 비난하기 시작했다. 그러자 이안은 순간 열이 받아 소리쳤다.

"거짓말 아니에요! 무슨 증거로 거짓말이라고 하는 거예요?!"

지철은 빙그레 웃으며 말했다.

"그렇다면 네가 거짓말쟁이가 아니라는 걸 증명해 봐. 네가 말하는 부작용을 피할 수 있다는 주술을 보이던지."

"그, 그건……."

갑작스런 질문에 뭐라고 해야 할지 생각이 안 났다. 이안은 도움을 구하며 게일을 쳐다보았으나 그는 팔짱을 끼고 앉아만 있었다. 그녀를 도운 것은 현재였다.

"바쁘시군요. 여배우의 촬영장을 쫓아다니느라, 어린 여학생들의 대변인 노릇을 하느라."

자기에 대해 알고 있는 훤칠한 여학생을 지철은 경계의 눈으로 바라보았다.

"기억 못하시겠지만 며칠 전 우연히 CF 촬영장에 있다가 당신을 봤거든요. 그런데 재경 씨의 스토커가 아영이와는 무슨 관계인지 궁금하네요."

현재의 질문은 다소 공격적이었지만 지철은 금방 머리를 긁적이며 수줍게 웃었다.

"아…… 내가 그날 재경 양을 조금 귀찮게 굴긴 했지. 아영이는 연예인 팬클럽 활동을 하게 되면서 알게 되었어. 그런데 너는 재경 양이랑 무슨 관계지?"

재경이라는 이름이 나오기 무섭게 지철의 태도는 금방 부드러워졌다. 게일은 어느새 자리에서 일어나 있었다. 이 남자야말로 주술을 가져간 유력한 후보인 것이다. 그는 재경의 스토커였으니 아영에게 그런 주술이 있다는 걸 알았다면 손에 넣으려 시도했을 것이다. 게다가 주술에 관해 유독 관심이 많은 것도 석연치 않았다.

"아, 그랬군요. 저도 재경 씨의 팬이에요. 같은 동네에 살아 어느 정도 친하기도 하구요. 같은 팬의 입장에서 잠깐 얘기라도 나누지 않을래요."

현재는 어느새 지철의 팔짱을 끼고 있었다. 미인인 현재가 다정하게 굴자 지철은 그다지 거부하지 않았다. 하지만 그들이 가는 방향에는 게일이 기다리고 있었다. 그는 호랑이의 아가리 속을 향해 걸어 들어 가는 것이다.

그들을 따라가려던 이안은 원하지 않게 걸음을 멈춰야 했다. 유키의 팬들이 그녀를 에워쌌던 것이다.

"어딜 그냥 가려고! 네가 거짓말한 게 아니라면 그 주술이란 걸 빨리 보여봐!"

"거짓말이란 게 밝혀지기만 해봐. 정말 가만 안 둘 거야!"

"그, 그거 말야……."

현재는 뒤도 안 돌아보고 지철을 끌고 갔고 혼자 남은 이안은 곤경 에 빠져 있었다. 무정하기 그지없는 현재가 원망스러웠다.

이안이 우물쭈물하자 유키의 팬들은 더 험상궂게 노려보았다. 어떻게 이 난관을 헤쳐 나갈까 고심하던 이안은…… 에라, 모르겠다.

쿵!

그녀는 갑자기 발로 바닥을 굴렀다. 그리고 양손을 하늘 높이 들고 천장을 보며 천천히 중얼거리기 시작했다.

"카바라… 타… 히바… 흐니… 바라신야 선세이테……."

그리고 춤을 추듯 상체를 숙였다가 다시 들어 올려 하늘을 보는 동 작을 몇 번이고 반복했다. 물론 자기가 뭐라고 중얼거리는지 알 바 아 니었다. 그냥 입에서 나오는 대로 지껄였다. 이럴 때 랩이라도 배워뒀 더라면 더 적절하게 써먹었을 것이다. 어쨌거나 그녀는 지금 최대한 주술사처럼 보이기 위해 노력하는 중이었다.

목소리는 잔뜩 쉬게 하고 눈은 있는 대로 크게 뜨고……. 앞에서 했던 연기는 지금 하는 연기에 비하면 아무것도 아니었다.

'으…… 설마 아는 사람이 여기 와 있지는 않겠지? 그래, 아니길 빌자.'

혼신의 힘을 다한 연기는 아카데미 주연상도 울고 갈 정도였다. 이 주위에 영화 관계자가 없다는 것이 이안에겐 안타까운 일이었다. 하지만 몇몇 학생들이 겁을 먹고 물러선다는 것만으로도 충분한 보람이 되었다.

"뭐, 뭐 하는 거야?"

한 여자애가 겁에 질려 물어왔다. 이안은 매섭게 쏘아보며 대답했다.

"서너 시간 후면 알게 될 거야. 후후, 싸돌아다니지 말고 얌전히 집에 돌아가는 게 좋을걸."

이안의 의미심장한 대답에 중학생으로 보이는 몇몇 아이들은 무섭다며 울먹이기까지 했다.

'미안하다, 얘들아…… 그러니까 빨리 날 놔달란 말야.'

하지만 이안은 바람처럼 쉽게 놓여날 수 없었다.

"사기 좀 작작 치시지!"

"그래. 얘들아, 속지 마! 거짓말이 탄로날 것 같으니까 괜히 연극하는 거야."

'윽, 눈치도 빠르네.'

이안은 팔짱을 끼고 앞에서 있는 여학생들을 바라보았다. 사복을 입고 화장을 한 것을 보니 이안보다 나이가 많은 것 같았다. 몇 살이라도 더 먹은 탓인지 그녀들은 이안의 신들린 연기에 조금도 동요하지 않고 있었다.

　군중 심리란 정말로 무서운 것이었다. 몇 사람이 강하게 밀고 나가자 우왕좌왕하던 사람들은 다시 이안을 공격하려 했다. 이 상황을 어떻게 모면하나 고민하던 이안의 귀에 갑자기 윙윙거리는 소리가 들려왔다. 가방에서 나는 것이었다.

　그녀는 가방에서 능력의 돌을 꺼냈다. 게일이 준 것을 그대로 넣어 두었던 것이다. 새까만 돌을 의아하게 바라보던 사람들은 돌이 지잉─ 소리를 내자 화들짝 놀라 뒤로 물러섰다. 소리와 함께 갑자기 살벌한 기운을 느꼈던 것이다. 웨일 소드의 검기를 흡수한 돌이 그 기를 다시 뿜어낸 것이었으니 당연했다.

　일단 기선을 제압했다고 생각한 이안은 주위를 스윽 둘러보며 말했다.

　"난 죄없는 사람들이 다치는 걸 원하지 않아. 그러니까 경고하는데, 아영이와 상관없는 사람이라면 여기서 조용히 물러가 주면 고맙겠어. 안 그러면 너희들에게 걸린 저주가 곧 실행될 거야."

　그리고 이안은 다시 아무 음절이나 조합해서 음산한 목소리로 주문을 외기 시작했다.

　"후후후… 룸 바흐테라… 콰테말라… 에쿠아도르……."

　하지만 더 이상 엉뚱한 주문을 만드느라 고생할 필요는 없었다. 사람들이 모두 도망가고 이미 그녀의 주위는 조용했으니까.

　멀리서 그 장면을 지켜보던 게일은,

　"흠, 의외로 위기 대처 능력이 강한걸?"

　이라며 턱을 긁적였다. 그리고 현재는,

　"하하하! 정이안 짱!"

이라며 한 손으로는 배를 움켜쥐고 또 한 손으로는 엄지손가락을 세워 보였다.

두 사람의 중간에 끼어 있는 지철은 아직 뭐가 어떻게 된 상황인지 잘 이해하지 못했기 때문에 황당한 표정이었다. 이안은 얼굴을 붉히며 그들의 시선을 피했다. 조금 전까진 연기에 몰두하느라 몰랐지만 지금은 쥐구멍이라도 있으면 숨어버리고 싶은 심정이었다.

'휴, 더 이상 아는 사람이 없기에 다행이지.'

"저기…… 이안아."

순간 이안은 전기에 감전된 사람처럼 움찔했다. 그녀의 소망을 산산이 깨뜨리며 귀에 익은 목소리가 들려왔던 것이다.

"수, 수경아!"

수경은 우물쭈물하며 이안의 옆에 다가오지 못했다. 아무래도 그녀의 해괴한 퍼포먼스를 모두 지켜본 모양이다.

"하하! 여긴 웬일이야?"

이안은 아무렇지 않게 화제를 돌리려 했지만 수경은 쉽사리 충격에서 벗어나지 못하는 것 같았다. 그녀는 이안의 손에 들린 돌을 계속 쳐다보고만 있었다.

"아, 이거? 별거 아니야."

이안은 가방에 돌을 집어넣으며 생긋 웃었다. 그러면서 게일과 현재에게 구조를 요청했지만 그들은 피식피식 웃으며 지철을 데리고 밖으로 나갔다. 다시 말해 뒤처리는 이안에게 맡기고 달아나는 것이었다. 정말로 일생에 도움이 안 되는 남정네들이었다.

'남자는 다 믿을 게 못 되는 인간이라더니 그 말이 딱 맞네.'

이안은 최대한 멀쩡한 표정을 지으며 수경에게 말했다.

"저 애들이랑 말싸움이 났는데 떼로 덤벼들잖아. 그래서 겁 좀 준 거야. 그런데 넌 여기 무슨 일이야?"

"무슨 일은. 아영이 문상 온 거지. 우리 중 3때 셋 다 같은 반이었잖아."

"참, 그랬었지!"

당황하긴 당황했나 보다.

혼자 꾸는 꿈 9

밖이 시끌벅적한 것에 비해 빈소 안은 한가로웠다. 워낙 친척들이
없는 집안이라 아영의 아버지와 몇몇 친지들만이 빈소를 지키고 있을
뿐이었다. 독일 여자와 결혼했다는 아버지는 무척 슬프고 지친 얼굴이
었다.

사연을 들어보니 아영이 그 폐허가 된 집에서 혼자 지낸 것은 아버
지의 잘못만이 아니었다. 그녀가 독일로 가지 않겠다고 해서 친척 집
에 맡겼는데 종종 가출을 했다는 것이다. 게다가 아영은 점점 성격이
이상해져 학교에서는 친구들도 없이 지낸 것 같았다. 죽기 전에는 거
의 유키에게만 매달렸던 모양이다. 하지만 그녀가 이상한 단체에 가입
했다는 것에 대해서는 아무도 모르는 것 같았다.

이안은 수경과 함께 아영의 빈소에 가볍게 절을 하고 나왔다.

"그런데 아까 그 친구들은 안 보이네. 너 두고 간 거 아냐?"

수경의 말에 이안은 두 사람이 새삼 괘씸하게 생각됐다. 배신자들!

"놔둬. 원래 그런 녀석들이야."

"그런데 아까 너희들이 한 얘기는 뭐야? 아영이가 주술인지 뭔지를 사용했다고 하던 얘기."

"아하~ 그거……."

이안은 쑥스러운 듯 머리를 긁적였다. 아무래도 수경은 현재와 나누던 얘기까지 모두 들은 것 같았다. 이렇게 되면 그녀에게는 어느 정도 자초지종을 설명하지 않으면 안 될 것이다. 하기야 이미 임무는 끝났으니 더 이상 숨길 필요도 없었다. 이안의 작은 바람이라면 그저 내일도 평범한 학교 생활을 하는 것이었다.

"사실은 얼마 전에 아영이를 만났었거든. 그 애가 이상한 주술 같은 걸 손에 넣었는데 아는 사람에게 넘겨줬다고 하더라고. 그때는 안 믿었는데 아영이가 죽은 걸 보니 갑자기 그 주술 얘기가 궁금해지잖아. 그래서 그 주술을 넘겨받은 사람이 누군지 알아보려고 일부러 연극한 거였어. 우리가 주술에 대해 알고 있는 것처럼 말하면 그 사람도 우리한테 나타날 것 같아서."

"그래서 아까 네 친구가 데려간 사람이 주술을 넘겨받은 사람이었구나?"

수경은 매우 진지해져 있었다. 이안은 괜한 얘기를 꺼냈다고 생각했다. 자기야 실제로 경험을 했으니 믿는 일이지만, 주술에 대해 관심을 갖는 게 정상은 아니지 않은가? 이안은 재빨리 분위기를 바꿨다.

"글쎄, 그건 잘 모르지. 솔직히 요즘 세상에 주술 같은 게 어디 있겠니? 아영이의 죽음이 뭔가 심상치 않으니까 반은 흥미 위주였던 거지. 주술 얘기는 역시… 아영이가 괜한 소리를 한 걸 거야. 하하! 혼자 살다 보니 많이 외로워서 그랬나 봐."

"아니, 난 주술을 믿어."

수경은 매우 똑 부러지고 명석한 사람이었다. 어떤 면에서 보면 인간미가 없을 정도로 이성적이라고나 할까? 그래서 비웃을 줄만 알았는데. 이안은 자기 귀를 의심했다.

"저, 정말……?"

"후훗, 농담! 하지만 재밌잖아, 정말 주술 같은 게 있다면."

수경이 방긋 웃자 이안도 괜히 따라서 웃었다. 하지만 조금 전 그녀의 진지했던 얼굴은 왠지 마음에 걸렸다.

"이안아, 오늘 별일없으면 우리 집에 놀러 안 갈래?"

"그, 글쎄, 집에 일이 좀 많을 것 같아서……."

이안은 지금쯤 현재와 게일이 어떻게 하고 있을지 궁금했다. 지철이 정말 주술을 넘겨받은 게 확실한 걸까? 하지만 수경이 그녀의 팔에 매달리며 애교를 부리자 쉽게 거절할 수가 없었다.

"아이, 같이 가주라. 아영이도 죽고… 혼자 자취방에 들어가면 기분이 영 꿀꿀할 것 같아서 그래."

이안보다도 큰 수경이 부리는 애교는 애처롭다고나 해야 할까?

"너, 자취하니?"

"친구한테 관심 좀 가져 봐라. 아영이는 우리 집에서 가끔 자고 가기도 했는데……."

수경이 많이 외롭긴 외로웠나 보다. 그녀의 성격답지 않게 살갑게 구는 걸 보면. 정에 약한 이안으로서는 그런 수경을 차마 거절할 수 없었다.

"알았어. 갈 테니까 이 손 좀 놔줘."

"어, 어디로 가는 거지?"

게일과 현재가 반 강제로 영안실에서 데리고 나오자 지철은 심상치 않은 분위기를 느낀 것 같았다.

"어디긴 당신 집이지."

현재는 지철의 팔짱을 한층 더 꼭 끼며 윙크까지 했다.

"우리 집은 왜?"

"왜라니? 나 같은 미녀가 같이 집에 가주겠다면 황송하게 생각할 일이지, 귀찮게 이유는 왜 물어봐."

현재는 이제 자신의 여장을 즐기고 있는 것 같았다. 게다가 이젠 왕자병으로 모자라 공주병까지……. 그는 타고난 로얄 패밀리 중후군 환자였다. 그동안 지철의 가방을 다 뒤져 본 게일은 그의 앞에 몇 개의 비닐 팩을 내밀어 보았다.

"이거 누구 거지? 네 건 아닌 것 같은데."

비닐 팩 안에는 각종 액세서리와 칫솔, 혹은 머리카락 같은 것이 잔뜩 들어 있었다. 그리고 봉지마다 이름이 적혀 있었다.

"이건 연예인들 이름이잖아. 당신 설마 연예인들 물건을 훔친 거야?"

현재의 말에 지철의 얼굴은 곤혹스럽게 일그러졌다.

"그럼 이것도 네 손에서 나왔을 가능성이 크겠군."

게일은 개의 뱃속에서 꺼낸 유키의 반지를 내보였다. 아영은 아는 사람에게서 산 것이라고 했다. 그렇다면 지철은 연예인들의 물건을 훔쳐다 팔고 있었던 것이다.

"으윽! 저 자식이!"

현재는 비명을 질렀다. 지철이 갑자기 손을 깨물고 달아난 것이다. 현재는 그를 쫓아 뛰었다. 지철이 아무리 열심히 달아난다고 한들 발 빠른 게일과 현재에게 붙잡히는 것은 시간문제였다. 게다가 지철은 생긴 것만 부실한 게 아니라 잘 뛰지도 못했다. 하지만 그는 느린 뜀박질로도 무사히 현재와 게일의 눈앞에서 사라졌다.

"왜 붙잡는 거야!"

현재는 팔을 붙잡은 게일에게 흥분해서 소리쳤다. 게일은 침착하게 말했다.

"내버려 둬. 저 자식 지금 주술을 가지고 있지 않아. 차라리 눈치 채지 않게 뒤를 쫓다가 주술을 사용할 때 붙잡는 게 나아."

"그러다 만일 한발 늦어 놈이 주술을 완성하게 되면 어쩔 거지? 빌어먹을! 놈은 재경이 스토커란 말야! 재경이가 잘못되기라도 하면 어떡할 거냐구!"

현재를 찬찬히 살펴보다가 게일은 피식 웃었다. 평소 무얼 하든 여유만만하던 현재가 지금 흥분하고 있는 것이다. 그 이유는 단 하나. 지철이 주술을 써서 손에 넣으려는 상대가 재경이기 때문이다. 유키의 경우와 같다면 주술이 완성되면 재경이 죽게 될 테니까. 그러나 현재의 저 애틋한 표정은 친구라는 이유만으로는 어딘가 부족했다.

"재경을 사랑하는가?"

게일이 묻자 현재는 잠시 망설이다가 고개를 저었다.

"모르겠어."

현재에겐 보기 드물게 신중한 대답이었다. 때문에 게일은 그 마음이 진실이라는 것을 알 수 있었다. 그는 현재의 머리를 가볍게 쓸어주더니 지철이 사라진 길을 향해 뛰기 시작했다.

"술 인심도 후하고 좋은 레이디지. 빨리 쫓아오라고."

"……!"

게일에게 질세라 달리던 현재는 기가 막혀 제자리에 멈춰 섰다.

게일이 뒤쫓고 있는 것은 빨간색 승용차였다. 안에 지철이 타고 있음은 말할 것도 없었다. 도망치는 지철은 일반 주행 속도보다 훨씬 빨리 차를 몰고 있었다. 그러나 게일은 그런 지철의 차와 일정 거리를 유지하며 계속 뒤쫓았다. 그가 달리는 속도가 시속 60㎞를 넘는다는 얘기다.

"역시 괴물이야……."

게일에게는 자주 있는 일이었지만 인간과 자동차의 질주를 처음 눈으로 목격한 현재는 놀라서 중얼거렸다. 현재가 그 정도였으니 길을 지나던 사람들이야 말할 것도 없었다. 그들은 가던 길을 멈추고 침을 흘릴 정도로 넋을 잃고 바라보았다. 좀 더 큰길로 나가자 사진을 찍거나 비디오 촬영까지 하는 사람들이 생겨났다.

"미치겠군."

현재는 정신을 차리고 택시를 잡으려 했다. 그러나 쉽게 잡히지 않았다. 때마침 갓길에 차를 세워놓고 볼일을 보는 남자가 눈에 들어왔다. 현재는 다짜고짜 자동차에 올라타고 문을 닫았다.

"잘 쓰고 돌려줄게요!"

"무슨 짓이야, 아가씨!"

불쌍한 자동차 주인은 미처 옷을 추켜올리지도 못하고 쫓아왔다.

"이건 선물이에용~"

현재는 그에게 가발을 벗어 던져 주고는 찐한 윙크와 함께 크러치를 밟았다. 너무나 황당한 남자는 가발을 끌어안은 채로 자기 차가 멀어지는 모습을 멍하니 보기만 했다. 현재는 속력을 내서 달리기 시작했다. 자동차 주인의 황당해하는 얼굴이 백미러 속에서 점점 멀어져 갔다.

현재는 얼마 전 아버지의 차를 걸레로 만들어놓은 악몽이 떠올랐다. 그때는 꼬불꼬불한 산길이었다. 그러나 이번은 미끈하게 뻗은 직선 도로다. 좋아! 오늘이야말로 베스트 드라이버의 실력을 보여주마!

"게일, 당신이 사람이라면 이 차에 타는 게 더 좋지 않을까요?"

게일이 고개를 돌리자 현재가 차 창문을 열고 소리치고 있었다. 그의 속도를 따라잡느라 속력을 한층 높였기 때문에 구릿빛 머리카락이 마구 휘날리고 있었다.

"그거 좋은 생각이야. 문 열어봐."

게일의 위험스러운 생각을 알아차린 현재는 잠시 망설였지만 그의 괴물 같은 능력을 믿어보기로 했다. 현재는 속도를 줄이며 차 문을 열었다. 그러자 게일은 달리던 그대로 안으로 뛰어들어 왔다.

"꼬마, 운전 솜씨가 많이 좋아졌는데?"

"그래도 안전벨트는 꼭 매야 될 걸요?"

현재는 씨익 웃더니 다시 속력을 높였다.

픽!

게일은 몸이 뒤로 쏠리며 의자 등받이에 머리를 세게 부딪쳤다. 그가 노려보자 현재는 천연덕스럽게 대답했다.

"훗, 꼬마의 말을 안 들으면 그렇게 된다구요."

한참 동안 운전한 끝에 지철이 차를 멈춘 곳은 어느 오피스텔의 지하 주차장 안이었다. 그는 혹시라도 영안실에서 만난 두 사람이 여기까지 쫓아왔을까 봐 차 시동을 꺼놓고 십 분가량을 앉아 백미러로 주위를 살폈다.

아직 퇴근 시간 전이라 주차장에 들어오는 차들은 그다지 많지 않았다. 그는 차에 타고 있는 사람들을 모두 살펴보았다. 낯익은 얼굴은 없었다. 다행히 그들을 잘 따돌린 것 같았다.

지철은 시계를 보았다. 그가 일을 계획한 시간이 되려면 아직 이십여 분이 더 남아 있었다. 미친 듯이 속도를 내다 보니 생각보다 일찍 도착한 것이다. 하지만 오히려 잘된 일이다. 그는 남은 시간 동안 즐겁게 놀 수 있는 방법을 스무 가지 이상 알고 있었다.

지철은 차에서 나와 엘리베이터를 탔다. 손에는 짤랑거리는 열쇠가 들려 있었다. 1층에서 엘리베이터가 멈추며 푸른 제복을 입은 경비원이 탔다. 그는 손바닥 안에서 열쇠를 흔들며 경비원과 눈인사를 했다. 사람 좋게 생긴 경비원은,

"퇴근하시나 봐요?"

라며 역시 사람 좋게 인사를 했다.

'머저리 같은 자식.'

지철은 속으로 욕을 했지만 얼굴 가득 미소를 머금었다. 경비원은 12층에서 내렸다. 지철은 13층에서 내려 계단으로 2층을 더 내려가 11층으로 갔다. 그는 준비해 온 장갑을 끼고 1101호라고 쓰인 문에 열쇠를 꽂았다.

철컥!

잠금쇠가 돌아가는 소리가 나며 문이 열렸다.

안으로 들어가자 익숙한 향수 냄새가 그를 반겼다. 크리스찬 디올의 'DUNE'이라는 향수다. 모래언덕이라는 뜻이라던가? 황량한 사막에

황금빛 자태를 빛내며 서 있는 모래언덕. 그러다가도 바람이 불면 흔적도 없이 사라지는 것이, 잡힐 듯 잡히지 않는 재경의 이미지와도 꽤나 잘 어울리는 향수였다.

지철은 화장대로 가서 그 향수를 귀 뒤쪽에 뿌려본다. 그리고 이불이 흐트러져 있는 침대로 가서 뒹군다. 그녀가 급하게 나간 침대에는 기다란 머리카락이 몇 올 떨어져 있었다. 지철은 품속에서 비닐 팩을 꺼내 머리카락을 집어넣었다. 그녀의 물건을 이것저것 많이 모아놨었는데 아까 이상한 도복을 입은 녀석에게 전부 빼앗겨 버린 것이다.

"제길! 그 녀석들!"

지철은 이를 갈며 재경의 이불을 물어뜯었다. 그러다 그녀의 체취가 물씬 풍기는 것을 깨닫고 그대로 두 다리로 끌어안는다.

"괜찮아. 재경 양은 이제 곧 내 것이 될 거니까. 아… 재경 양……조금만 기다려 줘요."

지철은 황홀한 얼굴로 재경의 얼굴을 떠올리며 바지를 까 내린다. 그러다 얼핏 정신이 든 듯 일어나 앉았다. 이곳은 그녀의 오피스텔이었다. 자기가 들어왔다 간 흔적을 남겨서는 안 되는 것이다.

요 며칠 동안 그는 이 규칙을 철저하게 지켰기 때문에 오늘까지 이런 즐거움을 계속 누릴 수 있었던 것이다. 성공하는 사람의 특징은 자기 관리가 엄격한 법이다.

지철은 다시 시계를 본다. 이제 십 분이 남아 있었다. 빨리 내려가 준비를 하지 않으면 그동안 준비해 온 모든 일이 수포로 돌아갈지도 몰랐다. 그는 민첩하게 휴지통을 뒤져 립스틱 자국이 찍힌 휴지와 손톱 등을 수집했다. 그리고 세심하게 자기가 들어왔던 모든 흔적들을 지우고 재경의 오피스텔을 나갔다.

주차장 안으로 낡은 랜드로버 한 대가 미끄러지듯 들어왔다. 차 안에 앉아 있던 지철의 눈동자가 맹수처럼 번뜩였다. 랜드로버에서 내린 사람은 재경이었다. 야성적인 느낌의 랜드로버는 보이시한 그녀의 이미지와 잘 어울렸다.

촬영을 끝내고 바로 돌아오는 길인지 짙은 화장을 한 그녀의 얼굴이 조금은 피곤해 보였다. 지철은 안쓰러운 마음이 들었다.

'걱정 말아요, 재경 양. 이제 곧 당신을 아주 편히 쉬게 해줄 테니까. 우리 둘만의 낙원에서.'

그는 랜드로버를 향해 서서히 차를 움직였다.

쾅!

지하 주차장을 걸어가던 재경은 무슨 일인가 싶어 돌아보았다. 지철의 빨간 승용차가 재경의 차를 들이박은 것이다. 그는 미안하다는 제스처로 손을 들어 보였다. 하지만 차 안에서 나오지는 않았다. 이제 곧 재경이 화를 내며 그에게 다가올 것이다.

지철은 거즈에 마취제인 클로로포름을 묻혔다. 기쁨으로 그의 손이 떨리고 있었다. 마취제로 그녀를 잠재운 후에 차에 싣고 가면 모든 게 끝나는 것이다. 이날을 위해 그는 재경의 스케줄을 전부 외웠고 심지어는 매니저의 스케줄까지 외웠다.

내일은 촬영이 없는 날이니 이틀 동안 그녀의 실종에 대해서는 아무도 모를 것이었다. 그동안이면 지철은 사람들이 찾지 못하는 곳으로 그녀를 데리고 충분히 도망갈 수 있었다.

'후후후……'

하지만 그의 예상과 달리 재경은 지철을 흘끗 쳐다보더니 다시 또각 또각 엘리베이터를 향해 걸어갔다. 지철의 차는 앞 범퍼가 거의 다 찌그러졌지만 그녀의 랜드로버는 멀쩡했다. 계획에 차질이 생긴 것이다. 지철은 갑자기 다급해졌다. 그는 하는 수 없이 차에서 나와 재경에게로 뛰어갔다. 그리고 그녀의 목을 휘감고 준비해 온 거즈로 입을 틀어막았다.

"우욱!"

지철은 재경을 끌어안은 채로 힘없이 무릎이 꺾이고 말았다. 허리에 강한 충격을 받은 것이다. 뒤에는 장례식장에서 보았던 그 사람들이 서 있었다.

"네 녀석들, 어떻게……."

완벽하게 따돌렸다고 생각했는데 그들이 어떻게 여기 와 있는지 이해할 수 없었다. 게다가 여자라고 생각했던 녀석은 이제 보니 여장을 했었나 보다. 치마를 입고 있었지만 가발을 벗고 화장을 지운 얼굴은 남자였다. 게다가 녀석은 재경과 매우 친한 사이인 것 같았다. 마취제를 흡입하고 비틀거리던 재경은 녀석을 끌어안고 정신을 잃었다.

"아… 안 돼…… 재경 양……!"

지철은 자기도 모르게 절규하듯 소리쳤다. 그녀를 안고 있어야 할 사람은 녀석이 아니라 자기라야 하는 것이다.

재경에게 다가가려던 그는 순간 몸이 번쩍 들리고 말았다. 이상한 도복을 입은 남자가 한 손으로 멱살을 잡아 올린 것이다. 어찌나 힘이 센지 그의 몸은 바닥에서 20㎝ 가까이 들어 올려진 것 같았다. 지철은 숨이 막혀 컥컥거렸다.

"컥! 커헉!"

"이봐, 네 상대는 나니까 한눈팔지 말라고."

게일의 날카로운 두 눈과 마주하는 것만으로도 지철은 몸에서 힘이 빠져나가는 것 같았다. 사람이 아니라 괴물과 마주하고 있는 느낌이었다.

"워, 원하는 게 뭐야?"

"호오~ 얘기가 쉽게 통하겠군."

"……?"

"아영에게서 가져간 주술을 내놔."

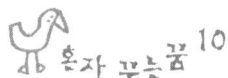 혼자 꾸는 꿈 10

"문 손잡이가 거꾸로 되어 있네?"

수경의 집 현관 앞에서 이안은 고개를 갸웃했다. 문손잡이가 안과
밖이 바뀌어 있었던 것이다. 보통은 안쪽에서 열쇠 없이 열게 되어 있
었는데, 그녀의 집은 반대로 밖에서 그냥 열게 해놓았다. 그래서 수경
은 외출할 때 쇠사슬로 된 커다란 자물쇠를 따로 채워놓았다.

"전에 살던 사람이 이렇게 해놨어. 바꿔야 하는데 귀찮아서."

"위험하잖아! 안에 있다가 열쇠라도 잊어버리면 밖으로 못 나가는
거 아냐?"

"후훗, 스릴있고 좋잖아."

미소하는 수경을 보며 이안은 설레설레 고개를 저었다. 생각보다 사
이코 기질이 농후한 친구였다.

"와, 아담하고 고풍스러운 집이다!"

집 안에 들어선 이안은 조금 전 있었던 괴상한 일은 잊어버리고 감탄해서 소리쳤다. 그러나 수경은 덤덤하게 반응했다.

"그럴 땐 좁고 낡았다고 하는 거야. 이 빌라는 오래되어서 곧 헐릴지도 모르거든."

"아, 그래서 아래층들이 비어 있었구나. 하지만 난 이런 옛날 분위기나는 집들이 더 좋더라. 벽장도 있고. 왠지 비밀스러워 보이잖아."

이안은 다락이나 벽장 같은 것에 아직도 환상을 갖고 있었던 것이다.

"너, 아직도 어린애 같구나. 설마 벽장 속에 귀신이라도 숨어 있다고 생각하는 건 아니겠지?"

"그보단 벽장에 비싼 보물 같은 게 숨겨져 있지 않을까 생각했어. 역시 난 속세에 찌들었어. 그런데 집이 헐리면 넌 어떻게 할 거야?"

"글쎄, 집을 구할 때까지는 고시원에서 지낼까 해. 친척 집에 들어가도 되지만 워낙 다른 사람들이랑 잘 못 어울리는 성격이라."

수경은 씁쓸한 표정을 지었다. 낡은 집과 수경의 분위기는 어딘가 닮은 것 같았다. 약간은 어둡고 어딘가 비밀을 간직한 듯한 불투명성.

"무섭겠다, 밤에 이런 곳에 혼자 있으면."

이안은 나무 문틀로 된 창밖을 내다보았다. 아직 초저녁이었지만 밖은 벌써 어두워져 있었다. 저녁이 되면 바람은 한결 거세져 나무들이 울부짖는 소리를 냈다. 어둠 속에서 들려오는 나무들의 소리는 상상력 풍부한 이안에게는 치명적이었다. 마치 괴물들이 주위를 포위하며 질러대는 괴성처럼 들렸던 것이다. 하지만 수경은 아무렇지 않은 듯 커튼을 쳐버렸다.

"괜찮아. 커튼만 내리면 밖에 사람들이 사는지 안 사는지 모르잖아.

그리고 음악을 크게 틀면 아무 소리도 안 들리거든."

"너, 정말 씩씩하구나."

수경이 켜놓은 오디오에서는 밝고 경쾌한 음악이 흘러나왔다. 저절로 어깨를 들썩이게 만드는 댄스 곡이었다. 이안은 존경스러운 얼굴로 수경을 바라보았다. 그 폐허 같은 집에서 살던 아영도 그렇고 수경도 대단하다고밖에는 할 수 없었다. 자기라면 아마 이런 곳에서는 무서워 하루도 살지 못했을 것이다.

"그렇지도 않아. 나도 처음엔 무서웠는데 아영이가 무서움을 이기는 법을 가르쳐 줘서 견딜 수 있게 된 거야."

"너희들, 많이 친했구나."

"서로 처한 상황이 비슷하다 보니까. 아영이가 네 얘기도 많이 했어. 네가 옛날부터 현재를 좋아했었다는 것도 아영이한테 들은 거야."

"그런 것까지는 얘기 안 해도 됐는데……."

얼굴을 붉히던 이안은 문득 수경이 주술에 대해 뭔가 알고 있을 거라는 생각이 들었다. 그녀들은 최근 가장 친하게 지냈던 것이다. 그렇다면 아영이 주술에 대한 얘기를 했을 가능성이 컸다. 삼 년 만에 만난 자기에게도 털어놓은 얘기를 수경이 모를 리 없는 것이다. 그녀가 주술에 대해 그토록 진지한 반응을 보였던 것도 이 가설을 뒷받침하는 증거였다.

'으이구~ 왜 진작 그 생각을 못했지.'

이안은 그녀에게 아영이 갖고 있던 주술에 대해 물어보는 게 좋겠다고 생각했다. 만일 주술을 가져간 게 지철이 아니라면 그녀에게 도움을 받아서 범인을 쉽게 찾을 수 있을 것이었다. 낙관적으로 생각하던 이안은 그러나 한 가지 문제를 깨닫고야 말았다.

'가만, 그런데 만일 지철이라는 사람이 범인이 아니라면······ 수경이가 될 가능성이 제일 큰 거 아냐?

최근 아영과 가장 친했고, 주술에 대해 어느 정도 알고 있는 사람이 수경이었다. 이안은 갑자기 온몸에 소름이 끼쳤다. 그렇다면 현재와 게일은 엉뚱한 사람을 쫓아가고 마물은 자기가 상대해야 하는 것이다.

헤······ 설마 아니겠지. 이안은 자기가 생각한 가설들을 모두 외면해 버렸다.

'당연히 지철이라는 사람이 주술을 받았을 거야. 생긴 것부터가 딱 범죄자처럼 생겼잖아. 게다가 변태고. 맞아, 얼굴로 보나 성격으로 보나 그 사람이 틀림없어.'

그녀는 이제 비논리적으로 지철을 범인으로 몰아갔다.

"이안아, 너 얼굴색이 안 좋아. 왜 그래?"

빤히 바라보는 수경의 두 눈은 이안의 머리 속을 꿰뚫어 보고 있는 것 같았다. 뭐든 변명을 둘러대야 했는데 그게 쉽지 않았다.

"아아······ 나? 으응··· 그냥······ 아, 그래! 갑자기 전화 걸 데가 생각나서. 현재한테 전화하기로 약속했는데 벌써 시간이 이렇게 됐네. 걔가 원래 성격이 안 좋잖아. 약속 시간을 안 지키면 생난리를 치거든."

이안은 일단 현재에게 전화를 걸어 상황을 확인하기로 했다. 지철이 범인이 맞다면 괜히 수경을 의심할 필요가 없는 것이다. 하지만 아니라면? 몰라. 어쨌든 그건 그 다음에 생각하기로 하지 뭐.

[지금 저희 고객의 사서함으로 연결 중입니다. 이용 시 통화료가······.]

현재의 핸드폰은 연결되지 않았다. 대여섯 번을 걸어도 마찬가지였다. 걸 때마다 이안은 입술이 바싹바싹 타 들어가는 것만 같았다. 그런 이안을 수경이 뒤에서 감시하듯 지켜보고 있었다. 일단 혐의를 두고 나니 그녀가 하는 행동들이 모두 의심스럽게 느껴졌다.

"하하하! 삐쳤나 봐. 전화를 안 받네."

이안은 흐르는 식은땀을 훔치며 배시시 웃었다. 그러자 수경도 같이 웃어주었다.

"그럴 때 보면 차라리 남자 친구가 없는 게 속 편할 것 같아."

"그, 그치?"

그 순간 이안은 수경이 무척 차가운 성격이라는 것을 떠올렸다. 범인이기 위해서는 중요한 조건이 필요했는데, 아영처럼 누군가를 절실히 짝사랑해야만 했다. 그래야 주술이 필요한 것이다.

하지만 수경은 좋아하는 연예인들도 없었고, 특별히 좋아하는 남학생도 없는 것 같았다. 머리도 좋고 미인이라 오히려 남학생들 사이에서 은근히 인기도 있었다. 그러나 그녀는 관심없는 듯했다. 역시 괜한 오해가 분명하다.

"그런데 수경이 넌 좋아하는 연예인이나 남자애 없니?"

하지만 확인은 하고 넘어가기로 했다. 이안은 TV를 켜며 지나가는 말처럼 물었다.

"그건 왜 묻지?"

"그, 그냥…… 하하하. 너, 남자애들한테 인기가 많으니까. 알고 있지?"

그러나 수경은 차가운 눈으로 이안을 쏘아보았다.

"네가 최현재랑 사귀니까 남자 친구 하나 없는 사람들은 모두 너보다 못하게 보이는 게 아니구?"

"그런 뜻이 아니잖아······."

"정이안, 한 가지 사실을 가르쳐 줄까? 최현재는 널 절대 좋아하지 않아."

"그건 알고 있어. 하지만 좋은 친구라면 될 수 있을 거야."

이안도 더는 사람 좋은 태도를 취할 수만은 없었다. 그녀는 자리에서 일어나 수경을 쏘아보았다. 하지만 수경은 오히려 비웃듯 한쪽 입술을 치켜 올렸다.

"좋은 친구? 그거야말로 비참한 관계 아니니? 친구에서 연인 사이로 발전할 수도 있겠지. 하지만 최현재에겐 과거에도 현재에도 좋아하는 사람은 따로 있어. 넌 모르지, 그가 왜 축구도 그만두게 됐는지? 이재경 때문이야. 그 여자를 구하다가 발목을 다쳐서 그렇게 된 거야."

고등학교에 올라온 현재는 어느 날 불현듯 축구를 그만두었다. 그는 감독과 축구부의 친구들에게는 그냥 싫증이 났을 뿐이라고 했다. 그래서 이안도 그렇게만 이유를 알고 있었다.

"그런데 넌 어떻게 그런 사실을 아는 거지?"

그러자 수경은 화사하게 웃었으나 어딘지 요기로움이 느껴졌다.

"흥, 중학교 때부터 그 애를 좋아한 게 너 혼자뿐인 줄 아니?"

이안은 머리 속이 텅 비어버리는 것만 같았다. 아영의 주술을 갖기 위한 조건이 들어맞은 것이었다. 게다가 만일 그녀가 주술을 실행시키면 위태로워지는 것은 다른 사람도 아닌 현재였다.

"설마 네가?"

"난 너처럼 자기 감정을 사방에 드러내 놓는 성격이 아니야. 공부도 못하고 매사에 비협조적인 양아치 같은 최현재를 좋아한다는 건 스스로도 용납할 수 없는 일이었어. 하지만 어쩔 수 없지. 너 이상으로 그를 좋아하니까. 이 사실은 아영이도 최근에서야 알게 되었어. 그 애는 내가 널 슬프게 할까 봐 주술을 넘겨주지 않으려 했지만… 훗, 유키와의 일을 폭로하지 않는 조건으로 받았지.”

“그럼 그때 내게서 손수건을 가져간 것도… 의식에 쓰기 위해서?”

“뭐, 그렇게 된 거야.”

“수경아, 진정하고 내 말 들어봐. 그 주술을 사용하면 너조차도 목숨이 위태로워져. 네가 만들어낸 최현재는 네 생명력을 먹고 움직이는 거란 말이야. 그래서 아영이도…….”

“알고 있어. 하지만 그런 말로 날 설득할 순 없어.”

이안은 화가 났다. 무엇보다 현재를 잃고 싶지 않았지만 수경 또한 허무하게 잃고 싶지 않았다. 하지만 역시 말로는 그녀를 설득할 수 없을 것 같았다. 그때 이안의 눈에 옷걸이에 걸려 있는 현재의 손수건이 들어왔다. 저것만 없다면 의식을 조금이라도 늦출 수 있을 것이다.

이안은 옷걸이를 향해 뛰어들며 손수건을 잡아챘다. 그리고 재빨리 현관 쪽으로 내달았다. 자기가 생각해도 비호같은 몸놀림이었다. 게일에게도 현재에게도 지지 않을 만큼.

철컥! 철컥!

하지만 잊고 있었다. 현관문 손잡이가 거꾸로 되어 있었다는 사실을. 수경은 이미 문을 잠가놨던 것이다.

퍽!

이윽고 이안은 머리에 둔탁한 통증을 느끼며 앞으로 고꾸라졌다.

“씨바! 이건 범죄야!”

지철의 방에 들어선 현재는 그의 멱살을 잡고 소리쳤다. 그러자 문에 붙어 있던 종이가 파르르 떨리다 떨어졌다. 그것은 재경과 지철이 다정히 팔짱을 끼고 있는 사진이었다. 물론 다른 남자 배우의 얼굴에 지철의 얼굴이 합성된 것이었다.

사진은 그것뿐이 아니었다. 지철의 좁은 아파트는 수천 장의 사진으로 도배되어 있었는데, 대부분은 재경을 찍은 것이었다. 그 위에 다른 배우의 누드를 합성한 것도 있었고, 또는 포르노 잡지 사진에 자신과 재경의 얼굴을 붙인 것도 있었다.

"…이거 진짜야?"

그런 방면에 대해선 무지한 게일은 두 눈을 휘둥그렇게 뜨고 사진들을 둘러보았다. 이렇게 적나라한 사진을 처음 본 그는 코피까지 쏟을 지경이었다.

"합성이야!"

현재는 지철의 멱살을 잡아 벽으로 밀어 던지며 고함을 질렀다. 어떤 생각으로 저런 짓을 했을지 상상이 가자 용서할 수가 없었다.

"이 쓰레기 같은 자식!"

현재는 비틀거리는 지철을 향해 아구창을 후려쳤다. 그가 힘없이 나가떨어지자 올라타고 주먹을 마구 휘둘렀다. 이미 한차례 현재와 게일에게 얻어맞았던 그는 이제 저항할 기력도 없는 것 같았다. 멎었던 코피가 다시 터지며 현재의 옷과 얼굴까지 피가 튀었다.

"죽일 생각이 아니라면 그만 해."

게일이 팔을 잡는 바람에 현재의 주먹이 멈췄다.

"놔!"

그가 소리 지르며 몸부림치자 게일은 현재를 번쩍 들어다 소파에 팽개쳤다. 그리고 초주검이 되어 쓰러져 있는 지철의 앞에 쭈그리고 앉았다.

"그러니까 너한테는 주술 같은 게 정말 없단 말이지?"

"쿨럭쿨럭, 그래… 몇 번이나 말했잖아."

지철은 꿈틀대며 일어나 앉았다. 아까부터 계속 같은 질문에 같은 대답만 하고 있었던 것이다. 게일은 그를 매서운 눈으로 쳐다보다가 방 안을 한번 둘러보고는 고개를 끄덕였다.

"흠, 거짓말 같지는 않군."

"거짓말이야! 저 자식, 재경을 납치하려 했다구!"

현재가 소파에서 일어서며 소리쳤다.

"그거야 조사해 보면 금방 알 일이지. 안 그래?"

게일은 씨익 미소를 지어 보였다. 분명 웃는 얼굴이었는데도 지철은 서슬 퍼런 칼날이 목을 겨누는 듯한 공포감을 느꼈다. 아까부터 게일의 눈과 마주칠 때마다 그랬다. 온몸에 힘이 빠지고 왠지 화장실이 가고 싶어졌다. 그래서 거짓말을 할 수도 없었다. 저 남자라면 자기를 정말 죽일 수도 있을 것 같았으니까.

"사, 사실… 주술이 있긴 있어."

"주술이라고?"

지철이 멈칫거리며 사실을 털어놓자 게일은 양미간을 찡그렸다. 그가 본 지철은 아까부터 거짓말을 하고 있지 않았다. 투시 능력은 없었지만 그 사람이 진실을 말하는지 아닌지 그는 거의 정확하게 가려낼 수 있었던 것이다. 그런데 정말 잘못 본 걸까?

"거봐, 그럴 줄 알았어."

의기양양한 현재의 말을 뒤로하고 지철은 비척거리며 책상으로 걸어갔다. 그리고 무너질 것처럼 아슬아슬하게 쌓인 책 더미들 속에서

얇은 책자 한 권을 꺼냈다. 지철에게서 주술을 받아 든 게일의 얼굴은 실망과 그럴 줄 알았다는 두 가지의 표정이 교차했다.

"이게 주술이라고?"

지철은 고개를 끄덕였다.

"나도 별로 믿진 않지만⋯ 이대로 하면 보이지·않는 매력이 생긴대."

"그렇다면 넌 여기 적힌 것과 반대로 했나 보군."

게일은 그가 소중히 꺼내온 책자를 아무렇게나 집어 던졌다. 지철이 상처를 받아 울상을 짓고 있는지 아닌지는 신경 쓸 바가 아니었다. 어쨌거나 지철에게 주술이 없다는 것은 확인한 셈이었다.

"제길, 그렇다면 누구야⋯⋯."

게일은 손톱을 물어뜯었다. 다시 원점인 것이다. 하지만 현재는 아직도 지철을 믿지 않았다.

"놈의 연기야. 속지 마."

"멍청한 꼬마. 주술을 가지고 있는데 재경을 납치할 필요가 있었겠어? 게다가 놈의 집 안에서는 마물의 기운이 전혀 느껴지지 않아."

"그러면 왜 우리를 보고 도망간 거지?"

현재가 노려보자 지철은 풀이 죽어 대답했다.

"그야⋯ 네가 재경의 촬영장에 있었다니까 그녀가 고용한 사람인 줄 알았지. 아영이의 반지도 가지고 있었고."

지철은 워낙 죄를 많이 지었으니 도둑이 제 발 저린다고 스스로 도망친 것이었다. 그가 재경이에게 했던 짓이 떠오르자 현재는 다시 죽일 듯이 쏘아보았다.

"만약 그녀가 잘못되기라도 하면 그땐 초상날인 줄 알아!"

재경은 지철의 클로로포름으로 정신을 잃고 쓰러진 후 아직도 깨어나지 않고 있었다. 현재는 조금 전에도 그녀의 병실로 전화를 걸어보았다. 매니저가 아직 깨어나지 않았다고 했다. 대여섯 번씩 전화를 해대는 그가 안타까웠는지 그동안의 피로와 영양실조가 누적되어서라고 했다. 하지만 현재는 그 모든 잘못이 지철 때문인 것만 같았다.

"이봐, 꼬마. 사랑하는 레이디도 좋지만 여자 친구에게도 관심을 가져 보는 건 어떨까?"

게일은 무언가를 곰곰이 생각했는지 턱을 괸 채로 말했다.

"아, 집에 잘 들어갔을 거야."

"내 생각에 그녀는 아마 집에 없을 것 같은데?"

"무슨 약속이라도 있었어?"

"약속이 아니라 붙잡혀 있을지도 모르지."

현재는 설명을 구하는 얼굴로 게일을 쳐다보았다. 그러나 게일은 일단 그녀의 집으로 전화를 해보라고 했다. 그의 예상대로 이안은 아직 집에 들어오지 않았다.

"그 녀석 처분은 네가 알아서 해. 난 급히 가봐야 할 데가 생각났어."

"갑자기 왜 그래? 이안이 붙잡혀 있다는 건 도대체 무슨 말이야?"

"레이디에게 진짜가 접근했었다는 얘기야. 이 녀석이 주술을 가져간 게 아니라면 범인은 다음으로 그녀에게 접근한 사람이겠지."

"그럼 아까 그…… 이안의 친구?"

혼자 꾸는 꿈 11

"으… 으응……."

이안은 눈을 떴지만 아무것도 보이지 않았다. 사방이 온통 캄캄했다. 머리까지 지끈거리며 울렸다. 아까 수경에게 얻어맞은 타격이 아무래도 컸나 보다. 아직도 뒤통수가 얼얼한 것이 아무래도 머리가 찢어진 것 같았다.

'계집애, 좀 살살 때려도 알아서 기절했을 텐데.'

이안은 수경을 원망하며 몸을 일으켰다. 하지만 온몸이 꽁꽁 묶여 움직이기가 쉽지 않았다. 어둠 속에서 몸을 꿈틀거리고 있자니 꼭 애벌레라도 된 기분이었다.

"하아……."

왠지 기분이 나빠져 일어나는 것을 포기하기로 했다. 일어나 봤자 별 뾰족한 수도 없는 것이다. 보아하니 자기는 지금 좁은 공간 안에 갇혀 있는 것 같았다. 어떤 자세를 취한다 해도 수경의 포로인 입장은 변하지 않을 것이다.

그런데 여긴 어딜까? 실내인 것 같았는데 등이 시릴 정도로 외풍이 심했다. 게다가 나무들이 썩는 것 같은 퀴퀴한 냄새가 났다. 방은 아닌 것 같았다. 주변을 두리번거리던 이안은 차츰 어둠에 눈이 익숙해졌다. 대충 윤곽을 살펴보니 천장도 매우 낮았다. 현재 같은 사람은 앉아 있기만 해도 머리가 닿을 것 같았다. 종합해 보건대 이곳은 수경의 벽장 안일 가능성이 농후했다.

'이제 왠지 벽장이 싫어지려고 해……'

이안은 벽장을 동경했지만 그건 어디까지나 안전이 확보된 상태에서 즐기는 것이었다. 뭔가 은밀하고 비밀스러운 아지트 같은 이미지 때문이라고나 할까. 설마 그곳에서 자기가 갇히게 될 것이라고 상상이라도 했겠는가?

'……?'

이안은 문득 자신의 머리맡에 무언가가 있다는 것을 느꼈다. 누군가가 응시하는 기분이랄까? 혹시… 쥐는 아니겠지? 울상이 된 그녀는 몸을 옆으로 움직이며 천천히 고개를 들었다.

"허억!"

반짝이는 두 눈과 마주치자 온몸에 소름이 돋았다. 저건 쥐도 아니고 뭐지? 눈, 코, 입이 모두 달린 얼굴이었다. 와들와들 떨며 그것을 자세히 바라보던 이안은 인형이라는 것을 깨달았다. 안도의 한숨을 쉬었다. 창백한 얼굴에 동그란 눈과 짙은 입술, 소름 돋을 정도로 예쁜 인형이었다. 컴컴한 벽장 안에 이런 인형과 단둘이라니 왠지 기분이 나빴다. 게다가 저 인형, 표정이 있었다. 누가 만들었는지 잘도 만들었다. 금방 살아서 움직일 것만 같았다.

순간 이안은 자기의 눈을 의심했다. 인형이 정말 움직인 것이다. 헤, 설마……? 지나치게 긴장한 탓이겠지.

"깔깔깔, 내가 움직인 게 맞습니다."

인형은 요사스럽게 웃었다. 이안은 전기에 감전된 것처럼 머리부터 발끝까지 아찔해졌다. 너무 놀라서 비명조차 나오지 않았다.

인형은 허리를 구부려 이안에게 점점 가까이 다가들었다. 그녀의 머리맡에 있었기 때문에 이대로라면 얼굴이 닿을 것만 같았다. 인형이 가까워지면 가까워질수록 한기 같은 것이 몸을 감싸왔다. 이안은 꿈틀대며 피하려 했지만 공간이 너무 좁았다. 서늘한 머리카락이 그녀의 얼굴을 더듬었다. 드디어 인형의 짙은 입술이 얼굴에 닿을 듯 가까워졌다.

"저, 저리 가!"

"깔깔깔깔!"

인형의 웃음소리는 듣기만 해도 소름 끼쳤다. 이안은 몸부림치며 사방의 벽을 발로 마구 차댔다.

쾅! 쾅쾅!

네 곳 중 한 군데는 문일 것이다. 문을 부숴서라도 도망갈 수만 있다면…….

탈칵!

주변이 갑자기 환해졌다. 벽장문이 열리며 수경이 서 있었다. 의식을 치르려는 사제처럼 희고 긴 가운을 입고 있었다. 그녀의 등 뒤로 노란 백열전구가 빛났다. 거실에 켜놓은 음악 소리도 어렴풋이 들려왔다.

"부탁인데 집을 부수지는 말아줘."

"수, 수경아⋯⋯."

이안은 자기를 이곳에 가둔 그녀의 얼굴이 이토록 반가울 줄은 몰랐다. 수경은 눈물이 그렁그렁해진 이안을 한번 보더니 인형에게 눈을 흘겼다.

"장난치지 말라고 했지."

"깔깔깔, 심심해서 그랬답니다. 당신도 며칠 동안이나 벽장 속에 갇혀보십시오. 그런 장난이 치고 싶어질 테니."

벽장에서 바닥으로 뛰어내린 인형은 서너 살 아이 정도의 크기였다. 그리고 수도사들 같은 로브를 입고 목에는 커다란 두루마리를 걸고 있었다.

"자, 장난이었다구?!"

이안은 인형을 향해 분노를 드러냈다. 자기는 정말 심장이 멎어 죽는 줄만 알았는데 장난이라니⋯⋯. 묶여 있지만 않았더라면 덤벼들어 팔다리를 부러뜨려 놨을 것이다.

"하지만 지금부터는 장난이 아니야."

그렇게 말한 수경의 한 손에는 날이 예리한 과도가 들려 있었다. 게일의 웨일 소드도 무시무시했지만 어쩐지 이안에겐 수경이 들고 있는 저 과도가 더 공포스러워 보였다.

"이제 대충 준비가 된 것 같군요. 그럼 우선 결계부터 그리도록 하겠습니다."

방 안을 둘러본 인형은 그렇게 말하더니 목에 걸고 있는 두루마리를 활짝 펼쳤다. 그러자 두루마리에서 반짝이는 가루들이 쏟아져 나왔다. 그것들은 방 한가운데 괴상한 원형의 도형을 만들었다.

"이것을 따라 피로 된 결계를 그리시면 됩니다."

수경은 고개를 끄덕이더니 과도를 높이 치켜들었다. 이안이 놀라서 눈을 동그랗게 뜨는데 수경의 과도가 움직였다. 그녀가 벤 것은 자신의 손가락이었다. 수경은 피가 흐르는 손가락으로 반짝이들을 따라 도형을 그렸다. 반경 2m 정도의 결계가 그려지자 그녀는 이안에게 다가왔다.

"자, 이젠 네 차례야."

"괘, 괜찮아. 난 구경만 할게……."

물론 이안의 희망 사항은 관철되지 않았다. 몸이 가벼운 그녀는 가뿐하게 들렸다. 수경은 꽁꽁 묶여 있는 이안을 안아 결계 안에 내려놓았다. 뭔지 몰라도 이 의식에 그녀가 매우 중요한 역할을 하게 될 것만 같았다. 그리고 난 후 수경은 밖으로 나갔다. 그사이 이안은 꿈틀거리며 결계에서 도망치려 했다. 하지만 수경은 금방 다시 들어왔다.

"어딜 가는 거야?"

"하하! 자, 잠깐 볼일이라도……."

"됐어. 곧 끝날 테니 참아."

수경은 다시 이안을 결계 안으로 끌고 들어왔다. 그러더니 투명한 유리잔을 앞에 내밀었다.

"마셔."

이안에겐 이것이 흡사 독배(毒杯)처럼 보였다. 모든 독약을 앞에 둔 사람들이 그렇듯 이안 역시도 절망한 표정이었다.

"안 마시면 억지로 먹일 거지?"

"서로 편한 게 좋잖아. 독약은 아니니까 염려 마."

"그런데 이건 뭔데 이렇게 걸쭉한 게 기분 나쁘게 생겼니? 맛도 되게 이상할 것 같아. 나 원래 알레르기도 많고 편식쟁이라 아무거나 먹으면 안 되는데······.”

“이 기회에 고치게 해줄까?”

조금이라도 시간을 끌어보려던 이안은 수경의 차가운 목소리에 도리도리 고개를 저었다. 그리고 자포자기한 얼굴로 컵 안의 내용물을 모두 마셨다. 정말로 독약은 아닌 모양이었다. 맛이 끔찍해서 그렇지 먹고 난 후에도 아무 이상이 없었다.

“깔깔깔, 그럼 이제부터 의식을 거행하도록 하겠습니다.”

한쪽에서 조용히 지켜보던 인형은 기분 나쁜 웃음소리를 내며 말했다. 그러자 수경이 결계 안에서 조용히 나갔다. 인형은 다시금 목에 걸린 두루마리를 펼쳤다. 아영이 넘겨줬다던 주술이라는 건 두루마리를 걸고 있는 인형을 얘기하는 모양이었다.

가만, 그런데 뭔가 이상하잖아?

아영에게 들은 대로라면 이 주술은 좋아하는 사람의 물건을 생명체에게 먹여야 하는 것이다. 그러면 그 생명체가 좋아하는 사람으로 변하게 되는 시스템이었다. 하지만 이곳에 있는 생명체라고는······.

‘설마 나?’

이안은 얼굴이 창백하게 변했다.

“저기··· 수경아, 아까 내가 먹은 게 뭐였지?”

“네가 생각한 바로 그거야. 태워서 재로 만들었지.”

“우욱!”

이안은 오바이트를 했다. 하지만 쉽지 않았다. 그동안 인형은 두루마리를 계속 읽어 나갔다. 그때마다 은색 가루들이 나풀나풀 날아 결계 안으로 들어왔다. 이안은 필사적으로 몸부림치며 결계에서 나가려 했다. 수경이 뛰어와 저지했다. 이안은 누운 채로 그녀의 다리를 걸어 찼다.

쿠당!

수경은 바닥에 나뒹굴었지만 다시 일어나 이안에게 달려들었다. 두 소녀들은 격하게 몸싸움을 했다. 하지만 이안은 자기가 절대 불리하다는 것을 이미 알고 있었다. 몸이 묶여 있지만 않았더라도……. 그때 탁자 위에 놓인 유리컵이 눈에 들어왔다. 이안은 있는 힘을 다해 탁자를 걸어찼다.

챙그랑!

연약한 유리는 맑은 소리를 내며 산산이 부서졌다. 드디어 끈을 끊을 도구가 생긴 것이다. 이안은 유리 조각 하나를 집었다.

"이런이런, 제가 제물을 잠재우는 것을 깜박했군요."

인형은 방긋 웃더니 이안을 향해 주술을 외웠다. 그러자 두루마리에서 또다시 은빛 가루들이 쏟아져 나왔다.

털썩!

이안은 시야가 정신없이 반짝거리는 것을 느끼며 정신을 잃었다.

*   *   *

─수경이네 집에 전화를 안 받는걸. 아무도 없는 것 같은데?

"아니야, 틀림없이 거기 있을 거야. 이민주, 미안하지만 그 집에 좀 가봐줄래?"

─지금 이 시간에? 난 걔네 집 주소밖에 모른단 말야.

핸드폰 너머 민주의 목소리에는 황당함이 역력히 배어 있었다.

"정말 급한 일이라서 그래."

─그럼 네가 찾아가 보는 게 어때?

"그러고 싶지만 난 지금 너무 멀리 있어. 한시 바삐 이안이랑 꼭 통화하지 않으면 안 되거든. 부탁해."

현재는 최대한 상냥하고 정중하게 말했다. 철의 여인 이민주도 미남계에는 어쩔 수 없나 보다. 그녀는 한숨을 내쉬더니 알았다며 승낙했다.

"고맙다, 이민주."

─으이그~ 너, 이렇게 나 고생시켰으니까 우리 이안이 많이 예뻐해 줘야 한다.

"그래."

현재가 통화를 끝내자마자 게일이 다급하게 물었다.

"여기서 수경의 집까지는 얼마나 걸리지?"

"최소 한 시간."

"제길! 좀 더 빨리는 안 되나?"

"그것도 길이 막히지 않는다는 전제 하에서야."

"빌어먹을! 어쨌든 빨리 출발하자고."

게일은 현재가 빌린(?) 차에 올라타며 재촉했다. 한 시간. 만일 무슨 일이 벌어지고 있다면 너무나 긴 시간이었다. 그 시간 동안 자신의 레이디에게 무슨 일이 생기기라도 한다면……. 게일은 이렇게 다급한 마음이 든 것은 정말 오랜만의 일이었다. 그래서 조금 당황스러웠다.

'훗, 그래도 명색이 나이트라는 건가?

띠리리리리… 띠리리리……

현재가 차를 출발시키려는데 핸드폰이 울렸다. 전화를 받은 그의 얼굴이 갑자기 환하게 밝아졌다. 현재가 저토록 환하게 웃는 것은 드문 일이었다. 마치 수줍은 소년 같았다. 게일은 이안에게서 연락이라도 온 걸까 생각했다. 그러나 내용을 듣고 있자니 재경이란 걸 알 수 있었다. 병원에서 깨어난 모양이다.

"아픈 데는 없고? 그래, 나중에 갈게. 특별히 필요한 거 있으면 말해."

통화를 하던 현재의 얼굴이 일순 묘하게 변했다. 게일은 그것이 사랑에 빠진 사람 특유의 표정이라는 걸 알았다.

"고백이라도 받은 거야?"

게일의 물음에 현재는 아무렇지 않게 차의 시동을 걸었다. 하지만 목소리가 약간 떨리고 있었다.

"보고 싶대⋯⋯."

"흐음."

차가 출발하기 직전 게일은 현재의 팔을 붙잡았다. 그리고 뒷자석에 얌전히 앉아 있는 지철을 돌아보았다.

"이봐, 너!"

"예에!"

지철은 잔뜩 긴장해서 대답했다.

"네가 이 녀석 대신 앉아."

그 말에 지철은 물론이고 현재마저 놀란 얼굴이었다. 게일은 현재를 거칠게 차 밖으로 내쫓았다.

"무, 무슨 짓이야!"

"넌 따라오지 않아도 돼."

"미쳤어! 말도 안 되는 소리야!"

현재가 기어이 다시 차에 타려 하자 게일은 한 손으로 그의 목을 움켜쥐었다.

"컥!"

그는 협박이라도 하듯 섬뜩한 얼굴로 말했다.

"나의 레이디를 구하는 일은 나 혼자서도 족하다. 너는 너의 레이디를 지켜."

그리고 곧 게일을 태운 차는 배기가스만 남긴 채 사라져 버렸다. 현재는 목을 만져 보았다. 아직도 욱신거렸다. 하지만 비로소 그는 자신의 마음을 알 수 있을 것 같았다.

여전히 그녀를 좋아하고 있다는 것을.

〈4권으로 이어집니다〉